꿈에 미친
청춘을
응원하다

꿈에 미친
청춘을
응원하다

초판 1쇄 펴낸날 | 2010년 4월 27일
초판 4쇄 펴낸날 | 2011년 8월 20일

지은이 | 손일락
펴낸이 | 이금석
기획·편집 | 박수진
디자인 | 박은정
마케팅 | 곽순식, 김선곤
물류지원 | 현란
펴낸곳 | 도서출판 무한
등록일 | 1993년 4월 2일
등록번호 | 제3-468호
주소 | 서울 마포구 서교동 469-19
전화 | 02)322-6144
팩스 | 02)325-6143
홈페이지 | www.muhan-book.co.kr
e-mail | muhanbook7@naver.com

가격 11,000원
ISBN 978-89-5601-257-5 (03810)

꿈에 미친 청춘을 응원하다

손일락 지음

무한

프롤로그

한 여학생이 미니홈피에 글을 남겼다.

"저 사춘기인가 봐요. 너무 슬프네요. 괜히 우울해요. 왜 이러죠? 어떻게 사춘기를 극복해야 하나요? 저 자꾸 반항심이 생겨요."

이 글을 읽자 나는 문득 혼돈과 치기, 적개심과 번민으로 점철되었던 청춘시절의 기억들이 스멀스멀 피어올랐다. 또 이유는 알 수 없지만, 젊은 시절 보았던 제임스 딘 주연의 '이유 없는 반항' 이라는 영화와 알랭 푸르니에의 《대장 몬느》라는 소설의 이미지가 아련하게 오버랩되면서 떠올랐다.

도대체 청춘은 왜 방황하는 것일까? 청춘은 왜 예외 없이 번민하고, 반항하며, 모험을 추구하는 것일까?

이러한 질문에 대해 과학자들은 어쩌면 그것은 사랑이라는 현상과 마찬가지로 화학물질(성호르몬)의 작용이라고 답변할지 모른다.

하지만 이러한 주장은 과학적으로는 참일지 몰라도 심정적으로는 동의하기가 어렵다. 아니 정확하게 말하면 동의하기가 싫다. 그것은 지나치게 유물론적이요, 기계론적이며 비인간적이기 때문이다. 그렇다면 청춘의 특권인 반항심과 방황의 본질은 무엇일까? 이 물음에 대해 나는 다소 역설적이지만 그것은 '지독한 사랑'이라고 말하고 싶다. 이렇게 말하면 아니 그것이 어떻게 사랑이냐며 반문하는 이들이 있을지 모르겠다.

하지만 나는 아이들이 사춘기에 접어들면 부모들의 잔소리와 매질이 급격하게 증가한다는 사실에 주목한다. 아이들의 반항심이 커지고, 부모들의 잔소리가 늘어나면 서로간의 관계는 소원해지기 십상이고, 때로는 척을 지는 불상사가 생기기도 한다. 반항심과 잔소리를 부모와 자식이 서로 헤어지기 위한 준비를 하는 과정이라고 이해하는 것은 실은 그 때문이다.

사자나 늑대와 같은 뭍짐승들은 일정한 시간이 지나면 자신이 그렇게 애지중지하던 새끼들을 야멸치게 내쫓는다. 독수리나 오리와 같은 날짐승도 때가 되면 새끼들을 절벽에서 떨어뜨리는 등 잔인한 행동을 서슴지 않는다.

그렇다면 짐승들이 과연 제 새끼가 천덕꾸러기여서, 또 정녕 죽기를 바라고 그런 짓을 하는 것일까? 천만의 말씀이다. 그것은 제 새끼가 가혹하고 변화무쌍한 세상에서 온전한 개체로서 살아가도록 부추기는, 일종의 유전적 압력이라고 생각하는 것이 타당하지 않을까?

반항심과 잔소리를 부모와 자식이 별리를 준비하는 과정이요, 그것을 더 지독한 사랑의 증거라고 확신하는 것은 그 때문이다.

아들 녀석이 가수가 되겠다며 연습 생활을 시작한 것은 2005년 가을 경의 일로, 중학교 1학년이 끝나갈 즈음이다. 그리고 우여곡절은 있었지만, 5년여에 걸친 연습생활.

어느 날 아들 녀석은 부랴부랴 짐을 꾸려 숙소로 들어가게 되었고, 마침내 아이돌 가수로 데뷔하였다. 비록 예고된 이별이긴 했지만, 집을 나서는 아들 녀석을 바라보는 심사는 편치 않았고, 가슴 한 귀퉁이가 와르르 무너지는 느낌이 들었다. 그리고 이내 난 아들 녀석에게 이제 더 이상 잔소리를 할 수 있는 기회가 사라졌다는 사실을 깨달았다.

돌이켜 생각해 보면 아이들 문제에 무심하기 짝이 없는 아빠였다. 아니 어쩌면 참으로 무지하고 무식한 아빠였는지 모른다. 게다가 어릴 때는 직장 문제로 아이들에게 잔소리다운 잔소리조차 하지 못했다. 또 연습 생활이 시작되자 잔소리를 할 수 있는 기회는 더욱 적어졌다. 그것은 함께 식사할 수 있는 시간이 그야말로 손가락을 꼽을 정도로 줄어들었기 때문이다.

아이들을 올바르게 키우려면 밥상머리 교육이 중요하다며 입만 벙긋하면 광고하며 살아왔지만, 정작 자신은 그것을 지키지 못했다는 사실은 아이러니가 아닐 수 없다.

연예인은 이미지를 먹고 사는 직업이다. 대중들은 연예인들이 연출하는 이미지를 바라보며 꿈을 키우기도 하고, 희망의 씨앗을 심기도 한다. 하지만 대중은 야누스적인 존재여서 때로는 무턱대고 연예인들에게 돌팔매질을 하기도 하고, 가슴에 못을 박는 모진 말을 하기도 한다. 따지고 보면 연예인도 우리와 마찬가지로 피와 살을 지닌 인간이다. 또 대개는 미숙하고 나이가 어린 청소년이다.

연예계에 진출한 아이를 바라보는 부모의 심정은 노심초사, 바로 그 자체이다. 마치 철없는 아이를 물가에 내놓은 심정처럼 모든 것이 조마조마하다. 비단 연예계 뿐만은 아닐 것이다. 어쩌면 오랫동안 공들여 뒷바라지해온, 사랑으로 키워온 아이가 사회에 진출할 때 부모라면 이것저것 코치도 하고 싶고, 당부하고픈 얘기들이 적지 않을 것이다. 또 더러는 사회에 제대로 적응하기 위한 팁이나 노하우도 들려주고 싶을 것이다. 아이들에게 글을 쓸 만한 능력이나 깜냥은 부족하지만, 잔소리를 제대로 못했다는 회한감에 용기를 내보았다.

명절날 고향을 다니러온 아이들에게 간장이며 된장이며 밑반찬을 바리바리 싸주는 부모의 심정으로 사회생활의 큰 원리인 공존과 배려, 또 그것의 진수인 매너와 처세술에 대해 이런저런 잔소리를 늘어 놓아 보았다. 그리고 미흡하지만 덤으로 아빠가 생각하는 성공의 조건을 메시지 형식으로 써보았다.

　부모와 자식 간의 사랑은 기본적으로 아래로 흐르는 '내리사랑' 이다. 자식들은 대개 부모의 사랑을 이해하지 못한다. 아니 더러는 귀찮게 여긴다. 그것은 반항심이라는 방호벽이 존재하기 때문이다. 아이들이 시간이라는 약을 먹고 나면, 후일 결혼을 하고 자식을 낳은 후 비로소 부모의 존재와 사랑을 깨달을지 모른다. 물론 그때는 부모가 연로하거나 이미 세상을 떠난 이후가 될지도 모르지만 말이다.

　그럼에도 불구하고 세상의 모든 아이들이 부모님의 한숨과 눈물, 흰머리를 바라보며 단 한 순간이나마 귀를 기울이고 가슴의 소리를 들어 주기를 바란다면 지나친 욕심일까?

　끝으로 내가 아이를 응원하는 이유를 소개한다. 난 아이의 왕팬으로, 아이를 열렬히 응원한다. 이렇게 말하면 제 새끼인데, 당연한 일이 아니냐며 끌탕을 치는 이들이 있을지 모르겠다. 하지만 내가 아이를 격려하고 응원하는 것은 꼭 내 아들이어서만은 아니다. 그리고 아들이 소속되어 있는 그룹이 특출한 실력을 지니고 있기 때문만도 아니다.

그것은 이들이 실패와 역경과 시련을 이겨낸 가상한 친구들이기 때문이다. 일부 무자비하고 몰지각한 네티즌들의 모진 돌팔매를 이겨내고, 남몰래 눈물을 훔치며 우뚝 선 아이들이기 때문이다.

나는 실패와 좌절을 극복한 아이들, 그리고 어두운 구석에서 웅크리고 앉아 눈물을 흘리는 무수한 루저들에게 많은 사람들이 기립박수를 보내야 한다고 생각한다. 그리고 모두에게 욕설과 돌팔매 대신 눈물을 훔쳐 주고, 갈라진 상처에 빨간약을 발라 주어야 한다고 당부한다.

아이가 소속되어 있는 그룹은 2009년 10월 데뷔한 풋풋한 루키이다. 그야말로 아직은 걸음마를 배우는 아기인 셈이다. 칭찬은 고래는 물론 밥상 위의 꽁치도 춤추게 한다는 얘기가 공공연히 들린다.

아이를 대리할 입장은 아니지만, 잔소리를 못해 못내 아쉬워하는 아버지의 입장에서 그들이 꿈을 이루고, 나아가 새로운 한류의 가능성이 될 수 있도록 칭찬해 주고 격려해 주기를 바라는 마음 간절하다. 그들이 신명에 겨워 어깨춤을 덩실덩실 추는 그날을 기다리며—.

잔소리를 못해 안달이 난 아빠가

CONTENTS

제2장 학교에서 가르쳐 주지 않는
행복과 성공의 비밀

제3장 멀리 가려면 함께 가라

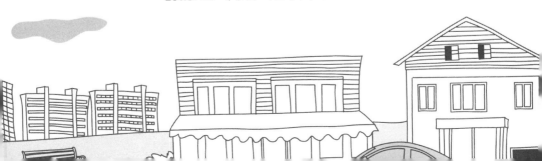

제1장

세상을 향해
꿈을 쏴라

DREAMS COME TRUE

1등은 2등이나 꼴찌가 있음으로 해서 **빛나고,**

2등이나 꼴찌는 1등이 있음으로 해서 **꿈과 희망**을 가질 수 있는 것이다.

아무쪼록 너희 그룹의 이름처럼 늘 **정상을 꿈꾸며, 최선**을 다하기 바란다. 너희들의 **실패와**

좌절은 정상을 향해 도전하는 과정에서 아마도 훌륭한 밑거름이 될 수 있을 것이다.

정상을 꿈꾸는 소년들에게

아들아! 넌 혹시 아빠의 전공이 무언지 아니? 모른다고? 아마도 모르겠지. 대부분의 자식들은 성장과정의 특징인지 아니면 무심해서인지 부모에 대한 관심이 크지 않지.

아이들에게 부모란 그저 늘 무언가를 베푸는 존재, 언제나 응석을 부릴수 있는 존재일 뿐, 그들도 기쁨이 있고, 슬픔이 있으며 한때는 꿈을 지녔던 인간이라는 사실을 망각한단다.

그것은 아빠의 경우도 마찬가지이지. 할머니가 세상을 뜨시기 전 함께 처음으로 할머니 고향인 삼천포 근처를 지나면서 아빠는 그동안 부모님께 얼마나 무심했는지 깨닫곤 속으로 회한의 눈물을 삼켰단다.

아빠는 아빠를 낳아준 할머니에 대해 제대로 알려고도 하지 않았다는 사실을 돌아가실 때쯤에야 비로소 느끼게 된 것이지. 할머니가 자라나시고, 학창시절을 보내신 곳이 삼천포라는데, 또 상족암이란 아름다운 곳으로 소풍을 가시곤 했다는데, 이제는 그런 얘기를 들려주실 할머니가 더 이상 세상에 계시질 않구나.

하지만 이런 얘기를 듣고 자책할 필요는 없단다. 왜냐하면 부모와 자식 간의 사랑은 본질적으로 치받이 사랑이 아니라 내리사랑이기 때문이다.

얘기가 길어졌구나!

아빠의 전공은 바로 마케팅, 구체적으로는 '포지셔닝 전략'이란다. 이 '포지셔닝 전략'은 너희들의 장래 음악활동을 위해서나, 아니면 인생을 위해서도 중요한 개념이라는 생각이 드는구나. 아무쪼록 이러한 사실을 염두에 두고 읽어 보도록 하려무나.

아들아! 너희들 그룹의 이름인 'B2ST'는 'Boys 2 search 4 top', 곧 '정상을 꿈꾸는 소년들'의 약자라지? 아빠가 듣기로는 저스틴 팀버레이크라는 세계적인 가수의 안무가인, AJ가 너희들이 춤추는 모습을 보고, 마치 야수(beast) 같다며 감탄하는 모습에서 힌트를 얻어 이렇게 지었다는 얘기도 들리더구나. 그 과정이야 어떻든 아빠는 이 'B2ST'라는 이름이 썩 마음에 든다. 그것은 너희들이 최고(best)나 정상(top)이 아니라, 그것을 위해 노력하는 소년들임을 인정하는 의미이기 때문이다.

너희들은 사실 매우 특별한 그룹이다. 멤버 대부분이 실패와 좌절을 경험했다는 점에서 특히 그렇다고 할 수 있지. 현승은 빅뱅을 뽑는 오디션 최종라운드에서 아깝게 탈락한 것으로 안다. 두준이는 아마도 2PM 선발 서바이벌 프로그램인 '열혈남아'에서 마지막으로 고배를 마셨지? 그밖에도 준형이는 Xing의 멤버, 요섭이는 M-boat 연습생 출신으로 알고 있고.

아빠는 이런 너희들이 자랑스럽다. 그것은 너희들이 어린 나이에 차마 감당하기 어려웠을 시련들을 꿋꿋이 견뎌내고, 마침내 데뷔하게 되었기 때문이다. 그런데 걱정이 없는 것은 아니다. 그것은 아이돌가수가 너무나도 많기 때문이지. 너희들은 순수한 열정으로 음악만을 생각하지만, 부모의 입장에서는 이것저것 따지지 않을 수가 없구나.

아빠의 전공인 마케팅의 관점에서 보면 B2ST는 2등(꼴찌), 즉 실패와 좌절을 경험한 떨거지(?)임을 인정하고, 그래서 '우리는 남들보다 더욱 열심히 노력한다'는 이미지를 유지하는 것은 매우 중요하다고 생각한다. 사람들은 일반적으로 1등보다는 2등을 더욱 동정하는 경향이 있기 때문이다. 게다가 이 세상에는 1등보다는 2등과 꼴찌가 훨씬 더 많지 않니? 학교에서는 1등을 못하면 체벌을 가하고, 가정에서는 앞집 애는 무슨 과목이 100점이고, 뒷집 애는 어느 대학에 들어갔다며 아이들을 닦달하기 일쑤이지만 말이다.

태어나 1등을 경험하지 못한 대다수의 청소년들이 '좌절과 실패를 맛본 아이들'인 B2ST에 대해 동지의식이나 연대감을 느끼고 격려를 보내리라 기대한다면 아빠의 지나친 희망일까? 물론 B2ST가 무슨 동정과 자선을 바라고 노래하지는 않겠지만 말이다.

이처럼 2등을 인정하는 전략인, '넘버2 스트러티지(No.2 Strategy)'는 사실 마케팅의 천재이자 포지셔닝전략의 창시자인 알 리스(Al Ries)와 잭 트라우트(Jack Trout)가 제시한 이론이란다.

넘버2 스트러티지의 기본발상은 소비자들은 늘 1등만 기억한다는 전제에서 출발한다. 즉 사람들은 흔히 세상에서 가장 높은 산, 첫 번째 애인, 첫 키스에 대해선 기억하지만, 두 번째 이후부터는 주목하지 않는다는 것이다.

구체적인 예로 렌터카 부문의 1위 업체는 'Hertz'이고, 2위 업체는 'Avis'이다. 그런데 Avis는 아무리 노력해도 소비자들이 외면한다. 이 과정에서 Avis의 그 유명한 '넘버2 스트러티지'가 등장한다. 즉 Avis는 과감하게 그리고 파격적으로 2위임을 인정하는 광고를 내보내기 시작한 것이다.

"소비자 여러분, 우리는 2등입니다. 우리는 더욱 열심히 노력하겠습니다."

이 광고를 접하며 소비자들은 비로소 깨닫는다.

'참 세상에는 2등도 있었지!'

'그 놈 참 안됐네!'

이후 소비자들의 관심이 집중되기 시작하고, Avis는 엄청난 성공을 거둔단다. 그런데 더욱 중요한 것은 그 이후의 일이다. 이 전략으로 기대 이상의 성과를 거둔 'Avis'는 나중에 자신감에 도취된 나머지 이른바 '오버(over)'를 하고 말지.

"소비자 여러분! 조금만 더 도와주세요. 우리는 곧 1등이 될 것 같습니다"라고. 그러자 소비자들은 바로 등을 돌리고 만단다. "Avis 너, 참 많이 컸구나!" 라고 생각한 것이겠지? 이후 Avis의 실적은 곤두박질치고, 결국은 다른 회사에 흡수·합병되고 말았단다.

아들아! 1등은 2등이나 꼴찌가 있음으로 해서 빛나고, 2등이나 꼴찌는 1등이 있음으로 해서 꿈과 희망을 가질 수 있는 것이다.

아무쪼록 너희 그룹의 이름처럼 늘 정상을 꿈꾸며, 최선을 다하기 바란다. 너희들의 실패와 좌절은 정상을 향해 도전하는 과정에서 아마도 훌륭한 밑거름이 될 수 있을 것이다. 그리고 혹 정상을 밟거든 오늘의 초심을 잃지 말고, 늘 온유하며, 예의바르며, 겸손하여야 한다. 만에 하나 교만해진다면 그 즉시 날개 없는 추락을 거듭할 것임을 잊어선 안 된다.

너희들이 꿈꾸는 음악은 설 수 있는 무대가 있어야 생명력을 가지는 것이며, 들어줄 청중이 있어야 비로소 빛나는 것임을 모르진 않겠지?

아빠는 꼴찌를 응원한다

아들아! 카시오페아는 동방신기의 팬클럽이라지? 뷔앞(VIP)은 빅뱅, 핫 티스트는 2PM, 뷰티는 비스트의 팬클럽이고. 이들 팬클럽의 힘은 자못 커 서 자신이 지지하는 연예인을 단순히 응원하고, 박수를 치는 데서 그치는 것 같지가 않더구나.

자신이 편애하는 연예인이 혹 곤경에 처하거나, 누군가로부터 부당한 대 우를 받기라도 하면 경우에 따라서는 곧바로 압력단체로 표변하는 경우를 왕왕 보았다. 때로는 냉혈하고 무자비한 사이버 전사(테러리스트)가 되어 복수를 하는 경우도 보았고. 동방신기와 소속사 간의 갈등이나, 2PM 박재 범 군의 한국 비하 발언과 팀 탈퇴 문제를 두고 팬클럽 회원들이 보여준 실 력행사가 대표적인 사례일 거야.

사람들은 사실 자신이 좋아하는 연예인을 중심으로 응집하려는 경향이 있기 마련이다. 연예인과 더불어 호흡하고 공감하며, 때로는 박수를, 때로는 한숨을 쉬며 카타르시스를 경험하고, 대리만족을 하는 거지.

물론 이러한 현상을 두고 더러는 비판적인 입장을 취하는 이들도 있더구나. 연예인을 열렬히 추종하는 팬들을 '빠순이'니 '빠돌이'라는 이름으로 비하하며, 공연히 욕하고 비난하는 이들이 그들이다.

그러나 아무리 극성스러운 팬이라 할지라도 이들을 무조건 싸잡아 매도하는 것은 온당치 않다. 그것은 사람들이 자신의 정서에 부합되거나 이상형이라고 여겨지는 대중스타에게 이끌리는 것은 어쩌면 당연한 일이요, 인지상정이기 때문이다. 실제 일부 심리학자와 진화생물학자들은 인간의 이러한 심리를 인간의 본성에 숨겨져 있는 다빈치코드, 즉 필연적인 경향이라고 해석하기도 하지.

그런데 문제는 일부 극성팬들이 보여 주는 극단주의라 할 수 있다. 사실 자신이 좋아하는 연예인에게 혈서를 보내고, 사생활까지 공유하려 스토킹까지 불사하는 행동은 누가 보아도 도를 지나친 것이라 할 수 있지. 그리고 자신이 지지하는 연예인은 무조건 '선'이고, 경쟁자는 '악의 축'으로 간주하는 편협한 시각도 문제이고.

실제로 극히 일부의 사례이긴 하지만, 극단적인 팬들이 이성을 망각하고, 마구잡이로 대립각을 세우는 바람에 상처를 입은 스타들도 적지 않다. 2PM의 재범이나 국민배우 최진실의 경우가 좋은 사례라 할 수 있겠지.

이러한 일부 팬들의 일탈은 사실 따지고 보면 연예계에 국한된 문제가 아니다. 언젠가 아빠는 한국을 대표하는 세기의 코털(김홍국 씨의 입지는 최근 박상민 씨에 이어 엠블랙의 지오 군이 등장하면서 크게 흔들리고 있다) 김홍국 씨가 신문에 쓴 글을 읽고, 혼자 고개를 끄덕인 일이 있다.

"우리나라 사람들의 축구에 대한 애정과 열기는 대단하다. 그러나 상대 팀에 대한 배려는 부족하다. …중략… 축구란 즐기는 것이다. 승패에만 집착하면 모양이 우습게 된다."

사실 우리나라 사람들은 편 가르기를 엄청나게 좋아한다. 우리나라 사람들은 누군가를 만나면 우선 내 편인지, 네 편인지부터 따져야 직성이 풀리기 마련이지.

그리고 내 편은 좋은 편, 네 편은 나쁜 편으로 간주하며, 자파에 대해선 '우쮸쮸쮸~' 거의 무조건적으로 관대한 입장을 취한다. 그러나 상대편에 대해선 처음부터 철천지원수라도 되는 양 공격적, 적대적으로 대한다.

한국인의 이러한 배타성에 대해서는 사실 진작부터 우려하고 탄식하는 식자들이 적지 않았다. 일례로 이규태 전 조선일보 논설위원은 우리나라 사람들은 "외집단에 속하는 남들은 일단 불신을 하고 적대하며, 나를 해칠 사람으로까지 경원시한다"고 직설적으로 꼬집은 일이 있다. 여기서 내집단은 내가 알고 있는 사람, 외집단은 반대로 내가 알고 있지 않은 남을 의미한다고 보면 정확할 거야.

그런가 하면 이어령 선생께서도 '한국인의 예절'에 관한 한 비평에서 한국인의 분파적·파당적 성향을 다음과 같이 설명했다.

"한국인의 예의는 울타리 안의 것이요, 아는 사람끼리만의 예의이다. 일단 거리에 나서면, 낯선 사람끼리 만나면 야만에 가깝고, 거의 냉혈족으로 표변한다. …중략… 공중의 모럴은, 사회 전체를 상대로 한 그 인정은 메말라 있기만 하다."

그렇다면 내부인에 대해서는 온정적이고, 외부인에 대해서는 지극히 배타적인 이처럼 고질적인 습관은 어떻게 생겨나게 된 것일까? 이 의문에 대해서는 '오랫동안 정착성 농경생활을 영위해 왔기 때문'이라는 설명이 설득력이 있다.

아들아! B2ST의 멤버들은 한결같이 실패와 좌절을 경험한 아이들로 이루어져 있지? MTV에서 10부작 다큐멘터리 형식으로 방영한, B2ST의 데뷔 과정을 유심히 살펴보니 아닌 게 아니라 그러한 아픔과 슬픔이 절절이 느껴지더구나.

그런데 참으로 안타깝고도 무참한 일은 너희들 그룹은 데뷔도 하기 전에 안티카페부터 생겨났다는 점이다. 실제로 인터넷을 검색해 보니 차마 입에 담기 어려운 저급한 욕지거리를 늘어 놓으며 무조건 비아냥대는 친구들이 적지 않더구나. 심지어 B2ST에 관한 기사나 싸이월드 미니홈피를 찾아다니며 악성댓글로 도배를 하는 못된 친구들도 있고. 짝퉁빅뱅이니 따라쟁이니 해가며 말이다.

그 이유에 대해서는 아빠도 정확히는 모른다. 다만 너희 멤버 중 누군가가 자신의 싸이에 야무진 각오를 담아 올린 글이 별로 마음에 안 들어서 그런다는 얘기를 들었을 뿐이다.

아니, 세상에 아무리 그래도 그렇지, 이제 막 출발하는 신인들을 이처럼 비딱한 시선으로 보아야 직성이 풀리는 걸까? 돌팔매질을 해야만 속이 시원해지는 걸까? 한번 실패하고 탈락되면 너희들 표현으로 무조건 죽은 듯이 짜져 지내야 하는 걸까? 안되면 될 때까지 노력하고, 시지프마냥 끊임없이 도전하는 자세야말로 아름다운 것이고 오히려 장려해야 하는 것이 아닐까?

왜 사람들은 실패와 좌절을 경험한 친구들에게 격려를 보내 주지 않는 걸까? 왜 사람들은 어두운 연습실에서 남몰래 눈물을 흘리는 2등이나 꼴찌에게 손수건을 건네고 용기를 불어넣어 주지 않는 걸까? 왜 피 흐르는 상처기를 감싸 주고 기꺼이 '호'를 해주지 않는 걸까?

철학자 아리스토텔레스가 말했다.

"인간은 사회적인 동물이다."

그런데 아빠는 영민한 동양인들은 이미 오래전부터 이러한 사실을 정확하게 알고 있었다고 생각한다. 사람을 의미하는 한자인 '人' 자가 그것을 훌륭하게 증명하지.

사람 '人' 자는 사실 사람들이 서로에게 기대고 있는 모습을 형상화 한 것이란다. 그런데 이 글자에서 만약 한 획이 없어지면, 즉 한쪽이 피하거나 사라지면 어떻게 될까? 그럼 당연히 인간의 존재는 자빠지거나 소멸되지 않을까?

사람이 사는 세계는 그런 것이란다. 남자는 여자가 있고, 여자는 남자가 있기 때문에 아름다운 것이다. 나는 네가 있고, 너는 내가 있기 때문에 세상은 굴러가는 것이고, 살맛도 생기는 것이란다.

스타는 팬이 있고, 팬은 또 스타가 있기 때문에, 비스트는 엠블랙이 있고, 엠블랙은 비스트가 있기 때문에 더욱 빛나는 것이고, 스스로 자신을 채찍질하고 담금질할 수 있는 것이다.

아빠는 아무쪼록 세상사람 모두가 나와 다른 생각을 가진 사람, 다른 길을 걷는 사람들에게 아량을 베풀고 관용을 보이고 배려해 준다면 좋겠다. 사람이 사람다울 수 있는 것은 동물의 세계에서는 찾아보기 어려운, 이러한 아름다운 덕목을 지니고 있기 때문임은 말하나 마나다.

Letter 3
2PM 박재범 군을 위한 변명

아들아! 프랑스 사람들은 개성이 매우 강하단다. 레스토랑에서 음식을 주문하는 모습만 보아도 그들은 곧잘 갑론을박, 난상토론을 벌이지만, 결론은 제각각이기 십상이지.

프랑스인의 개성과 취향이 다양하다는 증거는 이밖에도 무수히 많다. 프랑스에서 생산하는 치즈와 포도주의 종류가 엄청나게 많다는 사실도 그중 하나이지. 오죽하면 드골 프랑스 전 대통령은 개탄을 금치 못했을까? "이렇게 취향이 다양한 민족을 통치하기란 얼마나 어려운 일인가?" 라며 말이다.

그렇다면 이처럼 개성이 넘치는 프랑스 사람들이 별 탈 없이 더불어 살아갈 수 있는 원동력은 무얼까? 또 세계에서 정치적인 스펙트럼이 가장 다양한 나라라는 프랑스가 제대로 굴러가는 배경은 무얼까?

그것은 바로 사람들의 다양한 욕구와 필요를 조정하고, 아우를 수 있는 관념인 '톨레랑스(tolérance, 관용)' 가 존재하기 때문이라는 것이 전문가들의 한결같은 견해란다.

톨레랑스! 아빠는 이 말을 들으면 언젠가 읽은 《나는 빠리의 택시운전사》라는 자전적 에세이가 생각난단다. 이 책의 저자는 우리나라 최고의 명문으로 꼽히는 K중고를 거쳐 S대학에서 수학한 수재로, 홍세화 선생이라는 분이시지.

선생께서는 어쩌면 태평성대에 태어났더라면 나라를 위해 큰 일을 할 인물이었을지도 모른다. 하지만 선생은 군사독재 시절, 남민전(남조선민족해방전선) 사건에 연루되면서 빨갱이라는 낙인이 찍히고, 우여곡절 끝에 프랑스로 망명했던 분이지. 한 인간의 운명이 시대적인 상황에 따라 이렇게 달라질 수 있다면, 과연 누가 믿을 수 있을까? 아빠는 아직도 사람의 운명을 지배하는 보이지 않는 힘의 정체가 무언지 궁금할 때가 많단다.

아무튼 당대 최고의 엘리트가 머나먼 이국땅에서 호구지책으로 관광안내나 택시운전을 하며 살아갈 수밖에 없었다면 그 인생이 얼마나 고단할지는 아마 짐작할 수 있을 것이다.

홍세화 선생의 드라마틱한 인생역정을 씨줄과 날줄로 엮은 에세이를 읽어보면 가슴이 짠해지는 대목도 있고, 인상적인 내용도 적지 않다. 프랑스를 지탱하는 위대한 힘을 톨레랑스라고 확신하는 관점도 그 중 하나지.

톨레랑스란 선생께서 프랑스어 사전의 해설을 토대로 설명한 바에 따르면, '다른 사람이 생각하고 행동하는 방식의 자유 및 다른 사람의 정치적·종교적 자유에 대한 존중'을 의미한다. 그리고 이것은 '권력에 대하여 개인의 자유와 권리를 보호하려는 의지'와 관계가 있는 개념이기도 하지.

내친 김에 선생의 얘기를 좀 더 들어 보기로 하자.

"톨레랑스는 극단주의를 외면하며, 비타협보다 양보를, 처벌이나 축출보다 설득과 포용을, 홀로서기보다 연대를 지지하며, 힘의 투쟁보다 대화의 장으로 인도한다."

톨레랑스가 만약에 선생의 말대로 그러한 의미를 지니고 있다면 그것은 매너가 지향하는 최종목표와도 완벽하게 일치하는 개념이라고 보아야 하겠지. 물론 문화의 상대주의와 사상의 자유를 포함하는 개념이기도 하고.

그렇다면 톨레랑스는 혹 한국 사회를 관통하는 정(情)이라는 개념과 비슷하지 않을까? 이 점에 대해 선생은 아니라고 단언한다. 곧 "'정'의 사회적 의미는 애매한 반면, '톨레랑스'의 사회적 의미는 명확하다"는 것이지. 그리고 덧붙여 "우리의 '정'은 감성의 표현인 것에 비해 톨레랑스는 이성의 소리"라고 설명한다.

아들아! '10점 만점에 10점'으로 데뷔한 2PM의 멤버 재범 군이 자신의 싸이인가, 어딘가에 오래 전에 올린 글로 말미암아 결국은 나래를 접었다는 소식을 들었다. 자신의 일생의 꿈인 가수가 된 지 채 1년도 못돼 말이다. 그 잘난 한국을 비하하는 글이 문제가 되었다지?

재범이는 미국에서 태어난 재미교포 2세로, 이른바 B-boy 출신이다. 미국에서 진행된 한 콘테스트에서 JYP에게 발탁되면서 청운의 꿈을 안고, 2005년 한국에 들어온 친구이지. 그때는 아마도 재범이가 고등학생이었거나 갓 졸업을 하지 않았나 싶구나.

아무튼 미국에서 출생하고 미국에서 성장한 재범이가 한국에 와 얼마나 고생을 했을지는 보지 않아도 너끈히 짐작할 수 있을 것 같구나. 우리말도 서툴지, 음식도 맞지 않지, 가족이나 친구도 없지. 게다가 재범이를 기다린 것은 도대체 언제 데뷔할 수 있을지 그 누구도 모르는, 그야말로 막연하고 암담한 상황뿐이었다.

재범은 원더걸스니 비(Rain)니 2PM이 그랬던 것처럼 햇볕도 들지 않고, 공기도 제대로 통하지 않는 지하연습실에 갇혀 근 5년간, 마치 감옥생활과도 같은 생활을 하며 연습을 하였다. 그리고 마침내 데뷔를 하고, 이제 막 여유를 가질 만한 상황이 되었다. 그런데 그 암담하고, 아무런 희망이 보이지 않던 시절, 고독과 아픔에 겨워 끄적거린 낙서를 네티즌 누군가가 발견했고, 그것을 인터넷에 의기양양하게 공개했다.

재범이는 서둘러 미숙한 시절의 과오를 인정하고, 사과했다. 그러나 사람들은 마치 먹잇감을 발견한 승냥이 떼마냥 물어뜯기 시작했고, 돌팔매질을 했다. 자신이 무심코 던진 돌팔매에 혹 애꿎은 개구리가 맞아죽건 말건 말이다. 그것도 비겁하게 익명의 그늘에 숨어 무자비하게 .

결국 22세 아름다운 청년, 재범이의 날개는 꺾이고 말았다. 그는 이내 미국행 비행기에 올랐고, 어머니의 품에 안겨 오열을 터뜨렸다. 대한민국 네티즌들의 위대한 승리로 끝난 것이지. 도대체 노래 외에는 아무 것도 생각해 본 일이 없는 아이, 오직 가수만을 꿈꾸며 한길을 달려온 재범이의 앞날은 앞으로 어떻게 되는 걸까?

아빠는 재범의 추락을 보면서 성경의 한 구절이 생각났다. 예수께서 돌로 쳐 죽임을 당할 위기에 놓인 여인을 감싸며 하셨다는, "죄 없는 자가 있으면 이 여인을 치라"는 바로 그 말씀 말이다.

아빠는 이 사건을 접하며 재범이의 모국이라 할 수 있는 대한민국의 포용력이랄지 도량에 대해 심각한 회의를 느꼈다는 사실을 밝히지 않을 수 없구나. 도대체 이제 갓 소년기를 넘긴 청년에게 종교인이나 교육자를 넘어서는 도덕성과 완벽성을 요구한다는 사실이 과연 가당키나 한 일일까? 실수를, 그것도 치기에 겨워 저지른 사소한 과오조차 용서하지 못하고 축출해 버리는 대한민국이라는 나라는 도대체 어떤 나라일까?

아빠는 넘어진 사람을 일으켜 세워 줄 생각은 않고, 외려 찍어 누르고 돌팔매질을 해댄 이들이 대충 누구인지 짐작이 간다. 그들은 필시 살면서 단한 차례도 실수나 잘못을 저지르지 않은 도덕군자일 것이다. 그러나 만약에, 정말로 만약에 그렇지 않다면 그들은 정말로 나쁜 사람들일 것이다.

옛 어른들께서는 사람들이 누군가를 해코지하면 반드시 응분의 대가를 받는다고들 말씀하셨다. 아빠는 이 얘기를 처음엔 허투루 들어 넘겼다. 하지만 세월이 지나고 보니 현실로 나타나는 경우가 적지 않더구나.

따지고 보면 베스트셀러 《시크릿》에서 주장하는 내용도 그런 것이겠지. 긍정적인 생각을 하면 긍정적인 기운이 모이고, 부정적인 생각을 하면 부정적인 기운에 휩싸인다는 것.

　아빠가 존경하는, 맥도널드의 실질적 창시자 레이 크록은 이런 말을 했다.

　"만약에 내게 똑같은 생각을 지닌 두 명의 뛰어난 중역이 있다면, 난 한 사람을 자르겠다."

　이 얘기는 결국 발전과 진보의 전제나 토대는 다양성이라는 의미겠지?

　아빠는 나와 다른 생각을 지닌 사람을 존중하고 인정하는 정신, 즉 톨레랑스야말로 국제화시대를 살아가는 강력한 매너요, 키워드라고 생각한다. 동시에 편견과 아집과 차별에 사로잡힌 대한민국이 살아날 수 있는 유일한 길이고. 한국의 네티즌들이 하루속히 이성을 되찾고, 톨레랑스를 지녔으면 하는 바람이다.

　아들아! 네가 열망하는 연예인이란 직업은 보면 볼수록 투명한 유리어항 속에서 살아가는 물고기와 같은 존재라는 생각이 드는구나. 일거수일투족, 늘 감시를 당하며 사는 불쌍한 존재라는 것이지. 하지만 그것이 네 꿈이잖니!

　아무쪼록 말 한 마디, 행동 한 자락에도 늘 삼가는 자세로 살도록 하여라. 그리고 행여 누가 실수를 하거나 과오를 범해도, 또 혹 넘어진 사람을 만나도 적어도 너만큼은 함부로 돌팔매질을 하거나 비방해서는 안 된다.

　아빠는 재범이가 2PM에 다시 합류하기를 기대하며, 다시는 이런 일이 생기지 않기를 간절히 바란다. 아울러 우리나라 사람들 모두가 톨레랑스를 지녀 진정으로 성숙한 나라, 정이 넘치는 나라로 거듭나길 희망한다.

Go, Korea!

Letter 4
셰르파의 지혜

네팔에는 셰르파라 불리는 사람들이 있다. 셰르파는 한 마디로 히말라야 등반 도우미라 할 수 있지. 히말라야는 알다시피 산악인이라면 누구나 한 번쯤은 도전을 꿈꾸는 명산이다. 하지만 히말라야는 웬만해서는 사람들의 접근을 허용하지 않는 신성한 산이기도 하지.

그래서 산악인들은 히말라야를 몽매에 그리며 정말이지 오랫동안 모질고도 고된 훈련과 실전연습을 거듭한단다. 그리곤 치밀한 계획을 세우고, 무수히 많은 첨단장비와 식량을 준비한 뒤 도전에 나서기 마련이지.

히말라야를 등정할 때는 기후조건, 대원의 건강과 컨디션도 완벽해야 하지만 노련한 길잡이가 필요하다는 사실은 말하나 마나다. 세계 각국에서 몰려드는 히말라야 등반대를 위해 무거운 장비를 전진캠프까지 져다 나르고, 안내하는 역할을 수행하는 길잡이! 그들이 바로 셰르파란다.

그런데 한 가지 흥미로운 사실은 이들 셰르파들은 정상을 밟는 일에 대해선 별반 관심이 없다는 것이다. 왜냐하면 그들은 단지 먹고 살기 위한 호구지책으로 산을 탈 뿐이기 때문이지. 그러나 이들 셰르파야말로 전문산악인 이상으로 강인한 체력과 정신력을 지닌 진짜 산꾼이라는 사실을 부인할 수 있는 사람은 아마도 아무도 없을 거야.

도대체 셰르파들이 어떻게 이처럼 험난하고 고역스러운 험산준령을 마치 뒷동산 오르듯 가볍게 오를 수 있는 것일까? 혹 무언가 베일에 가려져 있는 비법과 요령이 있는 것은 아닌지 궁금하게 생각한 사람들이 물었다는구나.

그런데 셰르파들이 대답한 요령이란 것은 정말이지 싱거울 정도로 쉽고, 간단했단다. 즉 그들의 비법이란 오직 정상을 처음에 한번 쳐다본 이후론 절대로 다시 바라보지 않는다는 것, 그리고 보폭을 적당히 잡고, 한걸음 한걸음씩 내딛을 뿐이라는 것이었지.

아들아! 넌 셰르파가 가르쳐준 이 간단한 요령 속에 숨겨진 지혜와 진리를 짐작할 수 있겠니? 그렇다. 산을 타는 사람이 만약에 계속 정상만 바라본다면 어떻게 될까? 자신도 모르게 욕심이 생기지 않을까?

산악인이 만약 과욕을 부리면 그 결과는 어떻게 되겠니? 자신도 모르게 큰 걸음으로 성큼성큼 무리하게 걷게 되고, 결국은 밸런스를 잃지 않을까? 아빠는 이 셰르파의 지혜로부터 훌륭한 교훈을 얻을 수 있다고 생각한다.

너희가 꿈꾸는 최정상의 가수가 되려면 밑그림을 그린 후 한발 한발 차근차근 내딛어야 한단다.

조급해 하지 말고, 욕심 부리지 않고, 포기하지 않고, 성실하게 한 걸음씩 걷다 보면 어느 순간 갑자기 그 모습을 드러낼 것이다.

Letter 5 꿈꾸지 않는 사람은 아무것도 얻을 수 없다

아들아! 오늘은 아빠가 성공에 관한 얘기를 들려주려 한다.

사람들은 늘 성공을 꿈꾼단다. 사람들이 꿈꾸는 성공은 돈이나 권력 혹은 명예를 탐하는 세속적인 성공일 수도 있지. 그리고 때로는 자아실현이나 인류의 미래와 같은 형이상학적인 것일 수도 있고, 건강, 사랑, 로또 당첨과 같은 소박한 것일 수도 있다. 성공이 세속적인 것이든 탈속적인 것이든 사람들이 성공에 대한 희망이나 꿈을 잃는다면 그 순간 인간으로서의 존엄성은 사라지기 마련이지.

그런데 사람들이 꿈꾸는 성공은 저절로 이루어지거나 얼렁뚱땅 손쉽게 얻을 수 있는 건 아니란다. 아무리 간절히 원해도, 또 아무리 내공을 쌓아도 언감생심 꿈조차 꾸기 어려운 게 바로 성공이라는 괴물이지. 하기야 장삼

이사 어중이떠중이 모두 성공할 수 있다면 어떻게 '성공을 꿈꾼다'는 표현이 생길 수 있겠니?

그렇다면 혹 성공을 보장할 수 있는 비책이나 부적 같은 건 존재하지 않는 걸까? 애석하게도 그런 건 존재하지도 않을 뿐더러 존재할 수도 없단다. 그러나 그렇다고 해서 지레 겁을 먹거나 실망할 필요는 없지. 성공의 비법이나 담보물은 없지만, 성공의 가능성을 높일 수 있는 방법은 얼마든지 있을 수 있기 때문이다.

생각해 보아라. 네가 아무런 생각이나 준비 없이 막연히 기다릴 때 성공의 가능성이 크겠니? 아니면 이공분야의 과학도처럼 엄밀하고 체계적인 방식으로 접근할 때 성공의 가능성이 크겠니? 당연히 '공학적인 접근'이 유리하지 않을까?

아빠는 이처럼 성공의 가능성을 높일 수 있는 대안을 모색하고, 그것을 이루기 위한 필요충분조건은 어떤 것인지 탐구하고 접근하는 방식과 자세를 성공학 혹은 석세스 엔지니어링(success engineering, 성공공학)이라고 부른단다.

그렇다면 성공공학의 기본요소는 무엇일까? 이에 대해서는 당연히 다양한 견해가 존재하겠지. 하지만 아빠는 학생들을 20여 년 이상 가르쳐 온 교수로서의 오랜 경험에 비추어 무엇보다 세 가지 요소가 중요하다는 생각이 드는구나.

첫째, 미래를 내다보는 안목이 있어야 한다.

인간은 기본적으로 현재시점에 존재하며 미래를 향해 나아가는 존재란다. 따라서 장차 비전이 있는 분야, 도전할 가치가 있는 영역을 찾아 내는 것이 무엇보다 중요하다고 할 수 있지.

그러려면 주변의 스승, 부모, 선배, 미래학자들과 기회가 있을 때마다 진지하게 대화하고, 그들의 얘기에 귀를 기울일 필요가 있음은 말하나 마나란다. 물론 독서를 하는 것도 매우 좋은 방법이라 할 수 있지. 독서는 선배 제현의 지혜를 빌릴 수 있는 훌륭한 수단이기 때문이다. 아빠도 실은 독서를 통해 일평생을 의탁할 수 있는 빈 공간을 발견했다 해도 지나친 말이 아니란다.

둘째, 성공의 변수나 요건을 확인한 다음, 치밀하고 철저하게 준비해야 한다.

이 과정을 단계별로 소개하자면 우선 자신이 도달할 궁극적 목표나 역할 모델을 찾아 내야 한다. 네 입장이라면 아마도 네가 가장 존경하는 외국가수 시스코나 god가 모델이 될 수 있겠지.

그 다음엔 그들이 되기 위해 필요한 자질이나 능력, 조건이 무언지 규명하고, 철저히 준비해야 한다는 것이다. 가수의 경우를 예로 들면 노래와 춤 연습은 당연히 기본일 것이다. 그러나 가수는 퍼포먼스로 승부를 거는 직업임을 감안하면, 공연이나 가창의 완성도를 높일 수 있는 수단인 연기력을 닦는 노력도 게을리 해선 안되겠지?

　뿐만이 아니다. 최근 연예 분야는 '한류 열풍'에서 보는 것처럼 국제화가 대세라 할 수 있지. 그렇다면 외국어는 물론 그들의 문화와 매너를 이해하려는 노력도 필수라고 해야겠지? 그런 의미에서 아빠는 네가 연습생 시절 땀을 뻘뻘 흘리며 공부해 둔 중국어나 피아노, 드럼이 언젠가는 네게 큰 힘이 될 것이라 확신한다.

　셋째, 이 두 요소를 아우르며 외부로 표출하는 이미지 메이킹과 대인관계 기법에 대해서도 공부하고 이해해야 한다.

　너도 알다시피 아빠는 매너 전문가로, 성공에 대해 남다른 관심이 있다. 그런데 이 성공이란 사실 다른 사람과의 관계에 의해서 규정되는 것이며, 사회 속에서 획득할 수 있는 것이라 할 수 있지. 이런 관점에서 본다면 화술이라든지 옷 입는 법, 밥 먹는 법에 대해서는 물론 남들에 대한 배려, 겸손과 온유한 성품을 지니는 것이 매우 중요하단다.

　물론 이 세 가지 요소가 성공의 전부는 아니다. 일례로 시대적인 상황이라든지 운이 따라 주지 않으면 애써 준비한 노력이나 열정도 물거품이 되기 십상이지. 그러나 불행히도 이러한 변수들은 우리 힘으로는 어쩔 수 없는 통제 불능변수이다. 따라서 우리가 할 수 있는 일은 그저 최선을 다해 준비하고, 진인사대천명의 자세로 기다리는 것뿐이란다.

아들아! 아빠는 언젠가 유명 연예기획사 근처를 지나다 깜짝 놀란 일이 있다. 해거름 무렵, 영하 20도를 밑도는 추운 날씨에 중고생 수십여 명이 마치 거적때기 같은 무릎담요로 온몸을 두르고 무언가를 기다리고 있었기 때문이지.

알고 보니 그들은 오디션을 앞두고 자신의 순서를 기다리는 청소년들이 더구나. 청소년들이 가장 선망하는 직업이 연예인이라더니 그것을 피부로 실감할 수 있는 기회가 아닐 수 없었지.

돌이켜 보면 너랑 가까운 2PM의 멤버들도 대부분 공개오디션을 통해 선발되었지? 한 친구는 비보이(b–boy) 출신으로, 미국에서 개최된 JYP오디션에서 발탁되었다는 얘기를 들었다. 또 한 친구는 대구의 유명 백화점에서 열린 공개오디션에서 1등인가 2등을 차지하면서 연습생 생활을 시작하였고.

연예인 지망생들이 실력이 있는 기획사에 들어가려면 대략 1,000 대 1이상의 경쟁을 뚫어야 한다지? 그런데 막상 기획사에 들어가도 거기서 혹독한 연습생활을 거쳐 스타가 되려면 또 다시 1,000 대 1의 경쟁을 거치기 마련이다. 정말이지 이 정도의 경쟁이라면 서울대학에 들어가는 것보다 연예인 되기가 오히려 더 어려운 것은 아닐까?

게다가 설상가상 네가 꿈꾸는 연예계라는 곳은 승자가 모든 것을 거머쥐는, 이른바 제로 섬 게임이 판치는 살벌한 곳이다. 그야말로 연예계는 모 아니면 도라는 속담이 딱 들어맞는 곳이지. 하지만 어쩌랴! 네 진로는 정해졌고, 주사위는 이미 던져졌다.

아들아! 아빠는 소망한다. 아무쪼록 성공해라. 아니, 성공을 위해 치열하게 노력해라.

그리고 죽는 날까지 꿈꾸기를 포기하지 마라. 꿈꾸지 않는 사람은 아무것도 얻을 수 없다. 꿈꾸는 자가 결국은 나래를 활짝 펴고, 하늘 높이 비상할 수 있는 법이란다.

Letter 6
미래는 준비하는 이들의 몫이다

아들아! 아빠는 언젠가 명문 S대학을 우수한 성적으로 졸업하고, 버클리에선가 어디선가 공학박사 학위를 취득하고 금의환향한 한 남자에 관한 기사를 읽은 일이 있다.

사연을 대충 훑어 보니 이 남자는 한국에 귀국하자마자 화려하기 짝이 없는 이력서를 대학이나 연구소, 기업체에 뿌렸다지? 하지만 어찌 된 일인지 면접은커녕 단 한 군데에서도 연락이 오지 않았다는구나. 결국 이 사람은 남들은 흔히 명퇴를 대비하기 시작한다는, 30대 후반이 될 때까지도 일자리를 구하지 못하고, 백수생활을 했다는구나.

운이 지지리도 없는 이 남자는 하다하다 안되니까 '목구멍이 포도청'이라고, 결국 딸린 식구들을 생각해 눈물을 머금고 필생의 공부를 포기하고 말았다.

대신 그는 고시로 방향을 전환해 대략 2년여 정도 들입다 공부를 한 끝에 마침내 떡하니 고시에 패스했다는 것이다. 그리고 판사인지 검사인지 아무튼 임용을 앞두고 있다는, 그야말로 '인간 승리'의 감동적인 스토리였지.

아빠는 우연히 이 기사를 읽으며 무릎을 치며 감탄을 금치 못했단다.

"야! 역시 명문대 출신은 뭐가 달라도 한참 다르구나!"

"아니, 어떻게 불과 2년 만에 그 어렵다는 고시를 패스할 수 있지? 보통 사람들은 일평생 고시원이다 절이다 쏘다니며, 심지어 육법전서를 발기발기 뜯어먹어가며 발버둥을 쳐도 될까 말까 한 것이 고시라던데……."

그런데 말이다. 아빠는 한편으론 감탄을 금치 못하면서도 또 다른 한편으로는 이 사람은 인생의 실패자라는 생각이 머리를 떠나지 않더구나. 그것은 이 사람은 결국 미래를 내다보는 안목이 없었기 때문에 뜨지 못할 공부, 비전이 없는 전공을 선택한 것은 아닐까라는 데 생각이 미쳤기 때문이지.

아들아! 아빠의 벗 중에 어릴 적에 주산 신동으로 펄펄 날리던 친구가 있었단다. 이 친구는 전국규모의 주산경기 대회를 휩쓸다시피 한 그야말로 전국구 스타이자 천재였지. 이 친구는 도대체 주산에 얼마나 도가 통했던지 주판알을 퉁기지 않고도, 시험관이 경매사처럼 숨도 쉬지 않고 불러대는 사칙연산을 귀신같은 암산 솜씨로 척척 맞춰 내곤 했지.

그런데 지금 이 친구는 말이다. 이름도 없는 한 작은 공장에서 자신의 신기에 가까운 주산능력 같은 건 아예 펼쳐 보지도 못한 채 말단 직공으로 일하고 있지. 왜냐하면 주산 따위는 이제 아무짝에도 소용이 없는 세상이 돼 버리고 말았기 때문이다. 계산기로 톡톡 두들기기만 하면 아무리 어렵고 복잡한 연산도 그 자리에서 끝나는데, 누가 한가하게 주판알을 퉁기고 있겠니?

물론 아빠는 친구가 공장에서 일하는 걸 나쁘다거나 부끄럽다는 의미로 얘기하는 것은 아니란다. 그리고 주판이 논리성을 키우는 데 도움이 된다는 사실을 모르는 것도 아니지. 다만 그 재능이 너무나도 아까워서 하는 얘기일 뿐이란다.

혹 네 주변에는 주산에 인생의 승부를 걸겠다며 전의를 불태우는 친구는 없니? 에이, 요즘 그런 애가 어디 있겠느냐고? 천만의 말씀이다. 아빠는 대학에서 오랫동안 학생들을 가르치면서 그런 친구들을 의외로 많이 봤단다.

주변을 가만히 둘러보면 그릇된 정보나 막연한 생각으로 신기루를 좇는 젊은이들이 적지 않지. 열심히 일하면 5년 이내에 잔디밭이 딸린 그림 같은 전원주택을 짓고 살 수 있고, 벤츠를 적어도 서너 대 정도는 굴릴 수 있다는 이른바 피라미드 회사의 말을 곧이곧대로 믿고 허황된 사업에 미래와 인생을 거는 젊은이들이 바로 그런 부류라 할 수 있지.

아빠는 건실한 취업을 마다하고, 피라미드를 따라다니던 친구들 중에서 벤츠는커녕 국산 소형차조차 번듯이 굴리는 친구가 있다는 얘기를 듣지 못했단다. 약속한 5년이 한참이나 지났음에도 불구하고 말이다.

아들아! 지금 젊은이들에게 필요한 것은 미래지향적인 사고방식이란다.

지금 당장이 아니라 앞으로 10년 뒤, 혹은 20년 뒤에 어떤 분야가 비전이 있을 것인지 열린 마음으로, 그리고 냉정하게 바라보고 대비해야 한다는 것이다.

그렇다면 미래를 내다보는 눈을 갖추려면 어떻게 해야 할까? 무엇보다 미래학자들의 주장과 견해에 귀를 기울일 필요가 있다. 물론 미래 트렌드에 관한 국내외 서적을 구입해 꼼꼼히 탐독하는 것도 도움이 된다.

가능하다면 미리 관심분야를 정해 활자정보를 스크랩하고, 짬이 날 때마다 인터넷 서핑을 통해 필요한 정보를 탐색해 두면 좋겠지. 이 과정에서 미래의 추세나 흐름을 이해할 수 있는 단서를 발견할 수 있는 가능성이 매우 크단다. 그리고 주변의 인맥도 적극 활용해야 한다. 즉 스승이나 선배, 어른들과 광범위하게 접촉하며, 그들의 견해를 청취하는 것도 적잖은 도움이 된다는 것이지.

아빠는 사실 오랫동안 전공분야인 관광 관련주제들을 분야별로 스크랩을 해왔단다. 그리고 틈나는 대로 밑줄을 좍~ 그어가며 탐독하곤 했지. 그 과정에서 아빠는 음식(외식사업)과 매너라는 주제가 잠재력이 크다는 사실에 대해 눈을 뜨기 시작했지.

구체적으로 음식과 관련해서는 장차 음식(문화)에 대한 관심이 높아질 것이며, 외식사업이 급성장할 것이라는 데 생각이 미쳤지. 아빠는 이러한 확신을 토대로 1980년대 초반 이것을 전문적으로 연구할 연구소의 설립에 대해 동료교수와 의견을 나누었다.

이 아이디어는 나중에 외식분야 연구의 선구자 중 한 사람인 동아대 김의근 교수의 추진력으로 구체화되었고, 아빠도 부분적으로 참여하였다. 음식장사는 문화 비즈니스란 관점에서 《돈이 쏙쏙 벌리는 음식장사 이야기》라는 저서를 출간한 것도 이 과정에서 얻은 성과란다. 이 책은 경제경영부문 베스트셀러에 오르는 성과를 얻기도 했지. 외식사업이 성장하면 전문인력에 대한 수요가 증가할 것이라는 판단으로 청주대학 호텔경영학과 커리큘럼을 호텔·외식 관련과목으로 전면 개편하고, 국내 최초로 외식관련 석사학위 과정을 개설한 것도 성과라면 성과라 할 수 있지.

매너와 관련해서는 국제무대에서 한국인에 대한 평가가 부정적인 현실을 고려할 때 예절교육이 필요할 것이라는 자각이 생겼다. 이문화(異文化) 커뮤니케이션이라든지, 화술, 패션, 스마일, 매너에 관한 강의는 면접과 취업은 물론 대인관계에 도움이 될 것이라는 생각이 머리를 스치고 지나갔지.

이러한 사유 과정을 거쳐 아빠는 '현대인과 국제매너'라는 교양과목을 국내 최초로 개발하게 되었단다. 이 과목은 개설된 첫 해에 수강신청자 수가 4천 명을 넘는 큰 성공을 거두었지. 이 교양과목의 성공 사례는 주요언론에 앞다투어 소개되었고, 이후 2년제 대학을 포함해 전국 100여 개 대학에 유사과목의 교양강좌가 설치되기에 이르렀지.

음식과 매너에 대한 아이디어와 작은 성공은 아빠가 관심분야에 대해 애정을 가지고 꾸준히 정보를 수집하고, 정리하는 과정에서 얻은 것임은 두말할 나위 없는 일이다.

아들아! 지금 네가 해야 할 일은 당연히 가수로서 최선을 다하는 것이다. 그러나 미래의 자신의 모습에 대해서도 진지하게 생각해 둘 필요가 있음은 말하나 마나다. 일평생 현역으로 가수생활을 계속할 것인지, 아니면 또 다른 선택을 해야 할 것인지. 음악 분야에서 앞으로 10년 후, 또 20년 후 뜰 것으로 기대되는 비전이 있는 분야는 무엇인지 등등에 대해서.

그러자면 늘 깨어 있어야 한단다. 즉 시간이 날 때마다 네 속에 혹 숨겨져 있거나 발현되지 않은 또 다른 재능이나 잠재력은 없는지 자신을 끊임없이 돌아봐야 한다는 것이지. 아빠가 늘 새로운 것에 대한 도전이라든지 배움을 게을리 해서는 안 된다고 강조하는 것도 실은 그 때문이란다.

네가 정녕 비상을 꿈꾼다면 절대로 잊어서는 안되는 것이 있단다. 그것은 바로 '미래는 준비하는 이들의 몫'이라는 사실이다.

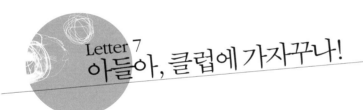

아들아, 클럽에 가자꾸나!

아들아! 네가 성년이 된 다음 꼭 하고 싶은 일은 클럽에 가보는 일이라지? 아빠는 네가 어느 방송에 출연해 그렇게 얘기하는 것을 듣고는 얼마나 웃었는지 모른단다. 그것은 네가 클럽에 가는 일을 다른 중차대한 일들을 제치고 첫손에 꼽은 이유를 대충 짐작할 수 있었기 때문이지.

너희들은 데뷔한 직후 강남의 한 클럽에서 신고식을 겸한 약식 공연을 했다지? 그런데 넌 미성년이란 이유로 참석하지 못했다는 얘기를 들었다. 결국 너는 다른 형들이 클럽에서 신나게 노는 동안 혼자서 연습실에서 춤 연습을 하기도 하고, 팬들의 유타문자에 답장을 하기도 하면서 '혼자 놀기'의 진수를 보일 수밖에 없었지.

그 때 넌 마음속으로 필시 각오를 다졌을 거야.

"두고 봐라! 내가 성년이 되기만 하면 반드시 제일 먼저 클럽에 가고야 말겠다."

게다가 미성년의 딱지가 붙어 있을 때 존재했던 수많은 금지와 제약, 그리고 수험생이라는 이유로 미루어 둬야만 했던 '19금 세상'에 대한 호기심을 감안하면 너의 클럽에 대한 열망이 어떠한 것인지 너끈히 짐작할 수 있단다. 본래 금단의 열매는 그것이 금단이라는 이유 때문에 사람들의 호기심을 자극하고, 열망에 불을 지피는 법이지.

그런데 네가 성년이 되면 가장 먼저 클럽에 가보고 싶다는 얘기에 예민한 반응을 보이는 그룹이 있더구나. 바로 팬들이지. 그들은 심지어 아빠의 미니홈피를 방문해 클럽 방문만은 막아야 한다며 하소연하는가 하면, 네가 클럽에 갈 때는 아빠가 동행할 것이라는 농담에 열렬한 박수와 지지를 보내기도 했지.

아빠는 팬들의 이러한 반응에 대해 처음에는 뜨악하게 생각했단다. 하지만 클럽이란 장소는 예나 지금이나 사람들의 자제력을 좀먹는 술과 유혹이 넘치는 곳이라는 사실을 감안하면 그럴 수도 있다는 생각이 들더구나.

아빠는 사실 네가 클럽에 가는 것을 반대하지 않는다. 아니 오히려 적극적으로 찬성하는 편이지. 물론 이것은 아빠가 개방적이거나 진보적인 성향을 지녔기 때문이 아니란다. 그것은 클럽에 대한 호기심은 어쩌면 너희들 또래에서는 당연한 것이고, 생각하기에 따라서는 건강하다는 반증이라고 생각하기 때문이지. 물론 아빠도 정직하게 말하면 젊은 시절 클럽을 구경한 일이 있다. 비록 손가락을 꼽을 정도이긴 하지만 말이다.

게다가 금도만 지킨다면 클럽을 구경하는 일이 바람직하다고 생각하는 데는 또 다른 이유가 있지. 그것은 즐길 때 즐기고 적당히 휴식을 취해야 스트레스도 날리고, 재충전의 기회를 얻을 수 있기 때문이다. 지나치게 고답적인 얘기지만 휴식과 여가활동은 열심히 일을 하기 위한 에너지를 얻는 수단이라는 것이지.

하지만 클럽을 이용할 때는 중요한 전제가 있단다. 그것은 바로 금도를 철저히 지켜야 한다는 것이다. 성년이 되고 나면 꼭 클럽이 아니라 하더라도 아무래도 술자리를 갖는 일이 잦아질 게다. 그런데 이 술이란 존재는 금도를 망각하게 만들고 이성을 무디게 하는 위험한 물질임을 잊어선 안 된다. 술은 정말이지 잘만 쓰면 약이 되지만, 조금만 방심하면 독이 되는 무서운 존재라는 것이지.

그래서 어쩌면 제롬이라는 인물은 술을 '악마가 젊음을 공격할 때 사용하는 첫 번째 무기'라고 단정하고, 롱펠로우는 "질병과 슬픔과 근심은 모두 술잔 속에 있다"라고 토로하는 것인지도 모르겠다. "악마가 사람을 찾아다니기 바쁠 때는 그의 대리로 술을 보낸다"는 알려지지 않은 한 인물의 주장 역시 마찬가지이고.

사람들이 술은 반드시 어른들에게 배워야 한다고 입만 벙긋하면 강조하는 이유도 실은 그 때문이다. 하지만 아빠는 불행하게도 네가 일찌감치 출가(?)하는 바람에 술을 대하는 마음가짐이라든지 주도에 대해서 얘기할 수 있는 기회를 놓쳤구나. 하여 아빠는 부득이 편지로나마 네게 그것에 대해 전하고자 한다.

우선 술에 대한 태도에 관한 것이다. 이것은 사실 네 엄마의 지론이다만, 술이란 기쁜 일이 있을 때 그것을 축하하기 위해 마시거나 좋은 벗과 담소를 나눌 때 마시는 것이라는 생각을 지녀야 한다. 즉 언짢은 일이 있거나 슬프고 괴로운 일이 있을 때 술을 가까이 하는 것은 술의 속성으로 미루어 결과가 더욱 악화될 수 있기 때문에 무조건 삼가야 한다는 것이다.

그리고 술을 마실 때는 그것이 대화와 분위기를 위한 수단이 되어야지 목표가 되어서는 안된단다. 바꾸어 말하면 술은 과정을 즐기는 것이지 결과를 추구하기 위한 것이 아니라는 것이지.

그러나 불행하게도 우리나라의 음주문화는 지나치게 결과를 추구하는 경향이 짙단다. 실제로 아빠는 한 식자의, 한국의 음주문화를 관통하는 철학은 '속전속결'과 '공생공멸'이라는 주장을 듣고 크게 공감한 일도 있지. "빨리 마시고 빨리 취하자"와 "다 같이 살고, 다 같이 죽자"가 한국의 술꾼이 지향하는 궁극의 목표라는 것!

사실 결과 중시의 음주문화는 우리나라의 고질적인 음주 행태, 즉 술잔 돌리기라든지 술집 순례, 폭탄주의 존재에서 손쉽게 확인할 수 있단다. 그런데 이처럼 음주 결과를 중시하는 문화는 자칫 술주정, 폭력, 성범죄, 음주운전 등 무수한 부작용을 수반하기 십상이지. 실제로 아이돌 가수들 중에서도 그릇된 음주습관으로 말미암아 곤욕을 치르거나 패가망신을 한 경우가 적지 않음을 너도 알고 있지?

그리고 얘기가 나와 말이지만 세계에서 우리나라만큼 술주정에 대해 관대한 나라도 드물단다. 사실 외국에 나가 보면 술을 구입하는 절차도 까다롭고, 공공장소에서 음주 장면을 보기란 여간 어려운 일이 아니지. 심지어 길거리에서 술주정을 하면 정신병원에 수감하기도 하고, 음주운전이 발각되면 사형에 처하는 나라까지 있을 정도란다.

아무튼 아빠는 어떤 경우이건 폭음을 삼가고, 상대방에게 술을 강권하는 일이 없기를 진심으로 바란다. 그리고 술을 마실 때는 술주정은 물론 객기를 부리는 일은 없어야 한다.

우리나라의 주도는 너도 웬만큼은 알겠지만 매우 까다로운 편이다. 중요한 것 몇 가지만 소개하면 우선 윗사람에게 술을 따르거나 받을 때는 두 손으로 공손히 따르고 받아야 한다. 그리고 어른이 따라준 술을 마실 때는 몸을 외로 살짝 비틀며 마시는 것이 미덕이다. 이처럼 두 손을 모으는 주도는 사실 소맷자락이 넓은 한복의 특성에서 비롯된 것이고, 몸을 비틀며 술을 마시는 주도는 희희낙락한 모습을 웃어른께 보이지 않으려는 공경의 몸짓에서 비롯된 것으로 알려진다.

우리나라의 주도는 그것이 어떠한 과정을 거쳐 이루어진 것이건 지극히 아름다운 풍습으로, 마르고 닳도록 보전할 가치가 있음은 물론이다. 서양에서는 상대방에게 술을 따라주거나 받는 경우가 드물지만, 주고받을 땐 대개 한 손을 쓴다는 사실도 알아두면 도움이 될 것이다. 그리고 일본에서는 남성들의 경우는 한 손으로 주고받지만, 여성들의 경우는 두 손으로 주고받는다는 사실 역시 마찬가지이다.

그렇다면 외국에 가서는 어떤 방식을 따라야 할까? 기본적으로는 속지주의의 원칙을 준수하는 것이 바람직하다. 즉 로마에 가면 로마법을 따라야 한다는 것이지. 물론 굳이 한국식 주도를 적용하고 싶다면 그렇게 해도 무방하다. 혹 상대방이 의아하게 생각하면 한국식 주도에 대해 친절하게 설명해 주면 되겠지.

그리고 레스토랑에서 웨이터가 술을 따라줄 때는 절대로 두 손으로 잔을 기울일 필요가 없단다. 그저 종업원이 따르는 모습을 염화시중의 미소를 지으며 바라보기만 하면 그것으로 족하지.

국제화시대이니만큼 중국에서는 시도 때도 없이 건배를 한다는 점, 일본이나 서양에서는 무시로 첨잔을 한다는 점, 서구에서는 자작이 기본이라는 점도 알아두면 좋겠지. 술과 관련해 마지막으로 대전제 한 가지만 더 덧붙인다면 술은 늘 삼가는 자세로 대하라는 것이다.

기왕에 말이 나온 김에 잔소리 같다만 다른 기호식품에 대해서도 잠시 얘기하고 넘어가마. 마약이라든지 도박에 대해서는 구태여 언급하지 않겠다. 왜냐하면 이들을 가까이 하는 순간 바로 자멸한다는 사실을 너도 익히 알고 있다고 생각하기 때문이다.

그리고 담배의 경우, 아빠는 네가 담배를 피우지 않는 것으로 알고 있다. 아빠의 믿음이 사실이라면 그것은 매우 자랑스러운 일이지.

물론 너도 담배에 대한 호기심은 필시 적지 않을 것이다. 하지만 담배는 우리가 혐오하고 기피하는 마약보다도 오히려 중독성이 훨씬 강하고, 백해무익하다는 사실을 잊어서는 안 된다. 아빠가 담배를 영원히 가까이 해서는 안 된다고 생각하는 데는 몇 가지 이유가 더 있다.

첫째, 네가 바로 가수이기 때문이다.

가수는 가창력이 생명이다. 그렇다면 폐활량은 그만큼 중요할 수밖에 없지. 담배를 피우면 성대나 기관지는 말할 것도 없고 허파의 세포 하나하나가 오염되고 망가져 회생 불능의 상태에 빠진다는 사실은 널리 알려진 일이지.

둘째, 우리 집안은 대대로 불행하게도 호흡기 계통이 약하기 때문이다. 너도 알다시피 우리 가족은 폐와 관련된 질환으로 적잖은 고생을 했다. 아빠 역시 예외가 아니었다는 사실을 넌 잘 알고 있지?

담배가 호흡기 계통의 각종 질환, 특히 가수에겐 사형선고나 다름없는 설암이나 폐암의 원흉이라는 사실을 한시라도 망각해선 안 된다. 아빠는 젊은 날 폐결핵으로 말미암아 오랫동안 꿈꾸던 유학도 포기하고, 길고도 어두운 투병생활을 할 수밖에 없었던 사실이 지금도 통한으로 남아 있단다.

네가 성인이 된다는 사실이 아빠는 마냥 기쁘지만은 않구나. 그것은 성인이 되면 무한의 자유를 누릴 수 있지만, 그 자유란 엄격한 사회적인 책임이 뒤따르는 것임을 너무나도 잘 알기 때문이지.

　아무쪼록 주어진 자유를 누리되, 금도를 철저히 지키기 바란다. 그리고 방종과 일탈은 네가 꿈꾸어 오던 모든 일들을 순식간에 수포로 만들 수 있음을 잊어선 안 된다.

Letter 8
욘사마, 일본을 사로잡다

아들아! 아빠가 도쿄에 도착해 깜짝 놀란 것이 있단다. 그것은 우리나라의 위상이랄지 한국에 대한 인식이 종전과는 비교가 되지 않을 정도로 높아졌다는 사실을 실감했기 때문이지. 김치나 마늘 냄새가 난다고 노골적으로 기피하던 한식당이 그 유명한 신주쿠 오다큐 백화점에 입점해 성업 중이라면 믿을 수 있겠니? 이는 정말이지 과거라면 상상도 할 수 없는 일이지.

따지고 보면 한국문화원이 도쿄의 1급지에, 독립 건물로 번듯이 자리 잡고 있는 사실도 놀랍긴 마찬가지였다. 물론 규모나 시설도 자부심을 느끼기에 충분할 정도로 수준급이었지.

그렇다면 한국에 대한 인식이 이처럼 달라진 배경은 무얼까?

그것은 무엇보다 국제무대에서 우리나라의 위상이 높아진 점과 관계가 깊다고 보는 것이 타당하겠지? 그리고 우리나라와 일본이 2002 월드컵을 공동으로 개최하는 과정에서 두 나라 간의 우의가 돈독하게 다져졌을 가능성도 크다.

그러나 그 어떤 것들보다 더욱 극적인 이유가 있단다. 그것은 바로 '겨울연가'라는 드라마와 한류스타 욘사마, 배용준 씨의 영향력을 배제할 수 없다는 것이지. 실제로 한국문화원 관계자나 재일교포들은 이구동성으로 욘사마가 일등공신이라고 추켜올리더구나.

너는 스타 한 사람이 하루아침에 국가의 이미지를 이렇게 180도 변화시킬 수 있다는 사실이 믿어지니? 국가나 정부기관에서 수십 년 간 노력해도 이루지 못하던 것을 말이다.

아들아! 일본 열도는 지금 네 고등학교 선배이기도 한 욘사마의 《한국의 아름다움을 찾아 떠나는 여행》이라는 에세이의 출판기념회를 앞두고 온통 들끓고 있단다. 5만여 장에 이르는 도쿄돔 입장권은 발매 즉시 동이 나버리고, 출판기념회에 참석하지 못한 팬들을 위해 전국에 위성중계까지 한다니 그 인기가 어느 정도인지 짐작이 가지?

욘사마의 인기는 그가 일본에 입국할 때 공식적인 수속과정이 면제된다는 사실에서도 극적으로 확인할 수 있지. 모르긴 몰라도 한국인으로서 CIQ (customs, immigration, quarantine: 세관, 출입국관리, 검역) 검색대를 거치지 않고 입국하는 경우는 대통령을 제외하곤 욘사마가 아마도 유일하지 않을까?

아무튼 아빠는 일본 강연 준비를 도와주던 하나투어 측 직원의 얘기를 듣고는 까무러칠 뻔 했단다. 욘사마가 일본에서 신으로 추앙될 가능성도 배제할 수 없을 뿐더러 경우에 따라서는 신사가 지어질 수도 있다는 게 아니겠니? 일본인들은 우리와는 달리 능력이 특출하거나 무언가 신비한 능력이 있는 사람을 신격화하고, 사당을 지어 기리는 일이 흔하다며 말이다.

물론 일본이라는 나라가 8백만에 이르는 잡신을 섬기는 나라임을 감안하면 그럴 수도 있는 일이라고 폄하해 버릴 수도 있을 것이다. 하지만 그렇다고 하더라도 어쨌든 대단한 일임에는 틀림이 없는 것 같구나.

욘사마의 인기를 보여주는 사례는 비단 이것뿐만이 아니다. 도쿄에는 욘사마가 운영하는 '고시레'라는 고급 한식당이 있더구나. 그런데 이 고시레에서 얼마 전 욘사마 도시락을 개발해 일본의 편의점에서 판매를 시작했다는데, 놀랍게도 발매 1개월만에 백만 개가 팔렸다는구나. 일본에서 판매된 백만 개의 한국식 도시락은 누가 보아도 그 의미가 절대로 작지 않을 것이다.

사실 아빠는 욘사마가 음식점을 한다는 얘기를 듣고는 전공에서 비롯된 호기심이 발동해, 사실 여부를 확인해 보았단다. 그랬더니 외부에는 욘사마가 대표자(투자자)라고 알려져 있지만, 실질적인 주인은 일본 세콤이라며 누군가가 살짝 귀띔해 주더구나.

외식업계에서는 이처럼 인기가 있는 스타가 창업을 하거나 경영을 하는 경우가 적지 않지. 할리우드의 경우도 로버트 드니로, 마이클 잭슨, 줄리아

로버츠 등 무수한 스타가 레스토랑 경영에 뛰어든 일이 있단다.

이처럼 외식업계가 스타마케팅에 열심인 이유는 외식사업자의 입장에서는 스타를 이용해 홍보효과를 극대화할 수 있고, 스타들의 입장에서는 안정적인 수입원으로서의 역할을 기대할 수 있기 때문이지. 물론 음식에 대한 순수한 취미로 뛰어드는 경우도 적지 않지만 말이다.

스타들은 직접투자, 스톡옵션, 명의대여 등 다양한 방식으로 레스토랑 사업에 참여하기 마련인데, 아무튼 너도 연예계 스타들이 왜 이러한 비즈니스에 관심을 지니는지에 대해서는 장기적으로 생각해볼 필요가 있음은 말하나 마나이다.

그런데 일본인들은 도대체 왜 욘사마에 이처럼 열광하는 것일까?

그것은 필시 '겨울연가'에서 그가 맡은 순애보적인 역할, 지고지순한 사랑, 섬세하고 따뜻한 캐릭터가 일본사회, 특히 여성들이 상실한 가치나 로망, 잃어 버린 낙원을 감성적으로 터치하고 있기 때문이겠지. 게다가 욘사마가 지속적으로 연출하는, 겸손하고 부드러운 이미지가 욘사마의 신화를 지속시키는 원동력 혹은 가속페달의 역할을 충실히 하는 것은 아닌가 싶구나.

그것을 증명하는 훌륭한 사례가 있다. 욘사마가 언젠가 일본을 방문해 뉴오타니 호텔에 묵었을 때의 일이다. 그 소식을 들은 수만 명의 일본 여성 팬들이 배용준 씨의 모습을 멀리서나마 보기 위해 호텔로 몰려들었다.

질서를 존중하는 일본인답게 팬들은 가이드라인을 지키려 안간힘을 썼다.

하지만 막상 배용준 씨의 모습이 보이자 줄은 속절없이 무너져 버리고, 다치는 사람이 속출했지. 결국 배용준 씨의 기자회견은 비공개로 진행되었다.

그런데 욘사마는 기자회견장에서 팬클럽 회원이 다친 사실을 두고 눈물을 글썽이며 자신의 '가족'이 자신의 부주의로 인해 다치게 됐다며 진심으로 사죄하고 걱정하는 모습을 보였다. 그리고 이것이 일본 전역에 TV로 방영되었지.

일본 여성들은 욘사마의 진심어린 걱정과 겸손한 모습, 그리고 특히 일본인들에게는 특별한 의미를 지닌 '가족'이라는 표현을 사용하는 장면에서 진한 감동과 일체감을 느낀 것으로 전해진다. 일설에는 일본의 여성 팬들이 자신들이 욘사마를 울렸다며 함께 울며, 자책하는 진풍경까지 벌어졌다는구나.

욘사마의 성공을 두고 어떤 사람은 일본인의 밑바닥 정서를 정확히 읽어내는 능력을 지닌 마케팅전문가로부터 상당한 도움을 받았을지도 모른다고 진단하더구나. 그러나 진실이 무엇이든 겸손과 배려, 그리고 부드러운 카리스마가 사람들을 감동시키고 움직일 수 있다는 사실이 확인된 것은 매우 가치가 있는 일로, 주목할 필요가 있다.

아들아! 너는 앞으로 연예인으로 살아가는 동안 이러한 덕성들의 가치와 힘에 대해 진심으로 공감하며 살기를 바란다. 그리고 가능하다면 그것을 진정성으로 실천해 나간다면 참으로 좋겠지.

아무쪼록 긍정적인 마인드를 가지면 웃음이 발생하고, 웃으면 긍정적인 마음이 생긴다는 가역적인 반응이야말로 심리학에서는 자연스러운 현상으로 받아들인다는 사실을 명심하기 바란다. 아울러 겸손한 태도와 친절한 자세를 끝까지 잃지 않도록 노력하려무나.

란즐링 선생님의 편지

아들아! 아빠는 너희들의 보컬 레슨을 맡으셨던, 란즐링 선생님의 글을 우연히 읽고는 그야말로 폭풍 감동을 받았단다. 선생님께서는 아마도 피치 못할 사정으로 너희들(Beast)의 공식 데뷔 무대인, MTV 쇼 케이스와 KBS 뮤직뱅크에서의 '첫 방'에 참석치 못하셨던 모양이지? 란즐링 선생님은 너희들이 데뷔를 앞둔 하루 전날 밤, 연습하는 과정에서 겪었던 에피소드와 진심이 깃든 격려, 애정이 가득 배어 있는 감동적인 글을 남기신 것이지. 너희들의 첫 무대에 참석해 마지막으로 모니터링하고, 티칭해 주고 싶었지만 그럴 수 없음을 못내 아쉬워하는 마음을 오롯이 담아서 말이다.

사실 너희들의 연습과정은 여느 사람들이라면 상상조차 하기 어려울 정도로 모질고 힘들었을 것이라는 것은 굳이 보지 않아도 너끈히 짐작할 수 있다. 2PM의 재범 군이 연습시절 자신의 홈피에 올린, 소리 없는 절규만 보아도 그것을 쉽게 확인할 수 있지.

얘기가 나와 말이지만, 재범 군의 낙서를 우리나라를 비하하는 발언으로 오해한, 일부 무지한 네티즌들의 행동은 정말이지 지탄을 받아야 마땅할 것이다. 나아가 그것을 바로잡지 못하고 부화뇌동한, 그릇 적은 우리 사회도 겸허하게 반성해야 할 것이고.

너희들의 경우도 연습과정이 결코 녹록치 않았지. 언론에 공개된 한 멤버의 일기를 보면 그것을 짐작할 수 있다. 한창 뛰어놀거나 컴퓨터게임에 빠질 나이에 "수면시간을 쪼개 연습을 하다 보니 아무래도 뇌가 이상해진 것 같다"는 구절을 읽으며 아빠는 차마 웃을 수가 없었다. 꿈꾸는 무대를 그리며 1분 1초를 헛되이 사용하지 않은 사실을 스스로 대견하다며 기뻐하는 장면도 마찬가지고.

이러한 사정은 너나 다른 멤버의 경우도 크게 다르지 않을 것이다. 아빠는 네 엄마가 방 청소를 하다 일기인지 메모장에 긁적여 둔 낙서를 발견하고, 눈물짓는 모습을 본 적이 한두 번이 아니다(하지만 시크×100한 아빠는 네 일기장을 맹세코 단 한 번도 본 적이 없다). 아무튼 너희들이 연습하던 시절의 에피소드를 하나하나 떠올리는 란즐링 선생님의 편지를 읽으며 아빠는 공연히 코끝이 찡해졌단다.

새벽 3~4시까지 연습을 하다 옥상에 올라가 별빛을 바라보며 대화를 나누었다는 얘기! 새벽녘 포장마차에서 선생님께서 일방적으로 단연 최고라고 주장하는 엽기 떡볶이를 사먹으며 즐거워했다는 얘기! 집에 가고 싶다고, 집밥이 먹고 싶다고, 엄마가 보고 싶다고 눈물을 흘리던 멤버들에 관한 얘기! 첫 방을 앞두고 어두운 연습실 구석에 쭈그리고 앉아서 혼자 울던 한 멤버에 대한 얘기!

여러 가지 복잡한 사정으로 본의 아니게 네가 잠시 쉬고 있을 때, 연습의 끈 - 그것은 실은 희망의 끈이었다 - 을 놓치지 않으려 학원을 찾아다니며 보컬, 피아노, 드럼을 배우며 발버둥 치던 너에 관한 얘기! 연습 도중 멤버들이 슬럼프에 빠지거나 좌절감에 휩싸이기도 하고, 때로는 너무너무 힘들어 눈물을 글썽이며 "선생님! 힘들어 죽을 것 같아요!"라며 하소연했지만, 그러한 하소연을 짐짓 외면한 채, "그래도 연습을 해야지!"라며 독려하고, 닦달할 수밖에 없었다는 얘기!

선생님의 글 중에서, 특히 당신께서 가수 지망생 시절, 판을 세 번이나 엎을 정도로 변동이 극심한 연예계 생리를 전하시며, 연습생의 상황을 생생하게 설명한 장면도 여간 인상적인 게 아니었다.

언제 데뷔할지, 아니 과연 데뷔나 할 수 있을지 아무도 모르는 암울한 상황, 그 불확실성과 미래에 대한 불안은 아마도 겪어 보지 않은 사람은 모를 것이다. 게다가 너희들은 설상가상 데뷔하기 전부터 안티카페부터 생겨나고, 일부 몰지각한 무개념 네티즌들이 '누구누구 따라쟁이'니 '찌질이'니 해가며 집요하게 비난하고 야유를 보내는 바람에 마음고생이 더욱 심했지.

도대체 너희들 중 일부가 빅뱅이나, 2PM 멤버를 공개적으로 선발하는 방송 프로그램의 최종 라운드에서 탈락한 것이 무엇이 문제가 되니? 생각해 보아라! 세상에, 대중에게 공개된 상황에서의 탈락이라니! 그것은 모르긴 몰라도 아마 하늘이 무너지는 슬픔과 좌절이 아니었을까? 하물며 제3자는 말할 것도 없고, 자신의 친지와 또래가 도전에서 실패하고, 경쟁에서 탈락한 사실을 모른다 해도 그 마음의 상처는 클 터인데 말이다.

하지만 멤버들은 눈물을 훔치며 오뚝이처럼 일어났다. 그리고 그들은 성공한 선배가수들을 롤 모델로 삼으며 절차탁마했다. 그런데 이 과정에서 자신의 목표와 각오를 야무지게 표현한 것이 그 잘난 일부 네티즌들의 비위를 거슬렀고, 그것이 안티가 생겨난 배경이란 말이지?

아빠는 연습생들이 성공한 아이돌스타를 모니터링하고, 긴장감과 경쟁심을 갖는 것이 무엇이 잘못인가라며 되묻는 란즐링 선생님의 말씀에 전적으로 공감한다. 실패하고, 탈락한 아픔을 털어 내고, 끝없이 도전하고, 안되면 될 때까지 하는 것이 맞지 않느냐는 선생님의 말씀에 기립박수를 보낸다.

이 세상에는 정말이지 사소한 실패를 겪고도 모든 걸 잃었다며 자포자기하는 사람들이 얼마나 많니? 아빠는 차제에 이 세상 모든 젊은이들에게 절대로 실패를 두려워하지 말고, 도전해야 한다고 충심으로 주문하고 싶구나.

아들아! 최근 아이돌들의 일탈에 관한 보도가 잇따르고 있다. 폭력과 음주운전, 그리고 최근에는 한 원조 아이돌의 성매매 사건에 이르기까지. 이러한 일들은 어쩌면 아이돌의 일거수일투족이 언론에 노출되어 있기 때문에 빚어지는 현상으로 볼 수도 있다. 하지만 아빠는 아이돌들이 혹 어린 시절부터, 친구나 가족과 격리된 채 합숙생활을 하며, 연습하는 과정에서 인성을 제대로 배우고 익힐 기회를 갖지 못했기 때문에 그러한 문제들이 생기는 것은 아닐까 의심하고 있단다.

실제로 아이돌들은 자의건 타의건 그 또래들이 당연히 누리고 경험해야 하는 것들로부터 유리된 채 살아가기 마련이다. 심지어 청소년기의 특권이자 필수품인 휴대폰이나 컴퓨터에 접근하는 것도 허락을 받아야 되고, 대개는 연애조차 금지된다. 뿐만이 아니다. 너희는 엄밀히 말하면 자연적으로 형성되었다기보다는 인위적인 필요에 의해 만들어진 우정 속에서 살아가며, 가족과 함께 하는 시간을 공유한다는 것도 어쩌면 사치스러운 욕심에 속한다.

한마디로 올바른 인성과 품성, 예절을 배울 수 있는, 밥상머리교육 자체가 불가능한 상황인 것이지. 아빠가 아이돌들이 자칫 '관계의 미숙아'가 되지 않을까 우려하는 것은 그 때문이란다.

너는 아무쪼록 이러한 상황을 정확히 인지하고, 가족이나 친구와의 관계, 대중과의 관계에서 늘 진중한 자세로, 진정성을 가지고 임하고 대하길 바란다. 관계의 형성과 유지에 있어서 가장 중요한 덕목, 곧 씨줄과 날줄은 배려와 존중, 예의임은 잘 알고 있겠지? 물론 너는 지금도 잘하고 있지만 말이다.

아빠가 인터넷 카페 '베스티즈'를 들렀다가 우연히 '다금바리'라는 아이디를 사용하는 이의 글을 읽었다.

'다금바리'는 "너희들이 보호를 받아야 할 나이에 자기 또래의 길을 포기하고, 힘든 연예인의 길을 걷고 있고, 앞으로 어쩌면 더 많을 것을 잃을지도 모른다"며 너희들의 처지를 십분 이해하는 글을 올려 두었더구나. 그리고 너희들이 혹 힘들 때 뒤를 돌아보면 팬들의 입장에서 성원하겠노라고. 어떠냐? 고맙지 않니?

아들아! 네 꿈은 훌륭한 가수다. 맞지? 정녕 네 꿈이 가수냐고 아빠가 거듭 물었을 때 너는 확신에 찬 어조로 "한 번 사는 인생인데, 꼭 제 뜻대로 그 길로 가고 싶습니다"라고 분명하게 대답했다. 그렇다면 앞으로 아무리 힘들어도 철저히 인내하며, 무대를 철저히 즐겨라! 화려한 조명이 하나둘 꺼지고 텅 빈 객석을 바라볼 때 어쩌면 견디기 어려운 공허감과 외로움을 느낄지도 모른다.

길을 걷다 혹 지치고 힘들 때는 뒤를 돌아보아라. 거기엔 어쩌면 너희를 진심으로 응원하는 팬들이 있을지 모른다. 그리고 세상 누구보다 널 아끼는 부모와 형제, 그리고 친구가 마치 천년바위처럼 떡하니 버티고 있을 것이다.

란즐링 선생님!

오늘 저는 선생님의 글을 읽고, 감동의 눈물을 흘렸습니다. 그것은 비스트의 부모로서가 아니라, 한 인간으로서 느낀 감동이었습니다. 감사합니다.

더 이상 무슨 말이 필요하겠습니까? 불민하고 부족한 자식이 가수의 꿈을 이룰 수 있도록 이끌어 주신 은혜에 대해 진심으로 감사의 말씀을 드립니다.

로마에 가면 로마의 법을 따르라

아들아! 이 지구상에는 220~240여 개 국가가 존재하며, 종족의 수는 무려 3천에 이른다는구나. 나라의 숫자가 이처럼 딱 떨어지지 않는 이유는 조사기관에 따라 제시하는 숫자가 들쑥날쑥 제각각이기 때문이란다.

그런데 이 수많은 나라들과 종족은 사용하는 언어도 다르고, 가치관이나 라이프스타일도 다르지. 심지어 먹는 것이나 입는 것, 사는 것도 다 다르단다. 일례로 인류학자 마빈 해리스에 따르면 이 세상에는 놀랍게도 쥐 고기를 먹는 나라가 무려 42개국에 이른다는구나. 그런가 하면 동남아에는 굼벵이니 전갈이니 발룻(Balut, 부화하기 직전의 계란이나 오리 알을 삶은 요리)과 같은 상상을 초월한 엽기적인 음식이 즐비하지.

입는 것 역시 마찬가지다. 브라질의 투피카와이브 족이나 뉴기니 고원지대에 사는 나체족은 의상을 착용하는 대신 흥미롭기 짝이 없는 희한한 장식을 착용하고 산단다. 팔로카프(phallocarp)라 불리는 깔때기 모양의 특이한 대롱으로 민망한 부위를 살짝 덧씌우고 생활하는 것이지. 다큐멘터리 작가나 연구자들에 따르면 대롱의 크기는 지름이 10cm, 길이가 60cm에 이를 정도로 거대한데, 나체족은 이 대롱을 그 어떤 물건보다 귀중하게 여긴다는구나.

그런데 한 가지 재미있는 사실은 중세 유럽에도 이것과 비슷한 장식이 존재했다는 점이란다. 남성들이 자신을 과시하기 위한 수단으로 바지에 덧댔다는 코드피스라 불리는 우스꽝스러운 가죽 주머니가 그것이지. 그리고 너희들이 즐겨 입는 스키니와 같은 블루진도 사실은 이들 원시족의 그것처럼 남성을 과시하는 역할을 한다고 주장하는 사회학자가 있음은 자못 흥미롭다.

우리가 부지불식간에 사용하는 제스처도 알고 보면 나라와 지역, 종족에 따라 그 의미가 매우 다르다. 이를테면 우리나라 사람들은 간혹 물건이나 사람을 가리킬 때 아무런 생각 없이 중지를 앞으로 쑥 내미는 경우가 있다. 그런데 이러한 장면을 보면 구미지역 사람들은 혼비백산하기 마련이지. 왜냐하면 이 사인은 매우 외설적인 의미를 지니고 있기 때문이다.

우리가 흔히 오케이 사인이나 '돈'이란 의미로 사용하는, 엄지와 중지로 'O' 링을 만드는 제스처 역시 마찬가지란다. 이 제스처는 대부분의 국가에서는 우리나라와 비슷한 의미를 지니지. 하지만 이 제스처는 브라질 등 일부 남미지역 국가에서는 외설적인 의미나 험악한 욕설로 사용된다는 사실을 잊어선 안 된다.

그런가 하면 우리나라에서는 금기시되는 제스처가 외국에서는 긍정적인 의미로 환영을 받는 경우도 있다. 집게손가락을 엄지와 중지 사이에 끼우는 제스처도 그 중 하나지. 이 제스처는 우리나라에서는 알다시피 지독한 욕설이다. 그러나 미국의 꼬맹이들 앞에서 이 사인을 보이면 부모들은 흐뭇한 미소를 지으며 감사의 표시를 할지도 모른단다. 왜냐하면 이 사인은 믿기 어렵겠지만 "아기가 참 귀엽군요(What a cute baby)!" 라는 뜻으로 사용되기 때문이지.

그렇다면 브라질에서는 사정이 어떨까? 결론부터 말하면 브라질에서는 이 사인을 아낄 필요가 없단다. 즉 꼬맹이들은 물론이고 남녀노소 누구에게나 마구잡이로 사용해도 무방하다는 것이지.

물론 한 손으로 모자란다는 느낌이 들면 양손을 써도 좋다. 그 모습을 보면 어쩌면 브라질 사람들은 입 끝자락이 양귀에 걸릴지도 모른다. 왜냐하면 이 사인은 브라질에서는 찬사, 곧 '당신은 떠오르는 태양' 이라는 의미로 쓰이기 때문이지.

또 엄지를 치켜세우는 제스처는 너희들 용어로 '캡'이나 '짱'의 의미를 지닌다. 하지만 너희들이 혹 러시아나 불가리아에서 무심코 이 사인을 지었는데, 상대방이 갑자기 씩 웃으며 똑같은 모양의 엄지 사인을 보낸다면 무조건 전속력으로 뛰는 것이 상책이다. 이 사인은 동성연애자의 은밀한 수신호이기 때문이지.

인사법의 경우도 나라나 지역에 따라 상당한 차이가 있다. 동양에서는 공수, 읍례, 계수배, 돈수배, 공수배, 고두배, 숙배, 평배, 반배 등 허리를 굽히고 자세를 낮추는 수직적인 인사법이 보편적이다.

하지만 서양에서는 악수, 키스, 포옹 등 수평적인 인사법이 발달했지. 그런데 악수나 키스, 포옹도 나라마다 다양한 변주곡이 있단다.

예를 들어 오스트리아에서는 "당신의 손에 키스합니다"라는 인사말로 키스를 대신한다. 그리고 영국인들은 뺨을 닿을락말락할 정도로 최대한 가까이 접근시킨 상태에서 입으로 키스하는 소리를 내지. 이처럼 '무늬만 키스'라는 독특한 인사법이 정착된 것은 오스트리아인이나 영국인들이 신체적인 접촉을 꺼리는 경향이 있기 때문이 아닐까 생각되는구나.

키스할 때 입을 맞추는 횟수에도 차이가 있다. 스칸디나비아 인들은 왼쪽 뺨에 1번만 입을 맞춘다. 반면 프랑스인들은 처음엔 왼쪽, 마지막엔 오른쪽 도합 2번 뺨에다 입을 맞추고, 벨기에나 네덜란드 사람들은 3번 이상, 때로는 반가움의 정도에 비례해 그 이상하기도 하지.

악수의 경우도 마찬가지다. 세상에서 가장 악수를 사랑하는 사람들은 프랑스인과 러시아인들이란다. 그들은 설령 같은 사람이라 할지라도 일단 마주치기만 하면 하루에도 몇 차례씩 악수를 해대지.

특히 프랑스인들은 남성과 여성, 초면과 구면을 가리지 않고 무차별로 악수 공세를 펴는 것으로 유명하단다. 반면 영국인들은 첫 대면을 하는 자리에서 남성들 사이에서만, 그것도 공식적인 회합의 경우에만 제한적으로 악수를 하는 경향이 있지.

악수를 하는 방법도 자세히 보면 나라마다 미세한 차이가 발견된다. 즉 프랑스인들은 마치 펌프질을 하듯 다소 거칠게 흔드는 반면 이탈리아인들은 손을 잡고 있는 시간이 비교적 긴 편에 속하지. 그리고 미국인은 악수를 할 때 가까이 다가서서 힘 있게 손을 쥐는 반면 영국인들은 거리를 두고 손을 잡으며, 힘도 상대적으로 덜 주는 편이란다.

아들아! 너희들이 데뷔한 지 100일째가 되는 날, 첫 해외 프로모션이 있었지? '한류풍상(韓流風霜)'이라는 타이틀의 공연이 대만에서 열리는 바람에 조촐한 100일 기념 파티도 그곳에서 열렸다는 얘기를 들었다.

너희들이 대만을 방문했을 때는 공항과 공연장에 수천 명의 팬들이 운집하고, 대만의 한 공영방송에서 정규뉴스 시간에 너희들의 방문을 대대적으로 보도했다지? 아빠는 너희들이 신인임에도 불구하고 첫 해외활동을 이처럼 성공적으로 치러 내고, 전문가들로부터 한류의 새로운 가능성이라는 평가를 받았다는 얘기를 듣고 얼마나 기뻤는지 모른단다.

하지만 아빠는 너희들이 대만에 체류하는 동안 혹 실수라도 하지 않을지 내심 노심초사한 것도 사실이란다. 그것은 대만의 문화가 우리나라의 그것과 다를 뿐더러 대만과 중국과의 관계는 정치적으로나 사회적으로 실로 미묘하기 때문이지. 실제로 중국에서 타이완과 관련해 말실수를 하는 바람에 곤욕을 치른 연예인이 있다는 사실은 너도 아마 알고 있을 거야.

넌 혹 타이완이나 홍콩, 중국 등 중국계 국가에서는 대개 콴시(관계)를 중시하며, 그들과 사업을 하려면 오랫동안 공을 들이지 않으면 안되고, 인맥관리가 무엇보다 중요하다는 사실을 알고 있니?

그리고 기왕 말이 나온 김에 얘기이다만 이들 국가에서는 선물을 할 때도 특히 시계는 피하는 것이 좋고, 문병을 갈 때도 꽃이나 먹을 것보다는 현금을 선호한다는 사실을 알아둘 필요가 있단다. 중화권 국가에서 이처럼 시계 선물을 꺼리는 것은 그것이 죽음이나 장례식을 상징하기 때문이라지.

그런가 하면 일본인들은 2차 대전에 관한 얘기를 그다지 달가워하지 않는다. 그것은 필시 일본이 패전국이기 때문에 생겨난 금기라고 보아야 하겠지.

태국에서는 국왕에 대해 언급하는 일은 금기에 속하며, 아이들이 아무리 예쁘고 귀여워도 머리를 쓰다듬어서는 안된단다. 왜냐하면 아이들의 머릿속에는 신성한 존재가 깃들어 있다고 믿기 때문이지.

보도에 따르면 너희들의 해외활동이 점차 가시화되고 있는 것 같더구나. 하기야 꼭 연예인이 아니라 할지라도 너희들 세대는 아빠 세대에 비해 외국에 나갈 기회가 훨씬 많다고 보아야 하겠지.

외국에 나가면 기본적으로는 문화의 상대주의, 즉 문화에는 우열과 선악이 있을 수 없으며, 기본적으로 상대방과 상대방의 문화를 인정하고 존중한다는 마인드를 갖추는 것이 무엇보다 중요하다. 만에 하나 외국에 나갔을 때 정치라든지 성차별적인 주제 등 예민한 문제가 나오면 완곡한 어법으로 질문자의 관심과 방향을 음악에 대한 얘기로 돌려야 할 거야.

이러한 관점에서 아빠는 너희들이 음악인이 추구하는 보편적인 목표, 즉 음악을 통해 문화의 차이를 이해하고 통합하는 문제에 좀 더 관심을 가졌으면 싶구나. 그리고 "We are the world", 즉 세계평화와 행복을 추구하고, 음지에서 고통을 겪는 소수자나 소외된 이웃에 대한 관심도 마찬가지이고.

그리고 내친 김에 한 가지만 더 얘기하마. 얼마 전 경영학을 전공으로 하는 한 선배 교수님이 점심을 하는 자리에서 이런 얘기를 하시더구나.

"인간의 라이프스타일이나 행동, 가치관에 영향을 미치는 요인을 문화의 차이라는 관점에서 접근하는 학자가 많다. 하지만 최근에는 그보다는 오히려 개인의 차이가 더 중요하다는 연구 결과를 제시하는 학자가 늘고 있다."

아빠는 그 교수님의 말을 듣고 곰곰이 생각해 보니 그럴 수도 있다는 생각이 들더구나. 사실 주변을 가만히 둘러보면 동일한 문화권의 사람이라 할지라도 가치관이나 습관이 얼마나 다른지 깜짝깜짝 놀랄 때가 적지 않지. 심지어 너희들 그룹의 경우만 하더라도 멤버 하나하나가 정말이지 개성이 너무나도 뚜렷하고 생각과 행동이 판이하게 다르지 않니.

하지만 아빠는 문화의 차이가 크건 아니면 개인의 차이가 크건 그것은 그다지 중요하지 않다고 생각한단다. 그것은 국가의 차원이라면 상대방의 문화, 개인의 레벨이라면 다른 사람의 생각과 행동이 나와 다를 수 있음을 인정하고 상대방의 의견과 스타일을 존중하는 상대주의적 시각을 지닌다면 아무런 문제가 없다고 믿기 때문이지.

아들아! 현대사회의 키워드는 '국제화'란다. 국제화 시대엔 상대방의 문화에 대한 이해가 선택이 아니라 필수라 할 수 있지. 물론 국제매너에 대해서도 밝아야 할 것이고.

그것은 다른 나라의 문화와 예절에 정통해야 친구도 사귈 수 있을 뿐더러, 비즈니스도 가능하고, 궁극적으로 삼엄한 경쟁 환경 속에서 살아남을 수 있기 때문이란다.

더욱이 너희들의 그룹명은 처음에는 '정상을 꿈꾸는 소년들(Boys to search for top)'이었다가 나중에 '아시아의 소년들 정상에 우뚝 서다(Boys of east standing tall)'라는 의미로 바뀌었지? 그것은 아마도 너희들의 활동범위가 미구에 아시아로 확대된다는 사실을 의미하는 것이겠지.

넌 아빠가 왜 입만 벙긋하면 문화와 예절에 대한 이해가 개인의 경쟁력이자 가정의 경쟁력이요, 나아가 국가의 경쟁력이라고 주장하는지 그 이유를 충분히 짐작할 수 있겠지? 꿈을 펼치기 전에 다양한 문화를 이해하고 준비한다면 더욱 빛날 수 있을 거다.

빈 항아리론

아빠가 대학에 갓 입학한 새내기들에게 꼭 들려주는 얘기가 있단다. 바로 '빈 항아리론'이지. 너도 아빠의 그 유명한(?) 빈 항아리론, 기억하지? 집에서도 귀에 못이 박히도록 얘기했으니까 말이다.

지금 네 앞에는 다른 모든 청소년들의 경우와 마찬가지로 빈 항아리가 하나 놓여 있단다. 그런데 이 항아리는 마치 이솝 우화에 등장하는 임금님의 옷처럼 마음이 비뚤고, 어두운 사람들에게는 잘 보이질 않는단다. 즉 마음이 착하고 큰 꿈을 지닌 사람들 눈에만 보이는 것이지. 네 눈에는 이 빈 항아리가 제대로 잘 보이는지 궁금하구나.

청년시절, 네가 해야 할 일이 혹 무언지 아니? 바로 이 빈 항아리에 무언가를 채우는 것이란다. 기우에서 얘기다만 어떤 친구는 이 빈 항아리를 넘새 나는 구정물로 채우고, 어떤 친구는 위험천만한 독물로 채운다. 개중에는 빈 항아리가 놓여 있다는 사실조차 깨닫지 못하는 친구도 있고. 그런가 하면 이 빈 항아리를 애지중지 아끼며, 향기로운 꿀이나 맑은 물로 채우는 친구도 있음은 말하나 마나다. 무언가를 채우다 중간에 꾀를 부리는 친구도 있고, 처음부터 지레 겁을 먹고 무언가를 채우는 걸 포기하는 친구도 당연히 있다.

물론 선택은 자신의 몫일 수밖에 없단다. 즉 이 빈 항아리에 무엇을 담을지, 또 얼마나 채울지는 전적으로 네게 달려 있다는 거지.

그런데 중요한 것은 말이다. 네 앞으로의 인생과 미래는 바로 이 빈 항아리에 무엇을 채웠는가, 또 얼마나 채웠는가에 따라 달라질 수밖에 없다는 것이다. 즉 청년기가 지나면 자신이 항아리에 애써 채워 넣은 것들을 야금야금 빼먹어가며 살 수밖에 없다는 것이지.

아들아! 아빠는 네가 가수가 되겠다며 폭탄선언을 한 즈음의 일들이 주마등처럼 떠오른다. 처음에 아빠와 엄마는 당연히 네 결정에 거품을 물고 반대했다. 하지만 아빠를 쏙 빼닮은 그 생떼 같은 고집을 아무도 꺾을 수 없었지. 결국 자식의 적성과 자질을 일찌감치 파악해 뒷받침하는 것도 부모의 역할이라는 생각에 마침내 허락을 하고 말았다.

그런데 요즘의 가수들은 알고 보니 가창력만으로만 되는 것이 아니더구나. 종합적인 만능 엔터테이너로 연기도 하고, 춤도 추지 않으면 안 된다는 것이지. 하지만 넌 아빠와 마찬가지로 천하에 둘도 없는 몸치가 아니냐?

아빠는 네가 굴지의 한 연예기획사에서 특별 오디션을 보던 날이 생각난다. 넌 카메라 테스트를 받고, 노래를 부른 다음 춤을 춰 보라는 회사 관계자의 말에 버럭 화를 냈지. '난 발라드 가수가 꿈'이라며 말이다. 모르긴 몰라도 기획사에 오디션을 보러온 지망생이 춤을 추라고 했대서 화를 버럭 낸 경우는 너밖에 없을 거다.

아무튼 우여곡절 끝에 넌 다른 기획사와 인연을 맺고 연습을 시작했지. 그런데 연습을 시작한 그날 밤, 너를 뽑은 신인개발팀장이 아빠에게 전화를 했더구나.

"아버님! 큰일 났습니다. 동운이 몸이 60대입니다."

그런데 정작 더 웃기는 것은 네가 귀가해 울먹이며 아빠에게 한 말이다.

"아빠! 팀장님이 저보고 몸이 70대래요."

그 팀장은 차마 부모에게까지 몸치라는 얘기를 할 수가 없어서 큰맘 먹고 선심 쓰듯 열 살을 감하고 얘기해 준 것이었지.

아무튼 그 이후로 계속된 네 연습과정은 아마도 몸치인 너로서는 여간 감당하기 어려운 것이 아니었을 것이다. 그렇지 않다면 왜 네가 첫 발표회가 있던 날 밤, 밤새도록 헛소리를 해대고 끙끙대며 앓았겠니? 급성 신경통과 근육통을 호소하며 말이다.

너는 아마도 기억을 못할지도 모르겠다만 그날 밤, 아빠는 안쓰러운 마음으로 밤새도록 네 팔다리를 주무르며 혼잣말을 했었지.

"그래, 됐다. 이 정도의 열정이면 됐다. 설령 못 뜨면 어떠냐! 이 정도의 노력이라면 선택과 결정에 결코 후회는 없다."

아빠가 구태여 설명하지 않아도 현명한 너는 무엇이 맑은 물이며, 향기로운 꿀과 젖이며, 향유인지, 그리고 어떤 것들이 구정물이며 독극물인지 너무나도 잘 알리라 믿는다.

아무쪼록 빈 항아리에 맑은 물과 꿀을 가득 채우기 바란다. 완벽한 프로가 되기 위해 열심히 준비를 하고, 짬이 날 때마다 꾸준히 독서를 하도록 하여라. 그리고 남들을 배려하는 자상한 마음, 큰마음을 지닐 수 있도록 계속 수양을 쌓고, 정진하기 바란다.

빈 항아리를 채우다 보면 더러는 조급증도 생기고, 꾀가 생길지 모른다. 또 한꺼번에 항아리를 채우고 놀 수 있다며 끊임없이 유혹하는 친구가 있을지 모른다. 그러나 이 세상에 항아리를 빨리 채울 수 있는 방법 같은 건 애당초 존재하지 않는다는 사실을 기억하여라.

The beauty and the beast

아들아! 아빠가 네게 들려주고 싶은 얘기를 편지의 형식으로 써봐야겠다고 결심한 때가 엊그제 같은데, 벌써 반년이 넘는 시간이 흘렀구나. 그때만 하더라도 아빠는 정말이지 너희들이 음악방송에서 1위를 할 수 있으리라곤 꿈에서조차 생각하지 못 했다. 그저 데뷔한다는 사실 그 자체가 긴가민가 얼떨떨할 따름이었고, 감지덕지할 뿐이었지.

그러던 너희들이 데뷔한지 채 반년도 안 돼 당당히 1위에 오르는 쾌거를 일궈냈구나. 아빠는 전혀 기대를 하지 않고 TV를 보다가 사회자가 갑자기 1위 발표를 하자 너희들이 서로 얼싸안고 눈물을 쏟아내는 모습을 보면서 혼자서 눈시울을 붉혔단다. 너희들이 쏟아낸 눈물의 의미와 가치를 이 세상의 그 누구보다 잘 알고 있었기 때문이지.

언제 데뷔할지, 아니 과연 데뷔나 할 수 있을지 아무도 모르는 암울한 상황. 어두운 연습실에서 고독과 절망과 싸우며 넘어지며 자빠지고 구르며 끝없이 계속되는 연습. 멤버 중 일부가 실패와 탈락을 경험했다는 이유 하나만으로 데뷔도 하기 전부터 음습한 뒤안길에 숨어 '쩌리' 니, '재활용' 이니, '따라쟁이' 니 하는 악담과 악플로 공격하는 비뚤어지고 이지러진 누리꾼들.

연예인 지망생이 무슨 큰 죄인이라도 되는 양 그들을 향해 삿대질은커녕 단 한 마디 변명이나 항변도 못한 채 연습실 구석에서 머리를 감싸고 무기력하게 한숨만 짓고, 눈물을 훔칠 수밖에 없었던 철부지들.

돌이켜 생각해보면 네 가슴앓이와 가족들의 고통도 상상을 초월할 정도였지. 다른 사람들은 아마도 네가 데뷔하기까지 겪은 그 치열한 갈등과 방황, 우여곡절을 꿈에서조차 상상하지 못할 거야.

아빠는 너희들이 지금의 작은 성공에 안주하지 않고, 더욱 분투해 온 국민으로부터 사랑을 받는 진정한 국민가수가 되기를 충심으로 바란다. 너희들은 그럴 만한 자격이 있으며, 그 꿈은 반드시 이루어질 것이라고 확신한다. 너희들은 데뷔하기 전부터 너무나도 충분히 고난과 역경을 겪었고, 그 과정에서 어떤 충격과 도전에도 견뎌낼 수 있는 강단과 내성이 생겼다고 생각하기 때문이다.

아들아! 너희들이 1위를 한 사건으로 말머리를 잡다 보니 얘기가 잠시 샛길로 빠졌구나. 그런데 말이다. 그날 너희들이 부둥켜안고 눈물을 쏟아낸 순간 다른 한편에서 너희들 이상으로 울음바다를 이룬 이들이 있었다는 사실을 알고 있니? 바로 관객석을 가득 메운 팬들이었지. 팬들이 어떻게 이처럼 너희들과 심정적으로 완벽하게 교감하고, 감정이입이 될 수 있었던 것일까? 아무리 자신들이 성원하는 가수라지만 어떻게 저렇게 마치 자기 일처럼 눈물을 흘릴 수 있을까?

아빠는 그 모습을 바라보며 아이돌 가수와 팬덤의 관계에 대해 진지하게 생각해 보게 되었단다. 그리고 그것은 아무리 생각해도 남녀 간의 사랑과 너무나도 근사하다는 사실을 깨달았지.

아빠는 너희들이 데뷔한지 얼마 안 돼 한 여자대학 오리엔테이션에 초청 가수로 공연을 다녀온 후의 일이 생각난다. 그 때 너희들은 팬들이 보여준 평소와 매우 다른 반응에 당황하고 어리둥절한 모습을 보였지. 그날 공식 팬카페라든지 온라인의 연예잡담 커뮤니티의 혼란은 그야말로 상상을 초월할 정도였으니까. 심지어 패닉(공황)상태에 빠진 팬들까지 있었고.

이러한 뜨거운 반응은 비스트 멤버가 연인이나 신혼부부의 생활을 가상체험 형식으로 꾸미는 이를테면 '우리 결혼했어요' 이나 '스캔들' 프로그램에 출연할지도 모른다는 소문이 돌았을 때도 여지없이 나타났다. 그것은 내 연인이 한눈을 팔았거나 배신을 했을 때 여성들이 보여주는 행동과 정말이지 한 치의 오차도 없었지.

물론 가끔은 '내 남자의 비즈니스' 라는 표현을 사용하며 짐짓 이성적인 태도를 취한 팬들도 있었지만, 그 밑바닥의 심리나 정서가 '질투' 라는 사실은 누구나 쉽사리 짐작할 수 있었다.

여성팬들의 이러한 반응은 팬덤이 단순히 가수와 노래를 좋아하는 팬들의 집합이 아니라는 사실을 증명한다. 즉 여성팬들에게 있어서 연예인은 연인, 그것도 상상속의 연인이 아니라 현실세계의 연인과 다를 바 없는 존재임을 확인시켜준 것이지. 사실 남자들의 경우엔 자신이 아무리 좋아하는 스타라 할지라도 현실세계의 여자 친구와 헷갈리는 경우는 드물다.

그런데 여성들은 왜 연예인에 대한 애정과 현실세계의 그것을 혼동하는 것일까? 여성의 심리와 에로티시즘은 과연 남자들의 그것과 근본적으로 다른 것일까?

여자와 남자가 모든 면에서 다르다는 것은 대부분의 학자들이 인정하는 사실이긴 하다. 상식적으로 생각해 봐도 사냥꾼이나 낚시꾼으로 진화해온 남성과 둥지의 수호자로 진화해온 여성의 심리, 행동, 기질이 똑같다는 주장은 어불성설일 것이다.

너도 알다시피 세상의 반은 여자이고, 반은 남자이다. 그리고 여자와 남자는 씨줄과 날줄처럼 엮이며 자신과 세상의 역사를 수놓기 마련이다. 하지만 세상의 남자와 여자는 그럼에도 불구하고 서로에 대해 잘 알지 못할 뿐더러 서로 알려는 노력조차 하지 않는 것이 현실이다.

아들아! 넌 앞으로 기회가 생기면 남자와 여자의 차이를 다룬 책들을 꼭 찾아서 읽어보기 바란다. 이를테면 존 그레이의《화성에서 온 남자, 금성에서 온 여자》라든지 앨런 피즈 부부의《말을 듣지 않는 남자, 지도를 읽지 못하는 여자》 같은 책들 말이다. 아빠는 이런 책들만 꼼꼼하게 읽어도 상대성(相對性)에 대해 이해할 수 있는 여지가 매우 커짐은 물론, 사회생활을 하는 데 큰 도움을 받을 수도 있으리라 확신한다.

여성들은 도대체 왜 연예인을 맹목적으로 추종하는 것일까? 여성들의 에로티시즘의 특성은 무엇일까?

노벨문학상의 저자 밀란 쿤데라는 이런 말을 한 적이 있다.

"여자가 구하는 것은 아름다운 남자가 아니다. 아름다운 여자를 가지고 있는 남자이다."

쿤데라의 이 알쏭달쏭한 주장은 여성의 에로티시즘이 남자들의 그것과는 달리 집단적이고, 모방적임을 시사한다.

《에로티시즘》의 저자 프란체스코 알베로니도 '여자의 에로티시즘은 사적, 개인적인 것이 아니라 집단적'이라는 데 전적으로 동의한다. '유명가수나 배우에게 열광하는 것은 여자 특유의 현상'이라고 진단하고, "여성들이 연예인에게 빠지면 그것은 진짜 연정이 되고, 열정이 된다"고 설명하는 알베로니의 주장은 여러 가지 면에서 주목할 만하다.

따지고 보면 '여성들의 연애 공상은 엘리트(elite)와 우상(idol)을 중심으로 이루어지는 경향'이 있다고 주장하는 구스타프 융(Carl Gustav Jung)의 견해도 쿤데라나 알베로니의 그것과 궤를 같이 하는 것임은 말하나 마나다.

그렇다면 여성들의 에로티시즘이 이처럼 집단적인 양상을 띠는 이유는 무엇일까?

이 의문에 대해서는《짝짓기의 심리학》의 저자 이인식 선생의 설명이 돋보인다. 여기서 잠시 선생의 견해를 들어보기로 하자꾸나.

선생께서는 "동물은 짝을 고를 때 다른 개체의 선택기준을 감안하는 것으로 알려진다"고 전제한다. 그리고 "인간은 자유의지를 지니고 있기 때문에 동물과 다르다고 생각하기 쉽지만, 인간의 경우도 다른 동물처럼 남을 흉내 내어 짝을 고르는 경향이 있는 것으로 밝혀졌다"고 설명한다. 그리고 "여성들의 모방심리는 생식전략의 관점에서 보아도 효과적인 것으로 생각된다"고 결론을 내린다.

선생의 설명은 매우 복잡해 보이지만, 이 주장은 진화생물학자들 사이에서는 어느 정도 일치된 견해라 해도 과언이 아니다.

사실 여성들은 진화과정에서 획득한 형질로 말미암아 남자를 고르는 눈이 매우 까다로운 것으로 알려진다. 하지만 세상의 남자들을 모두 평가하려면 그것에 소요되는 시간과 노력은 엄청날 수밖에 없다. 그런데 만약에 누구나 우러르는 스타를 선택한다면 이러한 수고를 당연히 덜 수 있겠지.

그런가하면 여성들이 연예인을 추종하는 이유를 좀 다른 방식으로 설명하는 정신분석학자 융의 이론도 흥미롭다. 쉽게 설명하면 그는 인간의 정신세계 속에는 남녀를 불문하고 남성성과 여성성이 존재한다고 설명한다. 그리고 지극히 여성적인 여성은 터프한 남성에게, 또 톰보이 같은 여성은 섬세한 남자에게 이끌린다고 설명하지. 여기에 대해서는 좀 더 자세하게 뒤에서 다시 설명해 주마.

그런데 여성들은 남자 연예인이나 스포츠스타를 떠올리면 남성성의 집단무의식이자 원형으로 인식하는 경향이 있어 연예인에 대한 충성도가 생겨나고, 추종하는 경향을 보인다는 것이다.

그렇다면 만약에 여성들의 공상이 실현되었을 경우에는 어떻게 될까? 그럴 경우 여성들은 십중팔구 실망감과 환멸감에 빠진다고 단언한다. 무대 위의 모습과 실제의 모습이 판이하게 다르기 때문이라는 것이다.

또 아무리 사랑하는 사이라 할지라도 일정 시간이 지나면 서로를 친구처럼 안정적으로 바라보는 단계로 접어들게 되는 것처럼 연예인과 팬덤의 관계도 이것과 똑같지 않을까 싶구나. 즉 처음에는 맹목적으로 빠지지만, 그 단계가 지나면 서서히 서로를 따뜻하게 바라보는 안정적인 관계로 정착한다는 것이지.

물론 정반대의 경우도 예상할 수 있다. 사랑이 시작되는 단계에서부터 광기를 보이는 경우가 있을 수도 있고, 전혀 아름답지 않은 방식으로 종말을 맞이할 수도 있다.

전자의 예로는 아마도 슈퍼스타 배용준이나 장동건과 팬덤과의 관계를 들 수 있지 않을까? 생각해 보아라. 결혼 사실을 팬들과 미팅을 하는 자리에서 정식으로 발표하고, 팬들은 박수로 화답하는 장면이라니.

후자의 예로는 얼마 전 불거진 '생리혈서' 사건이라든지 접착제인지 독극물이 든 음료수를 건네 연예인을 상하게 사건을 꼽을 수 있겠지.

아들아! 공식 팬 카페에 가입한 회원의 수자가 8만 명을 훌쩍 넘었다지?

팬들이 이처럼 급증하고 있다는 사실은 너희들에 대한 인정과 성원이 늘어나고 있음을 보여준다는 점에서 매우 기쁘고, 고마운 일이 아닐 수 없다. 팬들의 존재는 궁극적으로 너희들에게 힘이요, 용기이며 존재의 이유라는 점에서 앞으로 영원히 그들에게 감사하고, 보은하는 자세를 지녀야 한다는 것은 두 말할 나위 없다.

넌 혹시 아빠가 언젠가 네게 예능지향적인 캐릭터보다는 진중한 쪽으로 네 이미지를 관리하는 것이 어떨까 라며 조심스레 견해를 밝힌 사실을 기억하니? 물론 예능에 특출한 재능을 지니고 있는 경우라면 논외가 되겠지만 말이다.

이러한 판단은 대중적으로 친숙한 이미지가 연예활동에 장기적으로 도움이 될 수도 있지만, 정반대의 경우도 예상할 수 있음을 고려했기 때문이란다. 그리고 이러한 아빠의 주문은 팬덤과 연예인의 관계의 특성에 대한 충분한 통찰을 토대로 한 것임은 말하나 마나다.

물론 이 모든 것들이 기본적으로는 네가 선택하고 네가 걸어가야 할 길이긴 하지만 말이다.

아빠는 네가 팬덤은 연예인을 통하여 이상적인 남성상을 추구한다는 것, 따라서 연예인은 숙명적으로 팬덤의 꿈을 충족시킬 의무를 질 수밖에 없다는 사실을 잊지 말기 바란다. 현명한 너는 아빠가 왜 네게 여성들의 심리와 특성을 이해하려는 노력이 필요하며, 공적인 자리와 사적인 자리에서 현명하게 처신할 것을 주문하는지 그 이유를 넉넉히 짐작하리라 믿는다.

연예인으로 살기로 한 이상, 비록 쉽지는 않겠지만 뼈를 깎는 각오로 언행이라든지 태도, 이미지 관리에 신경을 써야 할 것이며, 사생활 관리도 잘 해나가지 않으면 안 된다.

아무쪼록 사람과 사람의 문제는 진정성의 토대 위에서 이루어져야 하며, 진심에서 우러나온 배려, 겸손하고 솔직한 태도만이 팬덤과 연예인의 올바른 사랑과 바람직한 관계 정립에 도움이 된다는 사실을 꼭 기억하기 바란다.

| 학교에서 가르쳐 주지 않는
행복과 성공의 비밀

DREAMS COME TRUE

빠는 네가 지나치게 작고 사소한 일에 목숨을 걸거나 **일희일비하지 않았으면** 좋겠구나. 아

도 말했지만 인생은 빨라서 좋은 것도 있지만, 느려서 기특한 것들도 너무나 많단다. **천천히 가**

도 정상은 보이는 법이지.

발상의 전환

아들아! 너희들이 데뷔한 지도 꽤 된 것 같구나. 어떠냐? 힘들지? 물론 즐겁고 신나는 일이 훨씬 많겠지만 말이다.

아빠는 사실 얼마 전 네 졸업식장에 온 멤버들을 보면서 "아, 얘들이 많이 힘들구나!" 하는 걸 느꼈단다. 그것은 어느 순간 너희들의 얼굴에서 웃음기가 엷어진 것을 문득 깨달았기 때문이지. 하기야 너희들의 그야말로 살인적인 스케줄을 감안하면 웃음기가 완전히 사라지지 않은 것만 해도 어쩌면 대단한 일일지도 모르지.

하지만 너희들은 지금 진심으로 행복해야 하고, 또 이 상황을 충분히 즐겨야 한다. 그리고 더 많은 미소를 지어야 한다. 왜냐하면 노래를 부르는 일이야말로 너희들이 오랫동안 꿈꾸어 왔던 일일 뿐더러, 대중의 스포트라이트라는 것도 정말이지 일순간이기 때문이지.

게다가 아무리 상황이 힘들고 어려워도 늘 긍정적인 생각을 지니고 늘 웃어야만 하는 데는 또 다른 이유가 있다. 그것은 긍정적인 마인드와 여유 있는 웃음이 자신의 주위에 행복한 기운을 끌어 모으기 때문이지.

사실 언젠가 세계적으로 큰 화제가 되었던 《시크릿》이라는 책에서 일관되게 주장하는 내용도 그것이지. 즉 자신이 바라는 궁극적인 상황을 진심으로, 정말이지 진심으로 그리며, 긍정적인 마음을 지닐 때 그것이 이루어진다는 것!

아들아! 우리나라 사람들은 국제무대에서 잘 웃지 않는 것으로 소문이 나 있단다. 실제로 아빠는 서울의 한 특급호텔의 외국인 총지배인이 어떤 신문과의 인터뷰에서 이렇게 말하는 걸 보았다.

"처음 한국에 왔을 때는 공항직원들부터 택시기사, 길거리 상인들 모두 나를 싫어하는 줄 알았다. 한국 사람들은 웃음이 너무 없어 말을 걸기가 무서울 정도다."

그런가 하면 미국의 한 저널리스트는 우리나라를 여행하는 동안 한국인의 표정을 보자 길을 물어볼 엄두가 나지 않았다며, 자신의 체험담을 칼럼으로 발표하기도 했지.

칼럼 제목은 'Americans are ready to smile, Koreans are ready to be angry(미국인들은 언제나 웃을 준비가 되어 있고, 한국인은 언제나 성낼 준비가 되어 있다)'란다.

미국의 한 상공인 단체에서 한국 여행을 떠나는 사람들에게 나누어 준다는 여행안내서 내용도 충격적이긴 매한가지이다. '한국인에게 다가가는 법' 정도로 번역되는 이 소책자에도 예의 스마일과 관련된 내용이 예외 없이 포함되어 있지.

"한국인은 웃지 않는다. 한국인이 웃지 않을 때 화를 내고 있다고 생각하지 마라. 오히려 한국인이 웃을 때 조심하라. 한국인이 웃을 땐 무언가 아쉬운 소리를 하거나 누군가를 속이기 위한 것이다."

어떠냐? 다소 악의적인 측면이 엿보이지만, 우리나라의 현실을 어느 정도 반영한다고 생각하지 않니? 우리나라 사람들이 웃음에 야박하다는 사실은 한국인 스스로도 인정하는 문제란다.

실제로 '욕'이라는 저서로 유명한 김열규 교수는 《한국인의 유머》라는 저서에서 한국인은 웃음을 깔보는 심성과 함께 웃음에 대해 편견을 가지고 있다고 지적하지.

뿐만이 아니다. '신경질이란 한국인의 제2의 천성'이라는 한국일보 장명수 고문의 지적이나 우리나라 사람들은 오랜 세월 동안 웃지 않는 바람에 웃음근육이 퇴화되었다는 고 이규태 선생의 지적도 웃음 부재국의 면모를 여실히 보여주지.

물론 구체적인 데이터도 있단다. 이를테면 사람이 일평생 동안 웃는 시간을 계산해 보니 세계 평균이 47시간인 데 비해 우리나라 사람들의 그것은 고작 34시간에 불과하다는 주장이 그것이지.

아들아! 웃음과 또 그것을 가능하게 하는 긍정적인 마음가짐의 위력에 대해서는 구태여 얘기하지 않으마. 건강에 도움을 준다는 연구라든지 스마일과 유머경영을 통해 기적을 일군 기업에 대한 얘기는 주변에 지천으로 널려 있는 식상한 스토리이기 때문이지.

다만 한 가지 짚고 넘어가고 싶은 것은 인간은 의식적으로 노력하지 않으면 우울증이나 패배주의, 혹은 부정적인 마음가짐에 함몰되기 쉬운 존재라는 것이다. 그 이유에 대해서는 호메오스타시스(homeostasis), 곧 인간의 심신의 조화와 균형에 관여하는 화학물질의 영향이라고 설명하는 이들도 있지만, 이에 대한 자세한 설명은 생략하기로 하자꾸나.

물론 네가 꼭 기억해 두길 바라는 것은 있지. '행복해지기 위해서는, 또 늘 웃으면서 살기 위해서는 의도적으로 혹은 의식적으로 노력하지 않으면 안 된다는 것!'

사실 행복을 위한 노력과 신념이 중요하다는 사실을 보여주는 증거는 무수히 많단다. 내친 김에 아빠가 어느 책에선가 읽은 재미있는 실화를 살짝 윤색해 들려주마.

대륙을 정기적으로 오가는 화물선이 있었다. 이 화물선은 어느 부두에선가 화물을 부린 뒤 막 떠나려던 참이었지. 선원 한 사람이 화물을 제대로 부렸는지 확인하기 위해 냉동 컨테이너 안으로 들어갔다. 그런데 그 사실을 모르고 누군가가 냉동 컨테이너의 출입문을 딸깍 잠가 버렸다.

배는 이내 먼 바다를 향해 나아갔지. 졸지에 냉동실에 갇혀 버린 선원이 정신을 수습하고 주위를 더듬어 보았다. 불행 중 다행으로 먹을 것이나 식수는 넉넉한 것 같았다.

하지만 문제는 추위! 선원은 자신은 냉동실에 갇혔기 때문에 결국은 얼어 죽을 것이라고 생각했고, 결과적으로 얼어 죽고 말았다. 전하는 얘기로 이 우직한 선원은 자신이 죽어가는 과정을 컨테이너 벽면을 못으로 긁어가며 일기를 남겼다지.

첫째 날, 진심 춥다.
둘째 날, 진심 대박 춥다.
셋째 날, 진심 왕 대박 춥다.
넷째 날, 손가락과 발가락이 굳어 오기 시작한다.
마지막 날, 심... 심장이...

죽음의 일기는 거기서 끝나 있었다.

화물선이 오랜 항해 끝에 기지 항에 도착했다. 선원들이 하선하기 전 선박을 점검하다 컨테이너 안에서 얼어 죽은 선원을 발견했다. 깜짝 놀란 선원들은 서둘러 동료의 시신을 수습하다 그 일기를 발견했단다.

그런데 선원들은 잠시 후 다시 한 번 놀라지 않을 수 없었다. 그것은 화물을 다 부린 다음 냉동 컨테이너의 전류를 차단했다는 사실에 생각이 미쳤기 때문이지. 컨테이너 내부의 온도가 항해하는 내내 섭씨 18도를 가리키고 있었다는 사실!

그렇다면 이 선원은 도대체 어떻게 얼어 죽은 것일까? 그것은 혹 부정적인 생각, 즉 자신은 냉동실에 갇혔기 때문에 결국은 동태처럼 얼어 죽고 말 것이라고, 아니 얼어 죽어야 마땅하다고 철석같이 믿었기 때문이 아닐까?

자기최면과 자기암시란 이토록 무서운 것이란다. 긍정적인 마음가짐의 중요성과 위력을 과학적인 관점에서 설명하려는 시도도 있단다. 예를 들면 《뇌내혁명(腦內革命)》의 저자 하루야마 시게오가 대표적인 인물이다. 아빠는 사실 하루야마의 저서를 읽으며 상온에서 얼어 죽은, 믿거나 말거나 한 이야기에 대해 "그럴 수도 있겠구나!" 라는 생각을 지니게 되었지.

여기서 잠시 하루야마의 설명을 들어 보기로 하자꾸나.

"행복하다거나 기쁘다, 혹은 운이 좋다고 긍정적으로 생각하면 베타 엔돌핀의 세계로 들어갈 수 있다. 하지만 동일한 상황에서도 싫다거나 밉다 혹은 복수하겠다고 생각하면 불쾌감과 질병, 돌발사고, 적대감, 실패, 실의, 좌절감과 같은 자기 파멸의 골짜기로 빠지게 된다."

이밖에도 하루야마의 주장 가운데 아빠가 크게 공감한 것을 꼽으라면 "인간은 긍정적으로 사고하려고 노력하지 않는 한 통계적으로 70~80%는 마이너스 발상을 하게 된다"라는 설명을 빼놓을 수 없다.

그리고 "이 사회에서 일어나는 여러 가지 현상이나 자극도 물론 중요하지만, 그것을 플러스 발상으로 받아들이기 위해 의식적으로 노력하는 것은 더욱 중요하다"는 설명 역시 마찬가지이고.

넌 혹시 심리학에서 말하는 '소망실현 성공법칙'이나 '피그말리온 효과(Pygmalion effect)'에 대해 들어본 일이 있니? 이것도 실은 크게 본다면 스마일과 그것을 가능하게 하는 긍정적인 마음가짐이 지니는 위력을 설명하는 이론이라 할 수 있지.

이 대목에서 우리는 소망실현 성공법칙의 기본적인 전제가 "좋은 생각을 하면 좋은 일이 생기고, 나쁜 생각을 하면 나쁜 일이 생긴다"라는 사실을 상기할 필요가 있음은 물론이다. 아울러 피그말리온 효과란 사람은 취급받는 방식에 따라 심리상태와 행동이 달라지는 현상을 가리키는 용어라는 사실에 대해서도.

아들아! 세상을 살아가다 보면 늘 기쁘고 신나는 일들만 있을 수는 없단다. 즉 괴롭고 애달픈 경우가 있는가 하면 때로는 분노할 때도 있기 마련이지. 게다가 연예인의 경우라면 대중의 관심이 사라지거나 공연이 끝난 후 텅 빈 객석을 바라볼 때 무어라 설명하기 어려운 외롭고 우울한 감정에 사로잡힐 때도 틀림없이 있을 게다. 하지만 어떤 경우이건 너희들은 부정적이거나 퇴영적인 사고 대신 긍정적이고 발전적인 사고를 지녀야 한다.

또 마이너스적인 발상이 아니라 플러스적인 발상, 비관적인 태도가 아니라 낙관적인 태도, 도전해 보지도 않고 불가능하다는 패배주의가 아니라 무엇이든 할 수 있다는 신념을 지니도록 노력해야 한다. 그리고 '나' 중심의 사고가 아니라 '상대방' 중심의 사고, 곧 나의 입장이 아니라 상대방의 입장에서 매사를 바라보고 생각하는 융통성과 유연성을 지녀야 함은 물론이다.

아들아! 너는 꼭 내 아들이어서가 아니라 미소가 참 아름답다. 팬들도 네가 인상을 쓸 때보다는 미소를 지으며 노래를 할 때 가장 멋지다고 여기고 뜨거운 반응을 보이더구나. 미소가 행복을 부르고, 행복이 미소를 부른다는 사실, 잘 알고 있지?

의지와 끈기의 힘

아들아! 네가 만약 무언가 이루기를 원한다면 미리미리 서두르고 고민해야 할 것이 있단다. 그것은 꿈(성공)을 이루기 위한 필요충분조건은 무엇인지 밝혀 내고, 차근차근 갖추어 나가야 한다는 것이지. 물론 꿈을 실현하기 위해 필요한 능력과 조건은 사람마다 다르다. 그것은 사람들이 지니고 있는 꿈 자체가 매우 다양하기 때문이지. 따라서 성공하려면 무엇 무엇이 필요하고, 또 이러 저러한 것들을 준비해야 한다고 강조하는 것은 그다지 큰 의미가 없다.

오히려 그보다는 성공의 조건을 미리미리 확인하고 접근한다면 어떤 장점과 편익이 있는지, 또 성공의 조건을 갖추려면 어떤 마음가짐과 자세를 지녀야 하는지 살펴보는 게 도움이 되겠지.

이 과정을 아빠의 전공을 예로 들어 설명해 보마. 만약에 궁극적으로 위대한 호텔리어를 꿈꾸며 버스보이(보조 웨이터)로 일하는 사람이 있고, 아무런 목표 없이 그저 호구지책으로 일을 하는 사람이 있다고 치자. 과연 이들 둘 사이에는 어떤 차이가 있을까?

만약에 처음부터 명확한 꿈을 지니고 있는 사람이라면 필시 자신의 일에 대한 애정과 관심이 지대할 수밖에 없겠지? 즉 자신의 업무가 음식과 음료를 다루는 일이라는 사실을 정확히 이해할 것이라는 얘기다. 자신의 업무에 관심이 있으면 그 속에 내재되어 있는 경영관리의 문제에 대해 눈을 뜨게 되고, 관련된 모든 일을 탐구하는 자세로 접근할 수 있을 것임은 말하나 마나이다. 또 미래지향적인 호텔리어라면 마케팅의 관점에서 자신의 상품(음식과 음료)의 장단점에 대해 파악하고, 고객들의 채워지지 않은 욕구가 무언지 생각해 볼 수도 있겠지. 뿐만이 아니다. 만약에 이처럼 생각이 깊은 사람이라면 버스보이의 과업을 모션스터디(동작 연구)의 관점에서 바라볼 수도 있고, 버스보이의 피로도를 최소화할 수 있는 동선의 문제나 작업 공간의 인체공학적 설계에 관한 정보를 수집할 수도 있을 것이다.

그러나 마지못해 일하는 후자의 경우라면 어떨까? 매일 같이 반복되는 일상이 그저 따분하고, 지루하게만 여겨지지 않을까? 어쩌면 하루에도 몇 번씩 때려치우고 싶은 생각이 들지도 모를 일이다.

좀 다른 예를 들어 보자꾸나. 너는 지금 중국어는 그래도 웬만큼 하는 편이지? 그것은 정말 칭찬할 만한 일이다. 왜냐하면 국제화는 거스를 수 없는 대세이자 미래사회의 키워드이기 때문이지. 사실 연예분야만 보아도 연예인들의 외국 진출이 매우 활발하게 이루어지고 있음은 누구나 아는 일이다.

실제로 아빠는 지난 여름 필리핀에 갔을 때 원더걸스의 인기가 하늘을 찌르는 걸 보고 무척 놀랐단다. 원더걸스의 히트곡인 '노바디'를 모른다는 이유 하나만으로 살인사건까지 발생했다면 그 정도를 짐작할 수 있겠지?

일본의 경우도 매한가지더구나. 아빠가 강연을 위해 도쿄에 가보니 욘사마(배용준)는 말할 것도 없고, 현빈이니 초신성이니 비니 하는 한국 스타들의 인기가 정말로 대단하더구나. 그야말로 한류를 피부로 실감할 수 있었지.

이러저러한 사정으로 미루어 볼 때 네가 연예인으로 살건 아니면 다른 길을 걸어가건 앞으로 외국어가 중요하다는 사실은 아무리 강조해도 지나치지 않단다. 아무쪼록 아무리 스케줄이 바빠도 외국어 공부만큼은 게을리 하지 말기를 바란다.

아들아! 그런데 말이다. 네가 지금 영어를 익힌다고 할 경우 어떻게 하면 목표로 삼는 일정한 수준에 손쉽게, 그리고 신속하게 도달할 수 있을까? 영어는 너도 알다시피 여간해선 습득하기가 쉽지 않은 언어란다.

많은 한국인들이 어릴 때부터 영어를 배우지만 막상 외국인과 마주치면 슬그머니 꽁무니를 빼는 게 현실이지. 도대체 그 이유는 무얼까? 그것은 영어를 의무감에서 억지로 배우거나 막연한 강박감으로 설렁설렁, 대충대충 공부하기 때문이 아닐까? 즉 절박한 심정, 곧 이것이 아니면 죽음이라는 각오로 공부하지 않기 때문에 생기는 현상이라는 것이지.

아빠는 솔직히 말하면 영어가 그리 능숙한 편이 아니다. 그런데 아빠는 하마터면 영어의 달인이 될 뻔 한 사건이 있었단다. 지금으로부터 20여 년 전의 일이다. 당시 아빠는 일본계 호텔에서 일을 하고 있었다. 그런데 어느 날 갑자기 아빠가 일하던 호텔이 미국계로 넘어가는 황당한 사태가 발생했지. 자고 일어나 보니 동료와 상사는 졸지에 일본인에서 미국인으로 바뀌고, 고객들도 100% 미국인으로 바뀌고 만 것이지.

아는 영어라고는 그저 인사 정도가 고작이었던 아빠로서는 참으로 낭패가 아닐 수 없었단다. 부하직원을 100여 명이나 거느린 과장–차장급 간부가 영어가 안돼 자신의 업무조차 수행할 수 없는 상황이라니……

짧은 기간이었지만 아빠의 마음고생은 정말로 심했단다. 고민 끝에 아빠는 회사 측에 3개월 정도의 말미를 달라고 요청했지. 물론 이 3개월 동안 영어가 일정한 궤도에 오르지 않으면 회사를 그만둘 생각이었단다.

아빠는 절박한 심정으로 영어를 정복하기 위한 계획을 세웠다. 우선 밥 먹는 시간과 잠자는 시간을 제외하곤 모든 시간을 영어에 투자하기로 했지. 다행히 회사에서 마련한 영어강좌가 있어서 오전에는 무조건 강의를 듣기로 했다. 원어민의 발음을 정확히 익히기 위해 일부러 남녀 강사가 진행하는 강좌를 각각 1개씩 선택해 신청하고, 동일한 강의를 2회 반복해 듣는 것을 원칙으로 삼았다.

그리고 오후에는 어떻게 하면 효율적으로 영어회화를 배울 수 있을지 고민을 거듭했다. 학원까지의 왕복 소요시간과 경비를 감안한다면 학원에 다니는 것보다는 카세트테이프를 활용하는 방법이 최선이라는 결론이 나오더구나. 비록 끈질긴 인내심과 지구력을 요하는 학습방법이지만 말이다.

일단 마음의 결정이 서자 아빠는 바로 거금을 투자해 당시로서는 값도 비싸고, 희귀한 소니 워크맨을 구입했다. 그것은 당시 이 제품이 무엇보다도 반복청취가 가능한, 우수한 성능을 지닌 제품이었기 때문이지.

그런 다음 시중에 나와 있는 카세트테이프 몇 종을 꼼꼼히 비교한 다음, 가격은 비싸지만 가장 권위가 있다고 정평이 난 한 제품을 선택했지. 그리고 총 4권, 60장의 레슨으로 이루어진 텍스트를 체계적으로 공부하기 위한 학습 진도표를 만들었단다.

공부는 일단 책을 전혀 보지 않은 상태에서 교재의 지문을 무조건 15회 반복해 듣는 것으로 시작했다. 물론 한 번 들을 때마다 진도표에 표시해 두었지. 다음엔 지문을 읽고 다시 15회 청취. 그리고 지문의 번역 부분을 읽고 15회 청취. 마지막으로 모르는 단어나 문장이 있으면 사전을 찾아 완전히 이해한 뒤 다시 15회 청취. 영어에 투자한 시간은 대략 하루 평균 14시간 내외. 이처럼 동일한 지문을 60회 이상 청취하는 방식으로 공부하는 과정은 정말이지 성직자의 수행에 비견될 정도로 지루하고, 좀이 쑤셨단다.

이런 식으로 대략 3개월쯤 공부를 지속하자 불가사의한 현상이 슬슬 나타나기 시작하더구나. 즉 영어로 꿈을 꾸는 일이 잦아졌고, 어느 순간 미국인들의 애기가 조금씩 귀에 들어오기 시작한 것이지.

그 중에 가장 신났던 일은 아빠를 천덕꾸러기로 취급하던 얄미운 미국인 동료라든지 상사와 미리 노트에 써둔 중요한 단어(이를테면 욕설)를 슬쩍 슬쩍 봐 가며 싸울 수 있는 수준에 도달했다는 것이다. 후일담이지만 아빠는 미국계 호텔에서 3개월 정도 버티다 갖은 우여곡절 끝에 직장을 학교로 옮기게 되면서 영어를 써먹을 수 있는 기회는 사라져 버리고 말았다. 기껏 익힌 영어는 결국 망각의 늪으로 사라지고 말았지. 영어만 놓고 본다면 정말 안타까운 일이 아닐 수 없다. 그런데 한 가지 흥미로운 사실은 영어공부를 중지한 지 20여 년이 훌쩍 지났지만 지금도 가끔 그때 외웠던 문장들이 무의식 중에, 혹은 술에 취했을 때 자신도 모르게 뛰쳐나온다는 점이다.

아들아! 네가 꼭 알아두어야 할 것은 그것이 영어이든 아니면 다른 무엇이든 뚜렷한 목표의식을 지니고 집중한다면 그 효과는 상상을 초월할 정도로 크다는 사실이다. 아빠는 이런 이유로 영어를 배우러 해외연수를 떠나는 젊은이들에게 늘 당부하는 말이 있단다. 그것은 외국에 나갈 수 있는 기회가 있고, 능력이 된다면 나가는 것이 물론 좋다는 것이다.

하지만 혹 형편이 안 될 경우라면 구태여 외국에 나가지 않아도 외국어는 얼마든지 정복할 수 있다는 것이다. 실제로 우리나라 최고의 영어 달인인 이보영 선생은 미국에 단 한 번도 가본 일이 없다지? 결국 문제는 필요에 대한 절박한 공감, 그리고 의지와 끈기라 할 수 있겠지. 천문학적인 연수비용은 아껴두었다 후일 유학비용으로 쓴다면 얼마나 요긴하겠니?

Letter 15
작은 행복

 아들아! 오늘 오후에는 엄마와 유리(강아지)랑 고덕동 뒷산으로 산책을 갔단다. 보통 때라면 아빠는 아무리 연구년(안식년)이라 하더라도 청주에 내려갔을 텐데, 눈가에 뾰루지인지 다래끼가 생겨 속을 썩이는 바람에 할 수 없이 집에서 며칠간 지내고 있던 참이지.

 아무튼 아빠와 엄마는 숲길을 걷다 어느 순간 누군가가 산책로를 깨끗이 쓸어둔 사실을 발견하곤 탄성을 질렀단다. 선명한 빗질 자국을 보니 공연히 기분마저 상쾌해졌지. 그런데 그것을 본 네 엄마가 무언가 떠올랐는지 교편생활을 하던 시절, 자신이 겪었던 일들을 슬그머니 들려주더구나.

 예전에 엄마가 학교에 나가던 시절은 학생들의 가정형편도 살필 겸, 학생지도도 할 겸 가정방문을 나가는 경우가 왕왕 있었다는구나. 하루는 집안이 그리 넉넉지 않은 학생의 집으로 가정방문을 나가게 됐다지?

그런데 겨우겨우 집을 찾아 대문에 들어섰는데, 그리 넓지는 않지만 빗질을 한 자국이 오롯이 남아 있는 정갈한 마당이 눈에 확 들어오더라는 것이다. 필시 선생님의 방문을 앞두고 학부형이나 학생이 정성들여 마당을 쓸어둔 것이겠지. 엄마는 세월이 많이 지났지만, 그 마음씀씀이가 다른 어떤 대접보다도 기억에 남고, 감동적이었다고 얘기하더구나.

그런가 하면 언짢은 기억도 적지 않은 모양이더구나. 한 번은 결석을 밥 먹듯 하는, 한 농땡이 여학생의 집으로 가정방문을 갔다는구나. 그런데 아무리 기다려도 학부모가 나타나지 않더라는 것이다. 한 30여 분 기다리다 엄마가 막 일어서려는 참인데, 그때서야 학부형이 2층에서 앞치마 차림으로 헐레벌떡 거친 숨을 몰아쉬며 뛰어 내려오더란다.

그러더니 학부형은 다짜고짜 앞치마 속에서 구깃구깃한 천 원짜리 지폐를 한 움큼 꺼내더니 엄마 손에 쥐어주고는 허겁지겁 2층으로 다시 올라가더라는 것이다. 정말 황당하지? 엄마는 아무튼 학생에게 지폐다발을 돌려주고는 발걸음을 되돌렸다는구나.

엄마가 당시에는 어리바리해 눈치를 못 챘는데, 나중에 곰곰이 생각해보니 그 학부형은 화투를 치다가 마지못해 내려온 것 같았다는구나. 대충 집어서 쥐어준 돈은 판돈인 것 같았고.

아들아! 너는 숙소생활을 시작하면서 네 엄마가 혼자 집에 있는 게 마음에 걸리는지 가끔 문자도 보내고 전화도 하는 것 같더구나. 엄마는 네 그런

마음씀씀이에 살짝 감동하는 눈치인 것 같고.

사실 생각해 보면 아빠 생일날 네가 용돈을 모아서 선물한 파커만년필도 기억에 남지만, 그런 것들보다는 언젠가 전해준 ♡모양의 노란 색종이에 삐뚤빼뚤 쓴 편지가 더욱 감동적이었단다. 아마도 "아빠! 같이 놀아줘 고맙습니다"라고 쓰인 편지였지?

그런데 말이다. 손님들에게 물질적인 혜택보다는 이러한 세심한 배려를 함으로써 소비자에게 감동을 주고, 강렬한 인상을 심어주는 기업도 적지 않단다. 일본의 한 작은 호텔은 투숙객들에게 기억에 남는, 인상적인 서비스를 제공하는 것으로 유명하단다. 이 호텔에서는 전일 투숙한 단체손님이 떠날 때 모든 종업원들이 손을 흔들며 배웅을 하지. 물론 이 정도의 이벤트라면 어쩌면 누구라도 그럴 수도 있으려니 생각할지 모르겠다. 실은 아빠가 예전에 일했던 곳에서도 그렇게 했으니 말이다.

그런데 이 호텔의 배려는 여기서 그치지 않는단다. 손님들이 승차한 버스가 호텔을 출발해 굽이굽이 돌아서 산등성이에 이르면 동승한 가이드가 안내방송을 하지. "저기 아래쪽으로 어젯밤 손님들께서 투숙했던 호텔이 보입니다"라고. 그러면 수다를 떨거나 지그시 눈을 감고 휴식을 취하던 승객들이 잠시 가이드가 가리키는 방향을 쳐다보겠지.

그런데 호텔의 종업원들이 그때까지도 여전히 손을 흔들고 있다면? 아마도 손님들은 무어라 형언하기 어려운 감동을 받을 것임은 두말할 나위 없는 일이다. 이것은 어쩌면 호텔 측과 가이드가 사전에 약속을 해두었기 때문에 가능한 일인지도 모른다. 한 마디로 연출일 가능성이 크다는 것이지. 하지만 그럼에도 불구하고 손님들의 뇌리에 행복한 기억으로 선명하게 각인되겠지.

감동이란 물질적인 보상만으로 이룰 수 있는 것이 아니란다. 그것은 늘 감사하는 마음과 그것을 적절하게 표현하는 과정이 수반되어야 생겨나는 것이지. 더욱이 늘 감사하는 마음을 지니고, 그것을 수시로 표현하면 세상이 아름다워진다는 놀라운 사실이 밝혀지지 않았니?

언젠가 코넬대학 논문집에 소개된 '행복의 심리학'이라는 짤막한 에세이를 읽은 일이 있단다. 내용은 그저 사람들에게 무언가 선물을 할 때 잘게 여러 번 나누어 주면 행복감이 훨씬 커지고, 기억도 잘 한다는 것이었다. 반대로 부정적인 얘기를 하거나 부담을 줄 때는 잘게 나누어 주는 것보다는 한꺼번에 주는 것이 오히려 데미지가 적다는 것이었고. 이 얘기는 결국 우리가 살아가면서 다른 사람에게 자주 사랑과 감사를 표시하는 쪽이 낫다는 것으로 해석할 수 있겠지?

나는 지난봄 제주도에서 강연을 갔다가 돌아오는 길에 이름을 들으면 알 만한 여성 아이돌그룹 가수를 공항에서 마주쳤단다. 공연을 마치고 서울로 돌아가는 길인 것 같더구나.

그런데 이들을 발견한 몇몇 젊은이들이 반가운 마음에 달려가 사인을 부탁했지. 그런데 이들은 "죄송합니다"라며 쌀쌀한 표정을 지으며 일언지하에 거절하더구나. 아마도 연이은 공연과 여행, 또 수시로 접근하는 팬들로 말미암아 짜증이 나고 피곤해서였겠지.

그러나 스타는 결국 팬들이 있어서 존재하는 것 아니겠니? 아빠는 사실 학창시절 한 여자가수의 사인을 받고 얼마나 행복했는지 모른단다. 그 여운과 기억은 수십 년 간 지속됐지.

너는 아무쪼록 팬들에게 늘 감사하는 마음으로 따뜻하게 대하기 바란다. 그리고 가능하다면 그들에게 늘 감동을 줄 수 있도록 노력하기 바란다. 그것은 꼭 물질적인 보답을 말하는 것이 아니란다. 그저 진심이 담겨 있는 말 한 마디로 족할 수도 있지.

아들아! 아빠는 네가 결국은 수많은 역경을 겪어 내고, 네 꿈인 가수가 되어서 기쁘고, 고맙다. 그리고 사랑한다. 아무쪼록 앞으로 1등이 되기 위해 최선을 다해 노력하여라. 하지만 꼭 1등이 되지 않더라도 상관이 없단다. 그저 매시간 얼마나 치열하게 사는가, 얼마나 성실하게 사는가, 얼마나 감사하고 사랑하며 사는가가 문제인 것이지.

어느 항공사의 약속 위반

아들아! 아빠는 너도 알다시피 프로강사다. 프로강사는 강의를 잘 하는 것이 무엇보다 중요하지. 하지만 아빠는 그것보다 훨씬 더 중요한 것이 있다고 생각한단다. 그것은 바로 청중과의 약속은 어떤 경우에도 지켜야 한다는 것이지.

생각해 보아라! 가수가 만약 공연스케줄을 펑크 낸다면 어떻게 될까? 아마 모르긴 몰라도 엄청난 비난과 더불어 어마어마한 위약금을 물어야 하지 않을까?

그러나 단순히 위약금이나 비난이 문제가 아니다. 더욱 심각한 것들이 있지. 그것은 수많은 사람들이 오래전부터 공연을 보기 위해 자신의 스케줄을 조정하고, 더러는 아르바이트를 해가며 모은 돈으로 티켓을 구입하고 기다렸을지도 모른다는 점이다. 관객이나 청중들 중 자신들의 결혼이나 생일을 기념하기 위해 오래전부터 공연을 기다려 온 이들도 있다고 생각해 보아라. 또 병석에 누워 있는 아이가 공연이 보고 싶다며 부모님을 조르고 졸라 겨우 허락을 받고, 그날이 오기만을 손가락을 꼽아가며 기다려 왔다면 어떨까?

아빠가 강의나 강연 스케줄이 잡히면 어떤 일이 있어도 시간에 늦지 않도록 노력하는 것은 그 때문이란다. 심지어 아빠는 강의가 임박하면 강연장의 정확한 위치를 확인하고 거리, 이동수단, 시간 등에 대해 철저히 체크하는 것은 물론, 경우에 따라서는 시뮬레이션(모의연습)까지 할 정도로 신경을 쓴단다. 그 덕분에 아빠는 연간 100여회 이상 전국에서 강연을 해오고 있지만, 지금껏 단 한 번도 약속시간을 어긴 적이 없지.

그런데 말이다. 아빠는 얼마 전 정말이지 황당한 경험을 했단다. 하마터면 사전예고 없이 강의를 갑자기 취소해야 할지도 모르는 난감한 상황에 처한 것이지.

아빠는 오래 전, 'ㅈ' 대 행정대학원 최고경영자 과정으로부터 강의를 해달라는 요청을 받았다. 그래서 일찌감치 김포-제주 간 왕복티켓(아시아나항공)을 사두었지. 그리고 미국에서의 강연일정을 마치고 귀국한 다음의 일이다. 글쎄 아빠가 미리 사 두었던 티켓을 청주-제주 간 항공편인 것으로 착각하고, 강의 하루 전 청주로 내려가지 않았겠니? 청주에 도착해 티켓을 확인해 보니, 아뿔싸! 티켓은 김포-제주 간 왕복표! 아빠는 악성 건망증을

탓하며, 서둘러 서울로 올라가려다 'ㄷ' 항공에 전화를 했다. 그랬더니 마침 청주-제주 간 항공편의 좌석이 남아 있더구나.

아빠는 결국 아시아나 측에 위약금을 물고, 'ㄷ' 항공의 청주-제주 간 티켓을 구입했지. 그리고 안도의 한숨을 쉬며 청주에서 1박을 했다.

다음날 아침 9시반 경, 아빠가 집을 나서는데, 문자수신음이 울리더구나. 아침부터 "웬 스팸문자지?"라고 생각하고 내버려두었다가 나중에 내용을 확인해 보곤 정말 깜짝 놀랐다.

왜냐하면 지불까지 끝낸, 청주-제주 간 항공편이 결항되었으니 양해 바란다는 내용이 떠 있었기 때문이다. 물론 결항에 대한 합당한 설명이나 미안한 기색은 전혀 찾아볼 수 없었지.

대경실색한 아빠가 'ㄷ' 항공에 전화를 걸었다. 한참 만에 어렵게 연결된 지상근무 직원에게 자초지종을 물었다. 하지만 속 시원한 설명은 들을 수 없었지. 그냥 결항됐으니 그리 알라는 식이었다. 그때 그 황당함이란!

항공사 측의 횡포에 순간적으로 분통이 터졌지만, 어쩌겠니? 아빠는 급한 대로 우선 김포-제주 간 노선에 자리가 있다는 얘기를 듣고, 황급히 티켓을 교환했다.

그런데 숨을 돌리고 나서 곰곰이 생각하니 갑자기 부아가 치밀어 오르더구나. 그것은 항공기의 일방적이고 갑작스런 결항은 일기나 다른 심각한 문제가 아니라 오직 경제성(손님이 적다는)이라는 판단이 들었기 때문이지.

아빠는 즉시 'ㄷ' 항공에 소심한 보복을 하기로 결정했다. 즉 경쟁사의 사정을 확인한 후 항공권을 취소해 버린 것이지. 그리고 하늘이 무너져도 위약금은 물 수 없다고 부득부득 우겼다. 그래봐야 달랑 2천 원이지만 말이다. 그리고 아시아나 항공의 김포-제주 간 티켓을, 이른바 '광클'로 구입하곤, 정말이지 꽁지에 불이 나도록 차를 몰고 김포공항으로 달려가, 무사히 비행기에 몸을 실었단다(휴~). 20년 무사고 강의라는 대기록을 지켜냈을 때의 그 감격이란!

아빠는 언젠가 약속과 관련해, 한국인의 입장에서 본다면 정말이지 모멸감을 느낄 수 있는 글을 읽은 일이 있다. '한국인은 약속시간을 잘 지키지 않는다. 하지만 노여워하지 마라. 멕시코 사람들보다는 좀 낫다'라는 글이 그것이지. 그런가 하면 한 일본인이 "한국에서 약속시간을 지키는 것은 9시 뉴스 하나밖에 없다"며 비아냥댄 글을 읽으며 혼자서 씩씩거린 일도 있지.

그러나 어쩌겠니? 이들의 주장이 악의적인 측면도 있지만, 우리의 현실을 어느 정도 반영하지 않니! 하기야 그렇지 않다면 코리안 타임(Korean time)이라는 표현도 생겨나지 않았겠지.

아빠가 얼마 전 대한항공과 아시아나의 정시 운항률이 세계 1위라는 신문기사를 읽고 쾌재를 불렀다. 이제 드디어 우리도 그런 오명으로부터 벗어나기 시작했다고 생각한 것이지. 하지만 아빠가 이번에 겪은 악몽은 이들에 대한 평가를, 적어도 아빠의 입장에서 본다면 다시 원점으로 돌려 버린 셈이지.

아들아! 아빠는 젊은 시절 약속으로 인해 목숨을 잃을 뻔했던 일이 있단다. 어느 날 아빠는 밤늦게 제주시에서 한 친구와 만나기로 약속을 해두곤 서둘러 영실 코스를 이용해 한라산 등반길에 오른 일이 있었지. 그때가 아마도 10월 말이나 11월 초쯤이었을 게다.

아무튼 한참을 올라가다 보니 첫눈이 내리기 시작하더구나. 미처 단풍이 지기도 전에 함박눈이 내리자 한라산 일대는 그야말로 일대장관을 연출했지. 아빠는 탄성을 지르며 빨간 페리칸사 열매 위에 내려앉은 눈꽃 사진을 찍으며, 마치 강아지 같이 들뜬 심정으로 발걸음을 재촉했다. 아빠는 이때만 해도 이 첫눈이 심각한 사태를 불러오리라는 것은 상상조차 하지 못했지.

마침내 한라산 정상에 올라 뿌듯한 심정으로, 말라 버린 백록담을 한참동안 바라보다 하산하기 시작했다. 그런데 얼마쯤 내려가다 보니 눈이 쌓여 등산로가 사라져 버린 게 아니겠니? 당황한 아빠는 내려갔던 길을 다시 오르내리길 몇 차례 반복하다 마침내 제일 대피소에 간신히 도착해 한숨을 돌렸다. 그리고 잠시 휴식을 취한 아빠는 다시 하산준비를 서둘렀지. 대피 중이던 사람들의 만류를 무릅쓰고, 약속을 지켜야 한다는 일념으로 말이다.

지금 생각하면 무모하기 짝이 없는 행동이었지. 아빠는 바위에서 굴러 떨어지는 등 천신만고 끝에 만신창이가 되어 새벽녘에야 겨우 하산에 성공했다. 정말이지 아빠는 천운으로 조난사고를 면했다. 하지만 그날 등반객 모두가 운이 좋은 것은 아니었단다. 왜냐하면 이날, 한라산에서 조난당한 사람들이 한둘이 아닐 뿐더러, 심지어 목숨을 잃은 이들까지 있다는 얘기를 들었기 때문이지. 약속은 결국 지키지 못 했고, 후일 친구에게 정식으로 사과를 했단다.

도대체 약속을 지키는 일에 왜 이처럼 목숨을 건 것일까? 약속이란 정말 목숨을 걸고라도 지켜야 할 만큼 가치가 있는 것일까?

네가 가수가 되겠다면서 연습을 시작한 것은 중학교 1학년 겨울의 일이다. 기억이 정확하다면 2PM이나 원더걸스의 멤버들도 비슷한 시기에 한솥밥을 먹게 되었고. 그런데 너는 다른 친구들과는 달리 데뷔하기까지 약간의 우여곡절을 겪었다. 그것은 네가 평범하지 않은 길을 가는 데 대해 일시적으로 회의와 갈등을 느꼈기 때문이지.

하지만 약속과 신념을 지나치게 중시하는, 아빠의 결벽증이 혹 네게 더 혼란을 주고, 복잡한 문제를 불러일으킨 것은 아니었을까 생각할 때도 있단다. 아빠도 인간이기 때문에 그런 생각이 들 때면 후회할 때도 있단다. 내가 조금만 더 여유를 가졌더라면, 좀 더 편한 길을 갈 수 있었을 텐데……. 사고의 유연성과 융통성을 지녔더라면 더 훌륭한 기회가 생겼을지도 모르는데…….

하지만 아빠는 지금도 약속과 신의야말로 건강한 사회를 만들고, 유지해 나가는 데 있어서 가장 중요한 가치요, 덕목이라는 신념을 지니고 있단다.

즉 'ㄷ' 항공은 말할 것도 없고, 이 나라의 정치지도자부터 보통사람들, 그리고 기성세대부터 신세대에 이르기까지 모든 이들이 약속과 신의를 지켜야 좋은 나라, 행복한 나라가 될 수 있다고 확신하는 것이지.

세상을 여는 책

아들아! 사람들은 연예인에 대해선 시시콜콜한 것까지도 관심을 가지나 보더구나. 심지어는 가방 속에 무엇이 들어 있는지에 대해서도.

아빠는 언젠가 한 잡지에서 너희들의 백 팩에 든 내용물을 공개하는 이벤트를 벌이는 걸 보았다. 도대체 가방 속이 왜 궁금한지 그 이유는 정확히 알 수 없다만, 아무튼 네 백 팩 속에서 우르르 쏟아져 나오는 물건들을 보니 눈에 익숙한 물건들이 꽤 있더구나. 작곡가가 선물한 닌텐도 게임기, 네가 좋아하는 향수, 엄마가 미국에서 사다준 게스 반지갑, 팬레터, 팬이 만들어 준 PR용 이름표 등등.

이 중 아빠의 눈길을 끄는 것이 있었지. 그것은 바로 프랑스 작가 베르베르의 《신》이라는 책이다. 《신》은 아마 네가 숙소에 들어가기 직전까지 읽었던 책이지? 아빠는 네가 《신》의 속편이 나오길 손꼽아 기다리다 출간되었다는 소식이 들리자마자 얼른 빌려와 눈을 반짝이며 읽던 모습이 생각나는구나. 갑작스레 숙소생활이 시작되는 바람에 결국 다 읽지도 못하고 반납하고 말았지만 말이다.

아무튼 아빠는 네 백 팩에서 자질구레한 물건들과 함께 책이 나왔다는 사실이 참으로 기뻤다. 네가 그 바쁜 스케줄을 소화하면서도 틈틈이 책을 읽는다는 사실을 알았기 때문이지. 게다가 취미를 묻는 기자의 질문에 "책 읽는 걸 좋아해요. 특히 SF물, 음모론, 외계에 관한 내용 등등"이라고 답했다는 기사를 읽고는 마음속으로 쾌재를 불렀다.

사실 우리 식구는 책과 그리 소원한 관계는 아니지. 아빠는 얼마 전까지만 해도 일주일에 적어도 2~3권의 독파할 정도로 책에 묻혀 살았다. 지금은 비록 눈이 침침해 책 읽는 속도가 한없이 더뎌졌지만 말이다. 네 엄마도 독서광이라 할 정도는 아니지만, 늘 책을 가까이 두고 생활했다. 물론 너도 어릴 때부터 책을 많이 읽는 편에 속했지. 물론 아빠가 생각하는 수준에는 턱없이 부족하지만 말이다.

돌이켜 생각해 보면 지난 아빠의 생일날 네 엄마와 네가 준비한 선물도 책이었지? 네가 괴발개발 쓴 편지와 함께 아빠 손에 쥐어준 책은 《시크릿》과 비슷한 메시지를 담고 있는 책이었던 것으로 기억된다. 이 책을 선택한 이유는 아마도 그 즈음 아빠가 《시크릿》에 공감하고, 툭하면 긍정적인 마음가짐을 강조했기 때문이겠지?

그리고 네 엄마가 고른 선물은 《나는 마흔이 좋다》라는 알쏭달쏭한 제목의 책이었다. 흔히 제2의 질풍노도 시기라는 20~30대를 거쳐 지금은 딱히 뭐라고 규정하기 어려운, 40대에 이른 7명의 남성들의 일상을 수채화처럼 담담하게 그려낸 일종의 자전적인 에세이라는 부제가 달려 있었지. 한 마디로 7080세대 동년배들이라면 누구나 공감할 수 있는, 때로는 쓸쓸하고, 때로는 따뜻하며, 때로는 익살스러운 얘기들을 가득 담고 있는 책이었다.

아무튼 아빠는 이 책의 제목을 보곤 내심 실소를 터뜨렸던 기억이 난다. 그것은 이런 종류의 책을 고른 네 엄마의 마음이랄지 저의를 살짝 눈치챌 수 있었기 때문이지. 한 마디로 나이가 들면서 점차 패기랄지 자신감을 잃어가는 아빠의 모습이 마음에 밟혀 손이 갔을 것이란 얘기지. 비록 사소한 것이긴 하지만, 네 엄마의 따뜻한 마음씀씀이가 느껴지지 않니? 가족애란 아마도 이런 것이 아닌가 싶구나.

아들아! 아빠는 "책 속에 길이 있고, 미래가 있다"고 굳건히 믿는 사람이란다. 이렇게 말하면 "현대는 모니터가 지배하는 세상이 아니냐? 뜬금없이 무슨 책 얘기냐?"며 눈을 치켜뜨고 질책하는 이들이 있을지 모르겠다.

하지만 아빠는 모니터가 아무리 판을 치는 세상일지라도 천금 같은 지식과 정보, 미래를 여는 열쇠는 책 속에 내장되어 있다고 확신하지.

너도 알다시피 가치 있는 지식과 정보란 마음으로 이해하지 않으면 안된다. 그리고 그것을 자신의 머릿속의 서랍에 차곡차곡 갈무리해 두었을 때 비로소 빛이 나고 쓸모가 생기는 법이지. 하지만 모니터가 제공하고 생산하는 지식과 지혜는 어떠니? 지나치게 즉흥적이고 찰나적이지 않던?

진부한 얘기지만, 책 속에는 한 인간이 일평생 관심과 열정을 가지고 천착해온 귀중한 성과와 엑기스가 응집되어 있다고 해도 과언이 아니다. 따라서 책만 제대로 읽어도 한 인간이 일평생 쌓아온 내공을 고스란히 흡수할 수 있지. 게다가 독서를 통해 우리는 상상력과 논리적인 사고력을 키울 수 있다. 그리고 책을 통해 축적된 지식과 정보는 더러 무의식의 세계에서 놀라운 시너지를 효과를 일으켜 혁신적인 아이디어가 탄생하는 경우도 적지 않지.

아인슈타인의 상대성이론이라든지 우주정거장의 개념을 꿈속에서 얻었다고 증언하는 한 우주과학자의 존재를 떠올려 보아라. 시오노 나나미의 베스트셀러인 《로마인 이야기》도 훌륭한 증거라 할 수 있지. 도대체 동양의 평범한 여성이 어떻게 로마 역사에 관한 세계 최고의 전문가가 되고, 베스트셀러를 발표할 수 있었을까?

그것이 바로 독서의 힘이 아니고 무엇이겠니? 시오노 나나미는 로마의 역사에 관한, 현존하는 대부분의 책들을 섭렵하고, 그것을 자신의 시각으로 재구성, 재해석한 것이지. 따지고 보면 네가 가끔 선뵈는 글들 – 앨범의 thanks to, 미니홈피의 일기, 편지 등 – 이 네 배움의 폭과 깊이에 비해 비교적 깔끔한 이유도 독서가 빚어낸 마술이라고 보아야 하겠지.

독서의 효용은 여기서 그치지 않는다. 독서량이 늘면 상식과 교양이 풍부해진다. 상식과 교양이 풍부해지면 자연 인간관계의 유지와 형성에도 큰 도움이 될 것임은 자명한 일이다.

본인 입으로 이런 얘기를 하기가 여간 쑥스럽지 않다만, 아빠는 너도 알다시피 대학 교양강의사상 최대수강자 기록을 지니고 있다. 그런데 그 비결도 독서와 깊은 관계가 있단다.

아빠는 오랫동안 대학에서 강의를 하면서 아무리 주옥같은 강의라 할지라도 학생들은 50분 단위의 수업 중 집중할 수 있는 시간이 10여 분이 채 되지 않는다는 사실을 깨달았다. 아빠가 작은 성공의 비결이라며 자랑하는 2:8법칙, 곧 중요한 메시지나와 엑기스는 10분 이내에 압축해 전달하고, 나머지 시간은 흰소리와 잡소리로 일관한다는 전략은 바로 여기에서 비롯된 것이지.

그렇다고 10분을 제외한 나머지 시간은 시종일관 엉뚱한 소리로만 일관하는 것일까? 그것은 절대로 아니다. 이 40여 분의 시간엔 독서를 통해 얻은 정보와 지혜를 이용해 강의의 요지를 이해할 수 있는 단서를 제공하고, 상식과 교양을 넓혀줄 수 있는 재미있는 얘기를 들려주어 학생들의 이목을 집중시킨다.

구체적으로 예를 들면 이런 식이란다. 아빠는 올 신학기에도 예외 없이 '현대인과 국제매너' 라는 교양과목의 강의를 맡기로 하였고, 이 과목에 대한 공식적인 오리엔테이션 자리에 참석했다. 이 자리에서 아빠는 이 과목이 '더불어 살기 위한 공생의 규범' 을 가르치는 교과목이라는 얘기를 들려주고 싶었다. 그리고 이 과목은 다른 사람의 도움을 이끌어내고, 도움을 주기 위한 방법이나 기술과도 관련된다는 사실을 강조하고 싶었지.

하지만 이런 설명을 댓바람에 직설적으로 늘어놓는다면 학생들의 공감을 얻기란 쉬운 일이 아닐 것이다. 그래서 아빠는 에둘러서 메시지를 전달하는 방법을 썼다.

우리 집 아이는 가수인데, 얼마 전 2집 앨범을 냈다. 그런데 작곡가가 앨범의 발표를 앞두고 감동적인 메시지를 남겼다. 또 1집 때 안무를 담당했던 안무가는 2집 음반 작업에 참여하지 못했음에도 불구하고 응원하는 글을 썼다. 그리고 보컬을 담당한 선생님도 멤버들이 연습 과정에서 흘린 눈물과 땀을 상기시키며 용기를 북돋워주는 편지를 보냈다.

주변의 많은 사람들이 이처럼 격려하고 성원하는 점으로 미루어 우리 집 아이는 제 몫을 다하는 가수로 성장할 것이라 확신한다. 이러한 확신은 결코 근자감(근거 없는 자신감)에서 비롯된 것이 아니다.

《혼자 밥 먹지 마라》라는 책이 있다. 이 책에서는 '혼자서는 절대 멀리 갈 수 없다'를 전제한다. 즉 누군가의 도움을 이끌어내고 도움을 줄 때, 비로소 멀리 갈 수 있고 높이 날 수 있다고 주장하는 것이다.

우리 집 아이는 능력과 자질이 부족하다. 하지만 주변에 이처럼 도움을 주는 조력자가 적지 않기 때문에 가능성이 있다고 생각하는 것이다.

'현대인과 국제매너'는 바로 이 '누군가의 도움을 받고, 도움을 주는 방법을 고민하고, 탐색하는 과목'이다.

이런 식으로 얘기를 풀어나가자 공감을 표시하고 수긍하는 학생들이 적지 않았다.

그렇다면 이런 식의 접근은 어떻게 가능했을까? 그것은 아빠가 《혼자 밥 먹지 마라》라는 책을 사전에 접하고, 저자의 주장에 공감했기 때문임은 말하나 마나라다.

아들아! '男兒須讀五車書(남아수독오거서)' 의 의미를 아니? 남자라면 모름지기 다섯 수레에 실을 만큼의 책을 읽어야 된다는 뜻으로 다독의 중요성을 강조한 말이다. 물론 요즘 세상에는 남자든 여자든 모두에게 해당되는 말이다.

아빠는 네가 40세, 아니 그 이상의 나이가 되어서도 네 백 팩을 열면 언제나 근사한 책 두어 권은 쏟아져 나오길 진심으로 기대한다. 절대로 잊지 말아라. 책 속에 미래가 있다. 마지막으로 책을 읽어야 한다는 메시지는 네 엄마의 간절한 부탁이기도 하다는 사실을 살짝 귀띔하며 접는다.

안단테 칸타빌레

아들아! 아빠는 지금 강의 차, 만만디의 나라 중국에 와 있단다. 중국은 알다시피 지구상에서 가장 인구가 많은 나라로, 땅덩이는 한반도 전체면적의 44배에 이를 정도로 광활하지. 2천 년 이후 10여 년째 두 자리 경제 성장률을 기록하며, 세계 경제대국으로 발돋움하고 있는 나라가 중국이기도 하다.

지금의 추세대로라면 어쩌면 앞으로 중국을 빼놓고 미래를 논한다는 것은 불가능하지 않을까 싶구나. 실제로 마야의 예언에 근거해 지구의 멸망을 그려낸 할리우드 블록버스터, '2012'를 보면 중국의 영향력이 어떤지 대충 짐작할 수 있지. 인류의 마지막 희망이라 할 수 있는, 신 노아의 방주를 준비해 둔 사람들이 다름 아닌 중국인이라는 놀라운 사실!

그렇다면 이 거대한 나라, 미래의 나라 중국을 이해할 수 있는 키워드는 무얼까? 필시 다양한 견해가 있겠지만, '콴시(關係)'와 '만만디(慢慢的)'를 제외하면 서운하지 않을까?

콴시는 인간관계 혹은 휴먼 네트워크를 가리키는 중국어란다. 콴시라는 말 속에는 사람들이 신뢰를 쌓을 때까지는 상당한 시간이 소요되지만, 일단 그것이 구축되고 나면 쉽게 깨지거나 변질되지 않는다는 의미를 담고 있지.

'13억의 인구가 신발 한 켤레씩만 사주면~'이라는 식으로 막연하게 노다지를 노리고 중국에 들어간 한국인들이 두 손 두 발 다 들고 철수하는 원인의 하나가 콴시 때문임은 잘 알려진 일이란다. 중국인들은 협상이나 거래를 할 때도 콴시, 곧 오랫동안 쌓아온 신뢰와 신용을 중시하기 때문에 속전속결을 추구하는 우리나라 사람들과는 정서적으로나 문화적으로 여간해선 잘 맞질 않는 것이지.

만만디는 콴시가 이루어지는 과정을 생각하면 이해가 수월할 거야. 국어 사전에서는 이것을 '행동이 굼뜨거나 일의 진척이 느림을 이르는 말'이라고 설명하지.

사실 우리나라에서는 이 만만디가 부정적인 의미로 사용되는 경우가 많단다. 그것은 성과 지상주의적인 한국인의 입장에서 볼 때 속이 터질 정도로 답답하고, 비경제적으로 생각되기 때문이지. 하지만 만만디는 관점을 달리 하면 매사를 빈틈없이 꼼꼼하게 처리한다는 긍정적인 의미가 담겨 있다는 사실을 현명한 너는 짐작할 수 있겠지?

얘길 하다 보니 아빠가 마치 중국의 홍보대사가 된 것 같구나. 아빠가 이처럼 중국에 대해 미주알고주알 늘어 놓은 것은 실은 그네들의 문화가 우리나라와는 너무나도 대조적이기 때문이란다.

너도 알다시피 우리나라는 국토 면적이 전 세계 229개 국가 중 102번째인가 110번째에 불과한 매우 작은 나라란다. 하지만 대한민국의 저력은 놀라울 정도여서 그야말로 '작은 고추가 맵다' 는 속담이 무색할 정도이지.

실제 우리나라는 선박, 조선, 반도체 분야를 비롯해 선두를 달리는 것들이 한둘이 아니란다. 물론 흥미로운 기록들도 많지. 세계에서 문맹률이 1% 이하인 유일한 나라라는 것, IQ가 전 세계 1위의 나라라는 것, 세상에서 가장 잠을 적게 자는 나라 3위라는 것 등등.

그렇다면 이러한 우리나라를 이해할 수 있는 가장 적절한 키워드는 무얼까? 그것은 혹 '빨리 빨리'가 아닐까? 사실 우리나라가 '빨리 빨리 공화국' 임을 보여주는 증거나 사례는 무수히 많단다. 우리나라를 방문한 외국인이 가장 먼저 배우는 말이 '빨리 빨리'이며, 서울을 상징하는 단어가 '빨리 빨리' 라는 사실은 널리 알려진 일이다. 일설에는 '빨리 빨리'가 옥스퍼드 사전에 당당하게 등재되었다는 얘기도 들린다.

또 이 세상에서 가속 부사가 가장 발달한 나라가 우리나라라는 주장도 있지. 그 얘기를 듣고 보니 머릿속에 얼핏 떠오르는 속도부사는 빨리 빨리, 잽싸게, 싸게 싸게, 얼른, 냉큼, 제꺽, 퍼뜩 등 부지기수인 것 같구나.

한국인이 상투적으로 서두른다는 사실은 남자들이 화장실을 이용하는 모습을 봐도 금방 눈치 챌 수 있지. 우리나라 남성들은 화장실이 발견되면 손이 지퍼 위로 즉시 올라가지 않던? 볼일을 보고난 뒤에도 그 자리에서 마무리하는 경우는 드물지. 대개는 잰 걸음으로 화장실을 빠져나오며 옷매무새를 정리한다.

보행자의 경우도 바쁘긴 매한가지이다. 한국인은 1분에 90~120보를 걷는다는 통계도 있다. 참고로 영국인은 40~60보 수준이라는구나. 한국인이 영국인에 비해 곱절이나 빨리 걷는 셈이지.

우리나라 사람의 체형적인 특징은 상장하단의 주꾸미 다리이다. 주꾸미 다리로 분당 100여보를 걷는다면 발걸음을 육안으로 관찰한다는 것은 매우 어려운 일이다. 종종걸음을 치는 한국인들, 혹 무언가 바쁜 일이라도 있을까? 천만의 말씀이다. 따라가 보면 대개는 별 볼일 없다. 그냥 집으로 가는 길이다.

운전자들의 조급성도 세계적으로 정평이 나 있다. 운전경력 20년 이상의 베테랑 운전자도 추월차선이 왼쪽인지 오른쪽인지 늘 헷갈린다. 그리고 횡단보도에서 정지선에 정확하게 정차하는 차량을 발견하기란 여간 어려운 일이 아니다. 한때는 정지선에 제대로 정차하는 차량을 추적해 '양심냉장고'를 선물하는 전대미문의 일까지 벌어진 나라가 우리나라이다.

우리나라 사람들은 식사도 빠르다. 평일 점심이라면 3~7분이 대세이고, 식사시간이 10분 이상 되면 친구가 없다. 점심이 만약 냉면이나 자장면이

라면 분으로 시간을 재는 것은 더 이상 의미가 없지. 바로 초 단위로 넘어
간다.

심지어 연애도 속전속결이다. 이혼율은 세계최고 수준이며, 이혼자의 평
균 동거기간도 지구상에서 가장 짧다. 우리나라의 대표적인 로맨스소설
《춘향전》을 보아도 이몽룡과 성춘향의 러브스토리는 그야말로 광속, 번갯
불에 콩을 볶는 속도로 전개된다. 그네 타는 춘향을 우연히 목격한 이 도령
이 방자를 넣어 수작을 걸고 만리장성을 쌓을 때까지 걸린 기간은 아무리
후하게 잡아도 여남은 시간에 불과하다. 《춘향전》을 지구상에서 가장 진도
가 빠른, 급진적인 소설이라 주장하는 이유가 거기에 있지.

우리나라 사람들의 조급성을 보여주는 사례는 이밖에도 찾으려면 정
말이지 한도 끝도 없다. 전 세계 어디를 둘러보아도 엘리베이터의 '닫힘'
버튼이 빤질빤질하게 닳아 있는 나라는 일본과 우리나라 밖에 없다는 사
실, 전 세계에서 자기계발을 위한 학원이나 취미반에 '새벽반'이 있는 나라
는 우리나라 밖에 없다는 사실 등등. 일찍이 미래학자 앨빈 토플러는 《미래
충격(Future Shock)》이라는 저서에서 미래사회의 키워드는 '속도
(speed)'가 될 것이라고 예언하였다. 그의 예측이 틀리지 않다는 것은 세
상이 미친 듯이 바쁘게 돌아가는 데 대한 반동으로 '느린 음식(slow
food)'이나 '느린 삶(slow life)' 운동이 갑자기 부상하는 점에서 엿볼 수
있지. 역설적이지만.

그런데 미래사회의 키워드라는 속도와의 전쟁이 치열하게 벌어지는 최

전선이 바로 우리나라라고 한다면 지나친 표현일까? 그렇다면 우리나라 사람들이 이처럼 성마른 원인은 무얼까? 이 점에 대해선 '쌀농사 북방한계설' 등 다양한 주장이 있지만, 자세한 얘기는 생략하기로 하자꾸나.

진실을 말하면 우리는 '빨리 빨리' 덕분에 이만큼 먹고 살게 되었다고 해도 지나친 말이 아니다. 그러나 성수대교나 삼풍백화점의 예에서 보는 것처럼 그것의 폐해 또한 적지 않지. 이제는 우리도 '빨리 빨리' 문화의 장점을 취하면서 경우에 따라서는 '느림'의 미학이나 '느리게 사는 것의 의미', 혹은 '만만디'의 세계에 대해서도 진지하게 생각해 봐야 하지 않을까?

아들아! 아빠는 얼마 전 멜론 악스에서 개최된 쇼케이스가 끝난 뒤, 깜짝 팬 미팅을 하는 자리에서 네가 울상을 지으며 객석을 향해 농담 아닌 농담을 던지는 모습을 보았다.

"신사동 호랭이(작곡가) 형님! 다음 앨범을 낼 때는 저한테도 '후렴' 좀 주세요."

아빠는 이 얘기를 들으며 혹 네가 팀 내에서 자신의 역할이랄지 혹은 존재감에 대해 심리적으로 스트레스를 받고 있는 것은 아닌지 살짝 걱정을 했단다.

아닌 게 아니라 너희들 멤버 중 일부는 데뷔하자마자 앞으로 쭉 치고 나가는 모습을 보이더구나. 연기자로, mc로, 광고 모델로. 또 너희들 데뷔 앨범을 들어봐도 네가 맡은 파트가 다른 멤버들에 비해 상대적으로 훨씬 적긴 하더구나. 게다가 네가 방송에 나올 때는 카메라가 왜 하필이면 네 하반

신만 잡아대는지 살짝 야속한 생각이 들 때가 없잖아 있었지. 물론 어떤 사람은 네 안무는 스텝이 백미인지라 그럴 수밖에 없다며 따뜻한 위로의 말을 건네기도 했지만 말이다.

하지만 세상은 무조건 빠르다고 능사는 아니란다. 아니, 오히려 올더스 헉슬리 같은 이는 현대인들이, 성경에서 말하는 일곱 가지 대죄, 즉 교만, 탐욕, 탐식, 정욕, 나태, 질투, 분노 외에도 죽을죄를 한 가지 더 저지르고 있다고 경고하고 있지. 그것은 바로 '서두르는 죄'란다.

사실 인간사를 유심히 보면 사람들은 흔히 지나치게 서두르는 바람에 인간관계를 해치는 경우가 적지 않단다. 또 따지고 보면 우리나라 사람들이 국제무대에서 예의가 없다, 염치가 없다는 얘기를 듣는 것도 상당부분 서두르는 기질과 관계가 있지.

그러나 아무리 그렇다고 하더라도 서두르는 죄를 죽을죄로 규정하는 극단적인 견해에 대해서는 아빠는 선뜻 동의하기가 어렵구나. 그것은 빠른 것은 빠른 것대로 이점이 있고, 느린 것은 느린 것대로 장점이 있다고 믿기 때문이지.

요즘은 포털사이트 검색창에 네 이름을 치기 위해 '손'을 치고 'ㄷ'을 치면 네 이름이, 너보다 한 발 앞서 문중을 빛낸 낭자 가수 손담비와 앞서거니 뒤서거니 하면서 사이좋게 뜨더구나.

아빠는 정말이지 이것만으로도 장족의 발전이요, 가문의 영광이라도 생각한단다. 돌이켜 보면 네가 데뷔를 전후한 시점만 하더라도 넌 심지어 '손도장' 이나 '손도끼'에 비해서도 밀리는 처지가 아니었니?

얘기가 샌다만 왜 사람들이 손도끼를 검색창에서 그토록 쳐대는 것일까? 손도장이라면 그나마 이해가 가지만 말이다. 아빠는 그 이유가 몹시도 궁금하지만, 참아야겠지? 그것은 결국 CSI나 경찰청 사람들이 풀어 나가야 할 숙제이니까 말이야.

아들아! 인생은 긴 승부란다. 아빠는 네가 지나치게 작고 사소한 일에 목숨을 걸거나 일희일비하지 않았으면 좋겠구나. 아까도 말했지만 인생은 빨라서 좋은 것도 있지만, 느려서 기특한 것들도 너무나 많단다. 천천히 가도 정상은 보이는 법이지. 아빠는 아무쪼록 네가 지나치게 서두르지 않았으면 좋겠다. 천천히 주변을 살피며 걸어가기를 원하는 것이지.

잠시 숨결을 고루고 '느림'의 철학자 피에르 쌍소의 얘기를 들어 보지 않으련?

"비가 오면 천천히 걸으며 느껴 봐요. 촉촉한 세상이 얼마나 아름다운지!"

우리 모두, 안단테 칸타빌레, 한 걸음씩 천천히 걷자꾸나.

실패에 맞부딪쳤을 때 울 자격이 있는 사람

아들아! 아빠는 언젠가 서상록 선생님과 함께 조인트 강의를 한 일이 있단다. 선생님은 워낙 저명하신 데다, 강의 또한 알차기로 소문이 자자해 아빠도 기회가 생기면 꼭 들어 봐야겠다고 벼르던 참이었지. 그런데 그날은 마침 아빠의 강의에 뒤이어 선생님의 시간이 마련되어 있지 않겠니?

아빠는 내심 쾌재를 부르며, 선생님과 수인사를 나누는 자리에서 정중하게 양해를 구했지. 그리곤 청강을 하였단다. 선생님께서 들려준, 젊은 날 유학하던 시절부터 대통령 선거에 출마할 때까지의 인생역정과 철학은 정말이지 한 편의 드라마처럼 감동적이고 흥미진진하더구나.

선생님은 국내의 한 명문대학을 졸업한 뒤 수백 달러 남짓한 돈을 들고 유학길에 올라 갖은 역경을 겪으며 공부를 하시고, 자립의 기반을 닦은 분

이시다.

미국의 한 벼룩시장에서 방물장사로 학비를 벌 때 수중에 가진 돈이 없어 사람들 발걸음이 미치지 않는 외진 곳을 선택해야 했다는 얘기, 손님을 끌기 위해 물 설고 낯 선 이국땅에서 눈물을 감추며 각설이 타령을 불렀다는 얘기는 가슴을 두드리는 울림이 있었다.

선생님은 갖은 우여곡절 끝에 공부를 마치고 금의환향한 뒤 당시로서는 잘 나가는 굴지의 한 재벌그룹에 입사해 재무부회장의 자리에 오르기까지 하셨지. 그런데 선생님이 정작 유명세를 타기 시작한 것은 고학생이 부회장이 되었다는, 입지전적인 인물이어서가 아니다. 그것은 IMF 이후 회사가 공중 분해되었을 때 선생님이 선택한 결정이 범인의 상상을 초월했기 때문이지. 선생님은 부회장 자리에서 물러난 뒤 얼마 있지 않아 L호텔의 말단 웨이터로 취업을 한 것이지.

이 소식을 접한 사람들은 이구동성으로 선생님이 '생 쇼'를 한다며 수군거리고 비아냥댔지. 그러나 선생님은 보란 듯이 80여 만 원의 월급을 받으며 5년 이상 일을 하셨다. 그리곤 나중에 5백여 만 원의 퇴직금을 받고 명예롭게 퇴사를 했지. 그 이후의 행로도 예사롭지 않다. 선생님은 노인복지당을 창당, 당수의 자격으로 대선에 출마하는가 하면, 후일 한 명문대학의 총장을 지내기도 하셨지.

선생님의 상궤를 벗어난 행동에 대해서는 다양한 견해와 평가가 있다. 하지만 아빠는 그 분의 입지전적인 성공신화, 시련과 실패를 두려워하지 않는 불굴의 도전정신, '무소의 뿔처럼 혼자서 가라'는 식의 남들의 시선을 의식하지 않는 자신감과 오연함에 대해서는 외경심마저 느낀단다.

선생님은 자전적인 고백 이외에도 인생의 좌우명이나 나침반이 될 만한 감동적인 얘기도 많이 들려주셨다. '파출부와 장미꽃'이라고 이름을 붙일 수 있는 스토리도 그 중 하나이지. 선생님은 부회장 시절, 집안청소와 허드렛일을 시키기 위해 파출부를 썼다는구나. 그런데 파출부가 일하는 모습을 가만히 지켜보니 늘 인상을 잔뜩 찌푸리고 있을 뿐더러 청소도 매양 건성건성 하더라는 것이지.

그러던 어느 날 청소를 마치고 돌아가는 파출부와 딱 마주친 선생님은 얘기나 좀 나눌 요량으로 아주머니를 불러 앉혔다는구나. 그리고 아주머니에게 차를 대접하며 그 이유를 물어 보았지.

그러자 파출부의 얘기인즉슨 자신은 한때 남부럽지 않게 떵떵거리며 살았는데, 가세가 기우는 바람에 마지못해 이 일을 하게 됐다며 대뜸 신세타령부터 늘어 놓더라는구나. 그리고 파출부 일이 떳떳치 않다 보니 혹 누군가가 알아볼까 두려워 자신도 모르게 인상을 찌푸리게 된 것 같다고. 또 파출부는 임시 직업이라고 생각하다 보니 자연 대충대충 하게 된 것 같다고 말이야.

이 얘기를 듣고는 선생님께서 말씀하셨다는구나. 정당한 대가를 받고 하는 일인데 무엇이 떳떳하지 않냐고. 그리고 왜 창피하냐고. 그리고 이왕 파출부를 하기로 했으면 다른 건 몰라도 청소에 대해서만큼은 정말 똑 소리 난다, 세계에서 제일 잘한다는 소리를 들으면 얼마나 좋겠냐고. 그러면서 선생님은 혹 일을 할 때도 고객이 만약 아주머니의 청소에 대해 불만이 있으면 A/S도 불사한다는 자세로 일을 해보면 어떻겠냐고 조언을 했다는구나.

그리고 청소를 마친 다음엔 감사의 의미로 얼마간의 돈을 떼어 장미꽃이라도 두어 송이 준비해 꽂아 두고, 거기에 메모지를 끼워 두면 어떻겠냐고. 물론 메모지에는 청소가 마음이 들지 않을 경우 언제든 연락을 달라는 메시지와 연락처, 그리고 혹 자신이 연락이 안될 경우를 대비해 동료의 연락처까지 남겨 두라고 주문했지.

그러곤 몇 년인가 흘렀다는구나. 어느 날 근사하게 차려입은 한 귀부인이 선생님을 찾아왔다지? 선생님이 아무리 봐도 누군지 기억이 안나 우물쭈물하자, 귀부인이 웃으며 말했다는구나. 자신이 그때 그 파출부라고.

그리고 자신은 당시 선생님의 얘기를 들으며 무언가를 깨달았고, 그때부터 청소에 대해서만큼은 적어도 대한민국의 최고가 되겠다는 일념으로 열심히 일을 했다고 털어 놓더라는구나. 그리고 청소를 마치면 선생님 말씀대로 명함과 함께 장미꽃을 두고 나왔다고.

그런데 정말 흥미로운 것은 그렇게 하고 얼마 지나지 않아 갑자기 자신을 호출하는 가정이 늘어나기 시작했다는 것이지. 그래서 나중에는 도저히 혼자서는 감당할 수가 없어서 파출부회사를 창립했다는 것이고. 결국 그 파출부 아주머니는 직원을 100여 명이나 거느린 회사의 CEO가 된 것이지!

선생님은 이 얘기의 말미에 어떤 분야에 종사하건 이런 자세로 일한다면 반드시 성공할 것이라며 힘을 주어 말씀하시더구나. 아빠는 선생님의 견해에 고개를 주억이며 전적으로 공감을 표시했지.

아들아! 우리 주변을 가만히 둘러보면 적어도 한 분야에서 일가를 이룬 대가가 많다. 이들 중에는 간혹 요행으로 성공을 거머쥔 이들도 있다. 하지만 대개의 경우는 보통사람이라면 상상하기 어려울 정도로 노력한 이들이 대부분이란다.

이를테면 세계적인 발레리나 강수진의 경우만 하더라도 그렇다. 그녀는 너도 알다시피 남성무용수라면 누구나 함께 춤추기를 열망하는 프리마돈나이다. 그런데 세상에서 가장 아름다운 발레리나 강수진의 발은 정녕 인간의 발이라고는 믿기 어려울 정도로 험악하기 짝이 없지. 옹이가 지고 씨눈이 백인 나무 등걸이나 뿌리도 어쩌면 그녀의 발보다는 곱지 않을까 싶을 정도로 이지러지고 문드러진 발.

들리는 얘기로 그녀는 1년에 무려 1천 켤레의 토슈즈가 닳아 없어질 정도로 훈련과 연습을 거듭한 천하의 악바리였다지? 결국 그러한 숭고한 노력과 열정이 세계적인 프리마돈나 강수진을 탄생시킨 배경이 아닐까?

그런가 하면 '베토벤 바이러스'라는 드라마에서 강마에로 분했던 김명민이라는 배우도 정말 대단한 인물이지. 아빠는 그가 차기작에 출연하기 위해 목숨을 건 다이어트를 감행한다는 얘기를 들었다. 하지만 몇 개월 뒤 그가 모습을 드러냈을 때 세상 사람들은 경악을 금할 수 없었단다. 왜냐하면 그는 정말이지 뼈와 가죽만 앙상하게 남은 처참한 몰골이었기 때문이지.

아빠는 사실 네가 연예인의 길을 간다면 연기자가 되기를 은근히 기대했다. 그것은 가수란 직업이 생명력이 짧은 데다 불안정하다고 생각했기 때문이지. 하지만 김명민의 참혹한 모습을 보고는 그러한 기대를 접을 생각까지 했다면 아빠의 놀라움이 어느 정도인지 짐작할 거야.

아들아! 아빠는 얼마 전 너희들 데뷔 음반의 작곡가가 자신의 미니홈피 게시판에 올려둔 '짐승 같은 놈들'이란 제하의 짤막한 글을 보았다. 아빠는 그 글을 읽으며 공연히 마음이 훈훈해졌다. 그것은 너희들에 대한 작곡가의 애정이 진하게 느껴졌기 때문이지.

특히 너에 대해 '많이 힘들어했지만 지금은 제일 밝은 미래의 후렴구 주자'라고 평가한 대목에 이르러서는 마음속으로 박수를 쳤단다. 왜냐하면 네가 주변사람들로부터 완성된 사람이나 정상에 선 사람이 아니라 꿈과 희망을 지닌 미래지향적인 사람, 항상 노력하는 사람으로 비쳐지고 있다는 생각이 들었기 때문이지.

그 글을 대하자 아빠는 순간적으로 너희들의 데뷔 후 첫 쇼 케이스가 있던 날, 너희들과 조우한 한 팬이 쓴 글이 오버랩되어 떠오르더구나. 쇼케이스가 있던 날, 넌 다른 멤버들과 공연장 복도에서 얘기를 나누다 네 모습이 유리창에 비치자 갑자기 주변의 시선을 전혀 아랑곳 않고 춤 동작과 제스처 연습을 진지한 얼굴로 했다지?

그 장면을 우연히 목격한 팬은 사진과 함께 자신의 목격담을 인터넷에 올린 것이지. '무아지경에 빠져 진지하게 춤 연습을 하는 네 모습이 공연이나 방송에서 보여주는 그 어떤 장면보다 예뻤고, 또 그것이야말로 네가 나날이 발전하는 비밀이 아닐까' 라며 말이다.

아들아! 누군가가 아빠에게 이런 말을 들려주었다.

적어도 인생의 한 시절을 치열하게 살아보지 않은 사람과는 절대로 상종해선 안 된다고 말이다. 정말이지 입술이 부르트고 엉덩이가 짓무를 때까지 공부해 보지 않은 사람, 온몸에 옹이가 지고 흉터에 흉터가 덧입혀질 때까지 연습해 보지 않은 사람은 시련과 실패에 맞부딪쳤을 때 울 자격조차 없다고 한다면 지나치게 가혹한 말일까?

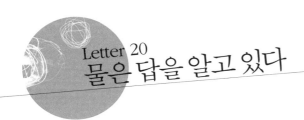

아들아! 우리나라 사람들은 어른, 아이 할 것 없이 말이 참 험하단다. 중학생들의 일상적인 대화를 녹음해 분석했더니 전체 대화의 30%가 욕설이라는 연구가 있더구나. 더욱 놀라운 사실은 욕을 많이 쓸수록 친한 사이라는 것!

욕설이 보편화되고 있음은 서울의 한 초등학교에서 치러진 국어시험 결과에서도 극적으로 확인된단다. 시험문제는 주관식으로, ( ) 안에 들어갈 알맞은 말을 쓰는 것이었지. 너도 한번 맞춰 보렴.

"나는 ( ) 돈은 없지만, 행복해!" 에서 괄호 속에 들어갈 말은?

정답은 필시 '비록' 일 것이다.

그런데 결과는 놀라웠지. 욜라, 졸라, 디지게(돼지게?) 등 별의별 답안이 다 튀어나왔고, 개중에는 차마 옮기기 민망한 엽기적인 답안들도 적지 않았지.

우리나라 어린이들이 비속어에 노출되어 있음을 보여주는 증거는 무수히 많단다. 언젠가 '맞아죽을 각오를 하고 쓴다'며 자못 비장한 자세로 우리나라를 비판하는 저서를 발간한 한 일본인이 말하더구나.

"한국에는 정서를 담은 표현이 풍부하지 않은 대신 '욕' 하나만은 세계 어디에 내놓아도 뒤지지 않을 만한 수준에 올라 있다."

그리고 '한국 사람들이 접두사 비슷하게 사용하는 표현이나 코흘리개 꼬마들이 스스럼없이 사용하는 표현도 알고 보면 대단한 수준의 욕'이라고.

대학생의 대화를 분석한 연구 결과도 사정은 비슷하단다. 200여 집단을 관찰한 결과, 욕설을 전혀 사용하지 않은 그룹은 대학원에 재학 중인 여학생 그룹, 단 1개에 불과했다는구나.

아이들의 모범이 되어야 할 교사나 기성세대의 경우도 욕설에 관해서는 아이들에게 결코 뒤지지 않는 것으로 알려진다. 아니, 오히려 한 술 더 뜬다는 표현이 정확하겠지. 잠시 유순하 선생의 설명을 들어 보렴.

"자라는 아이들에게 올바른 말을 가르쳐야 할 교사의 경우도 욕설이 예사이고, 심지어 비속어를 잘 쓰는 교사가 인기 있는 교사로 대접받는 경우도 드물지 않다."

그렇다면 우리나라 사람들은 국내에서, 내국인끼리 대화를 나눌 때만 욕설을 사용하는 걸까? 천만의 말씀이란다. 일부 몰지각한 한국인은 외국에 나가서도 입에 담지 못할 욕설을 시도 때도 없이 퍼부어 나라 망신을 시키고 있지. 오죽하면 우리나라의 권위 있는 한 일간지에서 단체관광을 떠나는 한국인들을 대상으로 캠페인을 벌이기까지 했을까?

그때 첫 번째로 제시한 수칙이 바로 "외국인에게 한국말로 반말, 욕설을 하지 않는다"라는 조항이었지. 도대체 왜 이러한 내용이 첫머리에 제시되어야 했을까?

우리나라는 자타가 공인하는 인터넷 강국이다. 하지만 인터넷은 이미 정보의 바다이기는커녕 악성댓글과 욕설의 시궁창이 된 지 오래란다.

전 세계가 연결된 온라인 인터넷게임의 세계에서도 한국인 게이머들이 기피대상 1호로 꼽힌다는 보도도 잇따르더구나. 이러한 사태는 한국인 게이머들의 욕설, 인신공격, 무매너를 감안하면 충분히 예상할 수 있는 일이지.

도대체 우리나라 욕설을 전 세계에 소개하는 인터넷사이트까지 있다면 믿을 수 있겠니? 이 사이트에 들어가 보니 우리나라의 원색적인 욕설의 매력에 흠뻑 빠졌다는 한 외국인은 놀랍게도 한국의 온갖 욕설을 수집해 원음에 가깝게 표기한 후, 영어로 자상하게 뜻풀이까지 해두었더구나. 이 사이트는 현재 한국의 경찰사이버수사대에서 유해사이트로 지정해, 네티즌의 접근을 원천봉쇄하고 있단다.

전국 규모의 욕 대회가 세계 최초로 개최된 나라가 우리나라라는 사실도 흥미롭기만 하다. 이 대회에서 전국의 욕꾼을 누르고 대상을 차지한 사람은 늙수그레한 할아버지였지.

이 어르신은 놀랍게도 무려 3시간 반 동안 잠시도 쉬지 않고 입에 담을 수 없는 욕설을 쏟아 부은 것으로 전해진다. 일설에는 웬만한 욕설에는 눈도 끔벅이지 않는 심사위원들이 그날은 혀를 홰홰 내둘렀다던가. 그런가 하면 서점에 가보면 우리나라의 욕들을 다룬 책들도 여럿 나와 있음을 확인할 수 있단다. 이들 중에는 정말이지 있는 욕, 없는 욕 다 봐가며 욕들을 수집하고, 그것을 과학적으로 분석한 기념비적인 저서도 눈에 띄지.

한 가지 흥미로운 사실은 이 책의 말미에는 독자들을 배려하는 차원에서 권말부록을 첨부해둔 점이란다. 실사구시란 아마도 이런 경우를 두고 이르는 표현이겠지. 부록 제목은 '백발백중 욕 가이드!'이고, 부제는 '이럴 땐 이런 욕을 써라!'

이 책을 소개하는 한 주간지의 서평도 인상적이긴 매한가지였다.

"이제 더 이상 욕먹지 말고, 욕 하며 살자."

아들아! 언젠가 한 방송에서 한글날 특집이라며 재미있는 실험을 했단다.

실험의 내용은 간단했지.

두 개의 비스크에 흰쌀밥을 담아두고 한쪽에는 "사랑해!"라는 말을 들려주고, 다른 한쪽에는 "짜증나!"라는 말을 들려주었다. 그리고 얼마가 지난 뒤 두 비스크를 비교해 보았지. 그랬더니 놀라운 결과가 나타났단다.

즉 사랑한다는 얘기를 들려준 흰쌀밥은 겉보기에도 정감이 느껴질 정도로 누르스름한 빛깔을 띠었고, 누룩처럼 구수한 냄새가 풍기는 곰팡이가 슨 것이지. 하지만 짜증난다는 얘기를 들려준 흰쌀밥은 완전히 부패되어 악취를 풍기고 거무튀튀한 색깔을 띠었다.

이 결과를 소개하며 여성 앵커는 말미에 넌지시 우리말의 우수성을 강조하며 지나가더구나. 하지만 그것은 지나치게 아전인수 격의 해석이라 할 수 있지. 왜냐하면 어느 나라 언어를 사용하건 결과는 비슷하다는 사실이 확인되었기 때문이다.

사실 오래전부터 이러한 현상에 대해 주목하고, 자료를 수집한 사람도 있다.《물은 답을 알고 있다》의 저자 에모토 마사루라는 일본인도 그 중 한 사람이지.

그는 글라스에 생수를 담아 두고 감사와 칭찬을 하면 그 분자구조가 아름다운 육각수로 바뀌고, 욕설과 저주를 들려주면 결정이 깨질 뿐더러 더러는 악마의 형상을 띤다는 사실을 발견하고, 그것을 촬영했다. 또 쇼팽의 피아노곡인 '빗방울'을 물에게 들려준 다음 물이 마치 빗방울처럼 생긴 결정을 이루는 장면과 반대로 쇼팽의 '이별의 곡'을 들려준 후 물의 결정들이 잘게 쪼개지며 헤어지는 모습을 찍어 자신의 저서에 소개하기도 했지.

아빠는 정직하게 말하면 그가 제시한 사진을 보면서도 음악의 내용에 따라 물이 반응한다는 그의 주장을 처음에는 액면 그대로 받아들이기가 쉽지 않았다.

하지만 많은 사람들이 언어에 상관없이 사랑과 감사의 표현을 들려주면 음식은 곱게 더디 변하고, 물은 아름다운 결정을 보여주며, 식물은 더 많은 꽃과 열매를 틔운다는 사실을 증명하고 있음에랴.

이들의 연구 중 또 한 가지 흥미로운 것은 '사랑과 감사' '욕설과 비난' '무관심과 무시'라는 세 상황을 연출한 후 나타난 충격적인 결과란다. 놀랍게도 '욕설과 비난'보다 오히려 '무관심과 무시'가 더 큰 상처를 주는 것으로 밝혀진 것이지. 이 실험 결과로 미루어 본다면 누군가를 왕따 시키는 것이 얼마나 위험한 행동인지 짐작할 수 있겠지?

아들아! 말은 인격의 내면화된 대변인이란다. 바꾸어 말하면 말은 생각을 담는 그릇이라는 얘기이지. 말이 이지러지면 생각도 이지러지고, 생각이 이지러지면 인간관계와 사회생활도 붕괴되기 마련이다. 아무쪼록 어른들이나 친구들과 대화를 나눌 때, 또 회사의 식구들이나 방송가의 사람들, 그리고 팬들과 얘기를 나눌 때는 꼭 기억하기 바란다. 자신이 비록 욕설은 아니라 할지라도 혹 부지불식간에 정제되지 않은 거친 말들이나 비속어, 그리고 유행어를 지나치게 많이 쓰지는 않는지 말이다. 그리고 사람들은 흔히 인간됨됨이를 언행으로 평가하고, 나아가 상대방을 어떻게 대접할지를 결정한다는 사실을 잊어선 안 된다.

아빠는 사실 어떤 글을 보여주든, 어떤 말을 건네든, 그리고 어떤 음악을 들려주든, 물이 그 글과 말, 음악에 담긴 정서에 그대로 상응하는 모습을 보인다는 실험 결과에 내심 전율을 느낀다.

사람은 알다시피 태어나서 죽을 때까지 물과 불가분의 관계를 맺고 살아가기 마련이다. 실제로 인체에서 수분이 차지하는 비율은 70%에 이르지. 그렇다면 우리는 과연 어떤 마음을 지니고 살아가야 하며, 어떤 말을 해야 할까? 또 음악을 하는 사람이라면 어떤 음악을 해야 하고, 또 들어야 하는 걸까? 현명한 너는 필시 답을 알고 있겠지?

Letter 21
1·2·3의 법칙

아빠는 가끔 친구들과 술을 마시고, 주흥이 도도해지면 노래방에 가는 경우가 있단다. 너도 더러 친구들이랑 노래방에 가는 눈치이던데, 부전자전이라는 말은 그래서 생긴 거겠지?

그런데 말이다. 아빠가 노래방엘 가보면 정말이지 희한한 사람들이 꼭 한둘은 있더구나. 공연히 죄 없는 넥타이를 이마에 불끈 동여매고 '인디언 꼬마' 처럼 노래를 부르는 사람, 신바람이 도지면 불문곡직하고 테이블에 올라가 막춤을 춰야 직성이 풀리는 사람, 남이 애써 찾아 놓은 곡을 실수를 가장해 슬며시 지우는 사람.

이 모두가 천하에 밉상이지만 그 중 으뜸은 마이크를 쥐었다 하면 절대로 놓지 않는 사람들이 아닐까? 모르긴 몰라도 아빠 주변엔 애써 준비한 노래를 부를 수 있는 기회를 박탈당하고, 앙심을 품은 친구가 한둘이 아니란다.

어디 노래방뿐이겠니? 우리나라 사람들은 대화하는 모습을 잠깐만 지켜보면 자기 말만 하고, 상대방의 말에 귀를 기울이지 않는 현상을 쉽게 발견할 수 있단다. 오죽하면 다른 사람이 말할 때 딴청을 부리는 한국인의 화술을 두고 공공연히 나무라는 외국인까지 다 있겠니?

언제 기회가 생기면 정치인들이 등장하는 텔레비전 토론을 유심히 지켜보아라! 사회자의 역할이라는 것이 토론의 원활한 진행이라기보다는 발언자의 시간을 재고, 발언권을 강제로 뺏는 일임을 금방 알 수 있다.

사실 우리나라 사람들이 여럿 모여 회식을 하는 경우, 마치 도떼기시장마냥 소란스러워지는 이유도 실은 한국인의 이러한 특성과 관계가 있지. 또 식당에 가거든 내친김에 사람들이 대화를 나누는 장면도 유심히 보아라! 회식자 중 얘기를 듣는 사람은 단 한 사람도 없다는 놀라운 사실을 깨닫게 될 것이다. 동시다발적으로 떠들면서도 상대방의 얘기를 단 하나도 놓치지 않는 신기에 가까운 기술!

아빠도 사실 말로 먹고사는 사람이지만, 상대방이 침을 튀기며 열을 올릴 땐 도대체 어떻게 말꼬리를 자르고 들어가야 할지 심각하게 고민한다는 사실을 살짝 밝힌다.

아빠는 강의 도중 간혹 우스개 삼아 "미니스커트와 말은 짧을수록 좋다"는 말을 자주 한단다. 여기서 '미니스커트'는 인간의 본성에 관한 통찰과 관련되는 이슈이지만, 이 문제는 아들과 자유분방하게 논의하기엔 다소 멋

쩍은 주제라는 생각이 드는구나.

이에 대한 언급은 생략하기로 하고, 후자, 곧 '말'에 대서만 언급한다면 이것은 적어도 '대화 기법'에 관한 한 진리라 할 수 있단다. 즉 상대방에게 가장 호감을 주는 대화법이자 대화의 기본적 매너는 바로 "자신의 말수를 줄이고, 경청자의 입장이 되어야 한다"는 것이지.

아들아! 혹 효과적인 대화의 원칙인 '1·2·3의 법칙'에 대해 들어본 일이 있니? 여기서 1은 상대방과 대화를 나눌 때 자신의 말은 가급적 1분 이내로 줄여야 한다는 걸 의미한다.

아니 어쩌면 1분도 지나치게 긴 시간인지 모르겠구나. 왜냐하면 대부분의 심리학자들이 사람들이 상대방의 말에 주목할 수 있는 시간, 즉 인내의 한도는 58초에 불과하다고 주장하기 때문이다. 마음은 이미 콩밭에 가 있는 이들에게 침을 튀기며 얘기해 봐야 '쇠귀에 경 읽기'임은 따로 얘기하지 않아도 알겠지?

그리고 2는 상대방이 얘기할 때는 2분 혹은 그 이상 얘기할 수 있도록 충분히 배려해야 한다는 것이다. 마지막으로 3은 '3 times', 즉 상대방이 얘기를 할 때는 최소한 친구의 눈을 마주보며 세 번 이상 맞장구를 치고, 살갑게 호응을 해야 한다는 의미이다.

'1·2·3의 법칙'을 대화의 확고한 기본원칙으로 삼고 잘 지켜나간다면 궁극적으로 상대방을 얻을 수 있고, 인생과 사업에서 성공의 가능성이 커질 것임은 말하나 마나다.

아프리카의 어떤 종족은 말을 하는 사람, 곧 화자는 반드시 한쪽 다리를 들어야 한다는 매우 특별한 룰을 지니고 있다는구나. 화자가 말을 하는 도중 혹 다리가 아파 발을 내려놓기라도 할양이면 즉시 말을 멈추어야 한다는 것이지. 어떠냐? 참 흥미롭지 않니?

아빠는 이토록 합리적이고, 흥미로운 제도를 왜 우리나라에 하루 빨리 도입하지 않는지 모르겠구나. 아무쪼록 국회에서 발언하는 의원들, TV토론 참석자들, 또 학급회의에서 발언하는 학생들이 얘기할 때는 반드시 한쪽 다리를 들어야 한다는 규칙을 마련하면 어떨까? 사람들이 한쪽 다리를 들고 말을 할 수 있는 시간이 평균적으로 대략 58초 언저리라는 사실도 참으로 흥미롭기만 하구나.

아빠가 끝으로 흥미로운 얘기를 하나 들려주마! 어떤 사람이 친지들이 모인 자리에서 한 친구를 들먹이며 "정말 말을 잘 하더라"며 입에 침이 마르도록 칭찬을 했다는구나.

그런데 말이다. 그 사람이 누군지 넌 혹 짐작하겠니? 그 사람은 말이다. 결코 말을 잘 하는 수다쟁이가 아니었다. 그 사람은 바로 친구들과 대화를 나눌 때 아무 말도 하지 않고, 그저 미소를 짓고 눈을 반짝이며 상대방의 얘기를 잘 들어준 친구였단다.

한 마디로 '경청'을 능가하는 화술이나 대화의 매너는 존재하지 않는다는 얘기지. 바츠라빅이라는 사람이 "침묵도 말이다"라고 역설한 것은 어쩌면 그 때문이 아닐까?

Letter 22
낚시를 잘하는 방법

아빠는 너도 알다시피 천하에서 둘째 가라면 서러운 낚시꾼이다. 오죽하면 인터넷 아이디까지 'Bass Mania'이겠니? 엄마는 하구한 날 낚시를 한다며 수시로 아빠더러 볼멘소리를 하고 잔소리를 하지만, 아빠도 나름 할 말이 무지 많단다.

진화생물학자들에 따르면 아빠의 몸속엔 사냥꾼이나 낚시꾼의 뜨거운 피가 흐른다는데, 도대체 어떻게 그 본능과 경향을 거스를 수 있을까?

아들아! 언제 기회가 생기면 폴 퀸네트(Paul Quinett)의 주옥 같은 저술, 《인간은 왜 낚시를 하는가?》나 《다윈은 어떻게 프로이트에게 낚시를 가르쳤는가?》를 한 번 읽어 보기 바란다. 그러면 아빠가 지금 무슨 얘기를 하는지 금방 이해할 수 있을 거다.

그런데 낚시를 끔찍이 좋아하는 아빠가 즐겨 먹는 간식이 있다는 거, 너도 잘 알지? 그래, 바로 너도 너무너무 좋아하는 아이스크림이다. 아이스크림 중에서도 특히 하겐다스 크런치바라면 자다가도 벌떡 일어날 정도로 좋아하지. 워낙 비싸서 자주 사 먹지는 못하고, 아빠가 그저 월급을 타거나 눈먼 돈이 생기면 마치 개선장군마냥 의기양양하게 사 들고 오는 그 하겐다스 말이다.

그런데 낚시를 해 보면 참으로 신기하기 짝이 없는 일이 있단다. 그것은 이 물고기들은 희한하게도 아이스크림을 좋아하지 않는다는 것이지. 도대체 이놈들은 어찌된 심판인지 징그러운 지렁이나 구더기, 아니면 꼬질꼬질한 떡밥만 좋아하지, 아이스크림엔 전혀 관심을 보이지 않는단다.

이러한 사실을 너무나도 잘 알고 있는 아빠는 낚시를 할 때 어떻게 하겠니? 빙고! 그렇단다. 아빠는 고기를 잡을 때 반드시 미끼로 지렁이나 떡밥을 쓰지, 절대로 하겐다스를 매달지 않는단다.

아들아! 왜 이 심플한 원칙을 친구들과의 관계나 대화에 적용하지 않니? 네가 친구들이나 어른들과 얘기를 나눌 때 내가 좋아하는 것, 또 내가 잘 하는 것에 대한 언급은 별반 도움이 되지 않는단다.

친구가 좋아하는 것은 무엇인지, 친구의 취미와 특기는 무엇인지를 확인하고, 그것을 중심으로 대화를 풀어 나간다면 결국은 친구를 얻을 수 있지 않을까? 그리고 그것이 만약 비즈니스맨이라면 궁극적으로 인간관계와 비즈니스에서 성공할 수 있지 않을까? 혹 주변에 리니지나 스타크래프트가 취미인 친구가 있다면 그 아이에게 말을 붙일 때 그 얘기부터 먼저 늘어 놓아 보아라! 또 친구가 혹시 농구를 좋아한다면 전설적인 마이클 잭슨의 재미있는 일화를 찾아내 슬쩍 들려주어 보아라! 친구가 혹 낚시꾼이라면 플라이낚시나 물고기에 관한 얘기를 꺼내 보아라!

어쩌면 친구의 눈동자가 갑자기 화등잔마냥 커지며, 반짝반짝 빛나기 시작할지 모른다. 더러는 친구의 입에서 거센 침 보라가 튈 수도 있다. 어쩌면 몽유병자처럼 양손으로 공을 던져 넣는 시늉을 하거나 낚싯대를 휘두르는 시늉을 할지도 모른다. 마치 꿈을 꾸는 듯한 표정으로 말이다.

대부분의 세일즈맨들이 물건을 파는 데 실패하는 이유도 어쩌면 고기를 낚을 때 고기가 좋아하는 미끼보다는 자신이 좋아하는 미끼를 쓰기 때문인지 모른단다.

다시 말하면 세일즈맨들은 흔히 물건을 팔려는 욕심이 앞서다 보니 자신의 관심사에 대해서만 떠들지, 막상 상대방에 대한 관심은 전혀 없다는 것이지. 어디 그러고서야 목표를 제대로 달성할 수 있겠니?

사람은 매우 이기적인 동물이다. 한마디로 철저히 자기중심적이라 할 수 있지. 오죽하면 사람은 깨어 있는 시간의 90% 이상을 자신에 대해서만 생각한다는 연구결과까지 다 있겠니? 인간에 대한 이런 통찰을 염두에 둔다면 아빠가 왜 대화를 할 때 상대방 중심으로 풀어 나가라고 강조하는지 충분히 이해할 수 있을 게다.

이러한 원칙은 비단 비즈니스뿐만이 아니라 우정이나 애정, 그리고 어떤 형태의 대인관계에도 적용된다는 사실을 명심하여라. 상대방 중심으로 대화를 풀어 나가는 그 순간부터 상대방의 마음은 움직이기 시작하는 법이다.

아빠에게 두 가지 바람이 있다면 첫째는 낚시를 한다고 엄마로부터 더 이상 구박을 받지 않는 것이란다. 그리고 둘째는 너랑 더불어 호수에서 낚시를 해보는 것이지. 언제가 될지는 모르겠다만 꼭 한번 엄두를 내 보도록 하렴!

반성하지 않는 인생은 가치가 없다

《로마인 이야기》로 유명한 시오노 나나미는 《남자들에게》라는 다소 도발적인 제목의 책자에서 "매너는 습관이다"라고 주장하였다. 이 얘기는 결국 매너란 어릴 때부터 배우고 익히지 않으면 안 된다는 사실을 지적한 것이지.

시오노 나나미가 예로 제시한 사례를 보면 매너가 결코 쉽게 접근할 수 없는 주제, 녹록치 않은 개념이라는 사실이 더욱 확실히 드러난다.

아빠가 설운도의 '상하이 트위스트'에 등장하는 주인공처럼 바지에 칼주름을 잡고 빵집을 누비던 시절, 알랭 들롱(Alain Delon)이라는 프랑스 국적의 유명한 배우가 있었지. 당시 알랭 들롱은 조각을 방불케 하는 꽃미남에 우수에 찬 눈빛, 세련된 매너로 정말이지 지구촌 뭇 여성들의 방심을 사로잡았지. 그런데 시오노 나나미는 놀랍게도 알랭 들롱의 매너와 행동거지를 두고 날카롭기 그지없는 비판을 하더구나. 한 마디로 그는 천박한 출신으로, 일견 세련돼 보이는 매너도 어색하기 짝이 없다나? 한 마디로 억지로 익힌 티가 확 난다는 것이지.

아빠는 알랭 들롱의 매너를 눈여겨 본 적은 없지만, 시오노 나나미가 무엇을 말하는지는 금방 알겠더구나. 시오노 나나미의 말대로 매너는 절대로 하루아침에 이루어지지 않는 법이거든. 로마와 마찬가지로.

'세 살 버릇 여든까지 간다'는 속담도 있지만, 아무튼 좋은 습관을 들이려면 어릴 때부터 노력하는 것이 무엇보다 중요하다는 사실은 누구도 부인할 수 없을 거야.

그렇다면 오래 묵은 악습, 자신도 모르게 몸에 밴 나쁜 습관은 영원히 고칠 수 없을까? 그건 절대로 그렇지 않단다. 즉 바꿀 수 있다는 것이지. 물론 그것을 바꾸기 위해선 담배를 끊는 이상의 모진 결단과 뼈를 깎는 노력이 필요하지만.

습관은 사실 의식적으로, 의도적으로 꾸준히 자신을 독려하며 훈련을 거듭한다면 얼마든지 바꿀 수 있단다. 하지만 습관이 변화하는 과정을 스스로 느끼는 상태라면 아직은 멀었다고 생각해야겠지. 왜냐하면 스스로 인지하지 못 하는 사이에 착한 행동, 근사한 몸가짐이 우러나와야 비로소 습관이 바뀌었다고 할 수 있기 때문이다. 그렇다면 나쁜 습관을 바꾸거나 훌륭한 습관을 익힐 수 있는 효과적인 방법은 무얼까?

너는 우리나라의 대표적인 개그우먼인 조혜련이라는 인물을 알지? '아나까나'인지 '아라까라'인지 좀 아리까리한 팝송을 열창하기도 하고, 골룸 분장으로 사람들을 웃기기도 하는 바로 그 개그우먼 말이다.

매사를 열심히 준비하는 연예인, 에너지가 넘치는 연예인으로도 정평이 나 있는 조혜련 씨는 우리나라에서는 물론 현해탄을 건너 일본에서도 활발하게 활동을 하는가 보더구나.

그런데 이 조혜련 씨가 언젠가 공중파의 한 오락 프로그램에 출연해 전해준, 일본의 연예인들에 대한 얘기는 정말이지 아빠에게는 너무도 인상적이었단다.

글쎄 일본의 연예인들은 TV프로그램에 출연한 뒤에는 아무리 피곤해도 귀가한 후 자신이 출연한 방송을 매니저와 함께 몇 번이고 반복 시청하면서 꼼꼼하게 모니터링한다지 않겠니?

이를테면 "이 상황에서는 저렇게 얘기하는 것보다는 이렇게 치고 나가는 것이 훨씬 순발력도 있고, 재미가 있었을 것이다"라든지 "저 장면에서는 표정을 이렇게 짓고, 이런 모션을 취하는 게 효과적이었을 것이다"와 같은 식이겠지?

필시 우리나라의 연예인들도 다를 바 없으리라 생각하지만, 이 얘기를 들으며 아빠는 일본인들의 철저한 장인정신 혹은 프로정신에 대해 새삼 생각해 보게 되었단다.

아들아! 하루 일과가 끝나면 잠자리에 들기 전 반드시 하루 일과에 대해 곰곰이 되새김질해 보기 바란다. 그리고 방송이건 일상생활이건 그때 그 상황에서 내가 어떤 말을 하고, 어떤 표정을 지었는지, 또 어떤 행동을 하였는지 생각해 보아라. 그리고 만약에 다음에 또 다시 그런 기회가 온다면 어떻게 할 것인지에 대해서도 말이다.

그리고 내친 김에 아침에 일어나면 오늘 하루의 일과를 떠올려 보는 습관을 들인다면 금상첨화가 아닐까? 즉 오늘은 어떤 식으로 말하고 행동할지, 또 어떤 옷을 입고, 어떤 표정을 지을지 진지하게 상정해 보라는 것이지.

이러한 노력을 어떤 사람은 이미지 트레이닝(image training)이라 부르더구나. 가상현실체험 즉 시뮬레이션(simulation)이라 부르는 이들도 있고. 하지만 아빠는 이러한 노력과 태도를 성공 공학(success engineering)이라고 부른단다. 치밀한 공학적 접근을 통해 준비한다면 성공의 확률이 높아진다는 뜻이지.

소크라테스는 "반성하지 않는 인생은 가치가 없다"고 잘라 말했단다. 한마디로 반성이야말로 진보의 전제요, 토대라는 얘기이지. 정말이지 제대로 반성하는 습관만 지녀도 사회가 요구하는 인간상, 교양인은 따 놓은 당상이나 진배없지 않을까?

누가 한 말인지는 잊었지만 "생각이 바뀌면 행동이 바뀌고 행동이 바뀌면 습관이 바뀌고, 습관이 바뀌면 성품이 바뀌고, 성품이 바뀌면 운명이 바뀐다"고 했다. 아무쪼록 기억의 창고에 이 경구를 잘 갈무리해 두었다 기회가 올 때마다 그 의미를 반추해 보기 바란다.

Letter 24
평균적인 날개를 가진 새가 높이 난다

아들아! 오늘은 공부를 좀 해보기로 하자꾸나.

사람들은 아름다움에 민감하게 반응하는 동물이란다. 아름다운 꽃, 아름다운 산과 바다, 아름다운 노래, 아름다운 사람 등등. 사람들이 시와 소설을 쓰고, 음악을 짓고, 사진을 찍는 것은 어쩌면 자신이 경험한 아름다움을 누군가와 공유하려는 욕망에서 비롯된 것인지도 모르지.

그렇다면 도대체 아름다움의 정체는 무엇이며, 그렇게 느끼게 만드는 것은 무엇일까? 사람들은 그 비밀과 기제를 파헤치기 위해 오랫동안 고심하며 탐구하고, 그럴듯한 가설들을 제시해 왔단다. '비율론'이니, '균형론'이니, '평균율'이니 하는 것들이 그것이지. 이 가운데 평균율이란 글자 그대로 지나치게 튀지도 않고, 모자라지도 않은, 평균적인 상태를 이루는 사람과 자연을 아름답다고 여긴다는 이론이란다.

이들 이론이 맞는지, 틀리는지에 대한 논의는 전문가에게 맡기기로 하고, 오늘은 아름다움의 비밀 혹은 기본적인 법칙이라는 평균율에 관해 잠시 얘기해 보기로 하자꾸나.

평균율은 앞서도 얘기했지만 아름다움의 비밀을 푸는 다빈치 코드라고 할 수 있단다. 그런데 이러한 평균율 혹은 평균의 법칙을 비단 아름다움의 정체를 푸는 열쇠일 뿐만 아니라, '진화'라는 현상을 설명하는 개념이 될 수도 있다고 주장하는 이들도 있단다.

구체적으로 평균의 미학은 지구상에 존재하는 무수한 생명체의 생존과 도태에도 영향을 미칠 수 있다는 것이지. 이러한 사실은 생물학자들이 거센 폭풍우가 지나간 후 바다제비들의 생존에 관해 조사하는 과정에서 우연히 밝혀졌지. 즉, 폭풍우가 물러간 후 살펴보니 흥미롭게도 평균적인 크기의 날개를 가진 새들이 훨씬 많이 살아남은 사실이 눈에 띈 것이지. 지나치게 크거나 작은 날개를 지닌 새들은 대부분 희생된 반면에 말이다.

그 때문일까? 지구촌을 유심히 보면 평균을 숭상하는 문화가 어디에서나 발견되고 있단다. 비록 정도의 차이는 있지만 말이다. 물론 이러한 사정은 우리나라의 경우도 예외가 아니다. 아니, 단순히 예외가 아닌 게 아니라, 어쩌면 지구상에서 평균인간의 개념이 가장 발달한 나라가 우리나라라는 견해도 있지.

도대체 평균인간을 바람직한 인간상으로 여기는 관념이나 문화가 왜 이처럼 유별나게 발달한 것일까? 이 점에 대해 고 이규태 선생은 우리나라가 쌀농사의 북방한계지역에 속한, 척박한 농사환경을 지닌 나라라는 사실과 관계가 깊다고 지적했단다.

너도 알다시피 한국인의 주식은 밥이다. 그런데 우리나라에서는 쌀농사를 짓는다는 것이 말처럼 그리 쉬운 일이 아니지. 대부분의 동남아시아 국가들이 별다른 수고나 노력을 않고도 삼모작이 가능한 것과는 사정이 달라도 한참 다르다. 볍씨만 뿌려두고 룰루랄라 여가를 즐기며 추수를 기다리는 미국과도 사정이 다르고.

실제로 우리나라에서는 기껏해야 1년에 겨우 한 차례 농사를 지을 수 있을 뿐이다. 그런데 그 한 번뿐인 농사도 만에 하나 볍씨를 뿌리는 시기를 놓치기라도 한다면 그 해 농사는 망쳐 버리기 십상이지. 뿐만이 아니다. 만약에 한 날 한 시에 물꼬를 내고 모내기를 하지 않는다면, 또 피를 뽑아 주고 참새 떼와 고라니를 쫓지 않는다면? 또 태풍이라도 거세게 불고 장마가 길어지고, 추수가 늦어지기라도 하면 어떻게 될까?

쌀을 한자로 쓰면 미(米)가 된다. 그런데 이 쌀 미(米)자를 분해하면 팔십팔(八十八)이라는 숫자가 나타나지. 이런 사실을 두고 어떤 사람은 쌀을 얻기 위해서는 여든여덟 번의 일품을 팔아야 한다는 의미라고 주장하더구나. 진위야 어떻든 우리나라에서는 이처럼 쌀 한 톨을 얻으려면 정말이지 모진 고초를 겪어야 했던 것은 사실이란다.

그렇다면 넌 이처럼 척박한 농사환경과, 평균인간의 관계를 이해할 수 있겠니? 그렇다. 우리나라에서는 만약에 한 날 한 시에 온 마을 사람들이 한 마음으로 모내기를 하고, 피를 뽑고, 추수를 하지 않으면 농사를 망치는 결과가 되겠지. 만약 한 해의 농사를 망치면 어떻게 될지는 자명하다. 즉 곧바로 죽느냐 사느냐의 문제에 직면하게 되는 것이지.

우리나라에서 품앗이나 두레에 참여하기 어려운 이들을 배척하는 관념, 곧 지나치게 난 사람이나 튀는 사람, 그리고 모자라는 사람을 왕따시키고, 평균적인 인간을 숭상하는 의식구조가 생겨난 것은 그 때문이란다.

이처럼 평균적인 인간을 이상형으로 미화하다 보니 부작용도 적지 않단다. 세상에서 우리나라만큼 장애자나 소수자를 기피하고, 배척하는 나라도 드물다는 사실이 그것을 증명한다. 실제로 주변을 둘러보면 거리의 시선이 따가워 심지어 외출조차 못한다고 얘기하는 이들이 적지 않더구나. 그저 남들과 좀 다른 외모를 지녔다는 이유 하나만으로 말이다.

코리안 드림을 꿈꾸고 우리나라를 찾아온 외국인 노동자들의 경우도 사정은 매한가지이더구나. 비록 최근 들어 사정이 많이 나아지긴 했지만 말이다.

그렇다면 우리나라 사람들은 나보다 '난 사람'이나 '큰 사람'에 대해서는 혹 박수갈채를 보내고, 존경할까? 불행히도 그렇지 않다는 것이 아빠의 솔직한 견해란다. 즉 많은 사람들이 성공한 사람이나 부자, 스타를 보면 공연히 시기하고, 이죽거리기 일쑤라는 것이지. 오죽하면 '사돈이 논을 사면, 배가 아프다'는 속담까지 생겨났을까?

아들아! 아빠는 자연에 존재하는 이 평균의 법칙을 통해 우리가 인생을 살아가는 데 있어서 중요한 처세술을 한 가지 배울 수 있다고 생각한다. 그것은 능력이나 실력은 최고가 되도록 갈고 닦되, 그것을 속으로 깨끗이 갈무리해 평균인간처럼 살아가야 한다는 것이지.

아무쪼록 사회에 나가거들랑 어떤 일을 하든지 베스트가 되도록 최선을 다하도록 하여라. 하지만 후일 큰 성취를 이루더라도 그것을 결코 떠벌이며 자랑한다든지 거들먹거려선 안 된다. 주머니 속의 송곳은 스스로 알리지 않아도 절로 삐져나오는 법이란다.

물론 그렇다고 침묵이 능사라는 얘기는 아니다. 경우에 따라서는 "올바른 것은 올바르다, 그른 것은 그르다"라고 말할 수 있는 용기와 소신이 절대 필요하지. 다만 자신의 의사를 꼭 밝혀야 하는 경우가 있다면 상대방의 입장을 배려하면서 완곡하게 표출하는 것이 중요하겠지.

거듭 얘기하지만, 항상 '배려'와 '겸손'의 자세를 잃지 마라. 무릇 평균적인 날개를 가진 새만이 폭풍우를 뚫고 높이 비상하는 법이다.

Letter 25
목소리 큰 사람이 이기는 나라

아들아! 네가 우여곡절 끝에 연예기획사에 들어가 연습을 시작한 지가 햇수로 따져 벌써 5년째구나! 같이 연습한 친구들은 이미 원더걸스, 2AM, 2PM이라는 그룹으로 데뷔해 왕성하게 활동하고 있지?

그런데 말이다. 아빠는 네 연습시절을 돌아보면 지금도 궁금한 것이 하나 있단다. 그것은 대한민국의 연예기획사들이 연습생들에게 노래를 가르칠 때 왜 팝송으로만 훈련을 시키는가 하는 점이란다. 원더걸스, f(x), 포미닛, 2PM, 샤이니, 비스트 등등.

혹 세계무대를 겨냥하기 위한 전략일까? 물론 그럴 수도 있겠지. 하지만 아빠는 그것보다는 오히려 우리말의 구조적인 특성 때문은 아닐까, 막연히 추측하고 있단다. 생각해 보렴. 우리말은 받침이 유난히 많이 쓰이지 않니?

우리말을 들을 때 어쩐지 발음이 딱딱 잡히고, 무언가 끊기는 느낌이 드는 것은 실은 그 때문이라는 주장도 있단다.

아무튼 이러한 특성들이 혹 노래의 자연스러운 흐름과 운율을 방해하는 것은 아닐까? 연습과정에서 우리나라 노래로 훈련을 거듭하면 발성이 지나치게 터프한 쪽으로 고착된다는 사실을 기획사 관계자들이나 보컬트레이너들이 혹 경험으로 알고 있는 것은 아닐까?

한글이 세계적으로 매우 우수한 언어이자, 과학적인 언어라는 사실은 지구가족 모두가 인정하고, 공감하는 일이다. 오죽하면 지구촌 어디에선가는 한글을 자신들의 언어의 공식적인 표기법으로 채택했다는 뉴스까지 전해질까?

그러나 우리말에 대해 부정적인 시각도 없는 것은 아니란다. 우리 귀에는 마치 비단결처럼 곱게 들리는 우리말이 외국인이 들을 땐 잡담처럼 시끄럽게 들린다는 주장도 그 중 하나이지. 우리가 동남아의 언어를 처음 접할 때 느끼는 느낌과 비슷하다고나 할까?

여기서 잠깐 《풍류한국》의 저자 리처드 러트의 촌평을 잠시 들어 보기로 하자꾸나.

"한국말은 서양인들이 듣기에 다소 거칠고 아담하지 않은 점이 있다."

너는 공감이 가니? 우리말이 러트의 지적처럼 과연 딱딱한 언어인지, 그리고 혹 딱딱하게 들린다면 그 원인은 무엇인지 아빠는 살짝 궁금하구나. 하지만 이 문제에 대해선 앞으로 국어학자나 전문가들의 심층적인 연구를 기대해 보자꾸나.

얼마 전 아빠는 우리나라에 거주한다는 한 일본인 여성이 쓴, '한국 여성이 싫은 이유'라는 다소 도발적인 제목의 글을 읽었단다. 제목부터가 좀 까칠해 사실 기분이 다소 언짢긴 했지만 그 내용이나 취지에 대해선 대체로 공감하지 않을 수 없었단다.

그런데 그 이유란 걸 살펴보니 놀랍게도 첫 번째부터 세 번째까지가 모두 다 소음과 관계가 있지 않겠니? 즉 첫 번째가 '시끄럽다'는 것이었고, 두 번째가 '교양, 예의가 없다', 세 번째가 '싸움을 잘한다'였지. 일본 여성들이 전체적으로 목소리가 작고, 조신한 사실을 감안하면 이러한 평가는 나름으로 일리가 적지 않음은 물론이다.

그런데 말이다. 이처럼 우리나라 여성에 비하면 너무나도 조용한 일본의 여성들이 미국의 여성들에 비하면 매우 시끄럽고, 소란스럽다는 연구결과가 있다는 사실! 즉 여성앵커의 목소리를 비교한 결과, 일본여성의 그것은 미국여성에 비해 훨씬 억양도 높을 뿐더러 딱딱하다는 사실이 일본의 한 대학 연구팀에 의해 밝혀진 것이지.

구체적으로 소리의 높이를 나타내는 주파수를 측정한 결과, 미국의 여성앵커는 최고 206헤르츠를 기록한 반면, 일본은 무려 276헤르츠까지 올라갔다나? 앵커우먼의 목소리가 쇳소리처럼 높아지면 시청자가 불안감을 느끼고, 부담을 느끼리라는 것은 두 말할 나위 없지.

그렇다면 우리나라는 어떨까? 비록 직접 계측한 자료는 없지만, 어쩐지 진땀이 흐르는구나. 우리나라 여성앵커들의 목소리가 과연 일본에 비해 낮다고 얘기할 수 있을까? 그것이 더욱이 북한 여성앵커의 그것이라면 말이다.

우리말이 아담하지도 않고, 또 듣기에 거북하거나 시끄러울 수도 있다는 사실은 홍사중 선생의 자조적인 술회에서도 확인된단다. 선생께서는 심지어 "한국말은 싸움을 하기 위해 있는 말이다"라고 단언하셨지.

우리말이 전투용 언어인지 아닌지에 대한 논란도 역시 전문가에게 맡기기로 하자꾸나. 다만 여기서 네가 꼭 한 가지 알아두어야 할 것은 우리말이 외국인의 귀에는 소음처럼 들릴 수도 있다는 엄연한 사실이란다.

그런데 우리말은 그렇지 않아도 소음처럼 들릴 가능성이 큰데, 설상가상으로 우리나라 사람들은 목소리 또한 크지. 정말이지 시간, 장소, 상황을 불문하고 사람들이 좀 모인다 싶으면 곧바로 도떼기시장이나 아수라장으로 돌변하는 모습을 곧잘 발견할 수 있지.

혹 기회가 생기면 아주머니들이 식당에서 계를 하는 모습을 유심히 보아라. '스타킹'이나 '기인열전'에 등장하고도 남을 만한 놀라운 기술을 금방 발견할 수 있을 게다. 말하는 사람만 있고, 듣는 사람은 한 사람도 없다는 놀라운 사실! 동시다발적으로 말하고, 상대방의 말을 다 알아듣는 신기에 가까운 기술!

너는 혹 아줌마들이 식당에서 계할 때 그 소음도가 얼마나 되는지 궁금하지 않니? 아빠가 찾아 보니 한 의식 있는 기관이 총대를 메고 나서서 조사를 한 자료가 마침 있더구나. 소음도는 놀랍게도 74.3dB!

소란스럽기로 따지자면 둘째가라면 서러울 지하철 안의 소음도가 70dB, 고막이 웅웅 울리는 대형 공장의 내부가 80dB인 점과 비교해 보아라. 전문가들의 주장에 따르면 일정한 범위를 넘어서는 소음은 와우각의 솜털 세포를 손상시킨다는구나. 또 70~80dB의 소음에 계속 노출이 된다면 정신질환에 걸릴 수도 있다나?

넌 아빠가 강의를 할 때 왜 아줌마들이 계하는 자리를 보면 얼른 피하라고 강조하는지 그 이유를 이제는 짐작할 수 있겠지? 그렇단다. 그것은 매우 위험하기 때문이지. 어디, 아줌마뿐이겠니? 실은 아저씨도, 심지어 대학생이나 초중고의 학생들도 일단 모였다 하면 시끄럽다는 사실은 매한가지란다.

아들아! 언젠가 'US 투데이' 지가 유럽 여행을 떠나는 미국인들에게 여행수칙을 제시했지.

"식당이나 기타 공공장소에서는 절대로 소리를 지르거나 큰 소리로 말하거나 껄껄 웃지 말라. 그러면 당신을 천박하고 몰상식하다고 여길 것이다"라고.

미국인들은 너도 알다시피 우리에 비해서는 말수도 현저히 적고, 목소리도 대체로 들릴락 말락 할 정도로 매우 낮은 편이다. 그럼에도 불구하고 외국에 나가면 무식하게 떠들지 말라고 공공 캠페인을 벌인다.

아빠는 너도 알다시피 지난해 5월 스페인의 카나리아 제도로 여행을 다녀왔다. 한국인이 비교적 귀한 라스팔마스의 한 호텔에서는 우리 일행을 참 친절하게 맞아 주었지.

그런데 우리가 호텔을 체크아웃한 뒤 들려온 얘기는 충격이었단다. 왜냐하면 호텔 측에서 앞으로는 영원히 한국인을 받지 않겠다며 선언을 했다는 얘기가 들려 왔기 때문이지. 이유는 우리 일행 중 일부가 밤새도록 술을 마시고 속옷차림으로 이 방, 저 방 싸돌아다니며 소란을 떨었다는 것이었다. 아뿔싸!

아들아! 자고로 빈 수레가 요란한 법이라고 했다. 이제는 우리도 '목소리 큰 사람이 이긴다'는, 속담 아닌 속담을 영구폐기 쓰레기로 분류해 버려야 할 때가 되지 않았을까?

아무쪼록 가족이나 친구와 얘기할 때는 목소리를 좀 낮추기로 하자꾸나. 특히 그것이 식당이나 공항이나 공공장소에서라면 말이다. 더욱이 대화를 할 때는 목소리를 낮출수록 훨씬 설득력이 있다는 화술전문가들의 지적도 있단다. 물론 그렇다고 전화를 할 때나, 방송을 할 때도 목소리를 잔뜩 깔아야 한다는 의미는 아니다. 그럴 땐 평소에 비해 약간 목소리 톤을 올리는 편이 오히려 훨씬 밝은 인상을 줄 수 있다는구나.

스타일도 전략이다 Ⅰ

아들아! 옛날, 옛날에 보삼장이라는 법호를 지닌 청빈한 스님이 살았다는구나. 스님은 어느 날 일왕사에서 열리는 성대한 다회에 초대를 받고 부랴부랴 걸음을 재촉해 절 입구에 닿았다. 그런데 남루한 행색의 스님을 발견한 일왕사의 문지기는 야멸치게 문전박대를 했지. 속절없이 쫓겨난 스님은 결국 깨끗한 가사를 갈아입은 다음에야 비로소 자리에 안내받을 수 있었다.

다회가 무르익어 진수성찬이 나오기 시작했다. 그런데 스님은 음식이 나오는 족족 그것을 모두 가사에 쏟아 부었다지. 그러자 이를 해괴하게 여긴 사람들이 물었다.

"스님! 왜 음식을 가사에 버리십니까?"

그러자 스님이 말했다.

"오늘 이 다회에 초대받은 건 내가 아니라 가사라네. 그러니 음식도 가사가 먹어야 되질 않겠나."

일설에는 보삼장의 신분이 실은 일왕사를 지은 돈 많은 농부라는 얘기도 전해진다. 보삼장이 스님이건 농부이건 이 고사는 결국 '옷이 벼슬' 행세를 하는 세태를 준엄하게 나무라는 교훈이 배어 있음은 말하나 마나이다.

사실 《어린 왕자》에도 이와 비슷한 얘기가 나오지. 터키의 한 천문학자가 어린 왕자가 사는 소행성을 발견하지만, 사람들은 천문학자가 입고 있는 옷이 초라하다는 이유로 아무도 그 말을 신뢰하지 않는다.

그런데 말이다. 아빠는 이런 고답적인 얘기를 듣고 감동하는 것은 자유지만, 현실세계에선 깡그리 잊어 버리는 것이 현명하다고 늘 강조한단다. 그것은 아빠가 꼭 속물이어서라기보다는 허구의 세계와 우리가 살아 숨 쉬는 세상은 완전히 다르다고 확신하기 때문이지.

혹시 마크 트웨인의 《왕자와 거지》 이야기 기억나니? 그들의 운명은 옷을 바꿔 입는 그 순간 하늘과 땅 차이로 갈리고 말지. 세상은 그런 것이란다.

여기서 잠깐 심리학자 이민우 교수의 얘기를 들어 보기로 할까?

"우리는 겉모습을 통해 다른 사람을 판단한다. 교육수준, 가정환경, 심지어는 성격까지도 그 사람의 옷을 통해 판단하는 경우가 많다."

"복장에 대한 사람들의 반응은 거의 무조건 반사에 가깝다."

너도 충분히 공감할 수 있는 얘기 아니니?

사실 옷을 잘 차려입은 사람은 그렇지 않은 사람보다 대우도 훨씬 잘 받고, 신뢰감을 준다는 사실을 증명한 실험도 많단다. 공중전화 부스에 동전을 두고 나온 뒤 누군가가 그것을 슬쩍 집어넣으면 잽싸게 다가가 "혹시 동전을 흘렸는데, 못 봤냐?"고 물어보고, 반응을 조사한 실험도 그 중 하나이지. 연구 결과, 양복을 깔끔하게 차려입은 사람이 동전을 되돌려 받을 수 있는 확률은 허름한 작업복 차림에 비해 두 배 이상 높은 것으로 밝혀졌지.

옷차림과 관련된 실험은 우리나라에서도 이루어졌다. 이화여대 의류직물학과 학생들이 이웃 대학의 남학생을 대상으로 실시한 실험이 그것이지.

여학생들은 '초라함', '천박함', '로맨틱함', '캐주얼'로 명명된, 네 가지 컨셉의 옷차림을 연출했다. 그리고 지나가는 남학생들더러 우편물을 학교수위실에 맡겨달라고 부탁하지. 남학생이 부탁에 응하면 감사의 표시를 하고, 소속 학과를 물어본 뒤 반응을 살폈다.

실험결과는 예상대로 초라하거나 천박한 옷차림을 한 여학생들은 남들의 호의와 배려를 기대하기가 매우 어려웠다. 반면 캐주얼한 옷차림과 로맨틱한 옷차림의 여학생에 대해서는 대부분의 남학생들이 우호적이고 관대했지.

이 엉뚱한 실험은 옷차림이 사람의 마음을 움직인다는 사실을 훌륭하게 보여준다. 결국 '사람은 옷을 입은 대로 되기 마련'이라는 나폴레옹의 주장은 거짓이 아닌, 참으로 밝혀진 셈이지.

프랑스의 세계적 디자이너 코코 샤넬의 주장도 마찬가지이다.

"옷을 잘 못 입은 여성을 보면 사람들은 그녀의 옷에 주목하지만, 옷을 잘 입은 여성을 보면 사람들은 그녀라는 사람을 주목할 것이다."

옷차림이 취업과 연봉의 결정에도 영향을 미친다는 사실을 보여주는 증거도 적지 않단다. 한 온라인 취업정보 사이트에서 기업의 인사담당자 200여 명을 대상으로 설문조사를 실시했다. 그랬더니 채용 시 입사지원자의 외모가 당락에 영향을 준다는 답변은 놀랍게도 66.7%에 이르는 것으로 나타났지.

또 단정한 사진을 부착한 이력서와 추레한 사진을 부착한 이력서를 기업의 인사담당자에게 보여주고 초임의 제시를 요구한 결과, 모든 인사담당자가 단정한 인물에게 8~20%의 연봉을 더 주겠다고 응답한 것으로 나타났다. 물론 단정한 차림과 추레한 차림은 동일인이었다.

얘기가 새지만 아빠도 실은 한 여성잡지사 기자와 추레한 옷차림으로 호텔 뷔페식당에 갔다가 남들의 눈에 띄지 않는 기둥 뒷자리로 안내받는 수모를 당한 일이 있단다. 그날 아빠는 '반성하지 않는 인생은 가치가 없다'는 소크라테스의 격언을 곱씹으며 뜬눈으로 밤을 새웠단다.

그렇다면 사람들은 도대체 왜 옷차림에 대해 이처럼 민감하게 반응하는 걸까? 그것은 혹 우리가 일평생 경험하는 첫 만남이 지나치게 많기 때문은 아닐까? 실제로 인간은 태어나 죽을 때까지 놀랍게도 10만 명이 넘는 사람과 만난다는구나.

이토록 많은 사람들과 조우한다면 아무래도 한 사람의 진면목을 파악하는 데 투자할 수 있는 시간과 노력은 제한적일 수밖에 없겠지? 여유를 부리며 진중하게 한 인간의 내면을 평가하기는 실질적으로 어렵다는 얘기이다.

사람들이 겉모습으로 상대방을 평가하는 이유를 진화론적인 관점에서 설명하는 이들도 있단다. 인간의 선조들은 그가 포식자이건 동족이건, 누군가와 마주치면 친구인지 적인지 순간적으로 판단해야 했지. 그것은 이러한 조우가 목숨을 잃을 수도 있는 급박한 상황이기 때문이란다. 이러한 압박이 사람들로 하여금 찰나적으로 상대방을 파악하고, 긍정적인 것보다는 부정적인 정보에 더욱 예민하게 반응하는 심리적 경향을 낳았다는 것이 그들의 주장이다.

만약에 그렇다면 사람들이 겉모습으로 누군가를 평가하는 경향을 맹목적으로 비난하는 것은 적절하지 않다는 생각이 드는구나. 왜냐하면 그것은 궁극적으로 타고난 것으로, 일종의 숙명이라 할 수 있기 때문이지.

사람들이 만약 보삼장 스님이나 백결선생처럼 세상의 이목을 완전히 무시한 채 괴짜나 기인으로 살겠다면 그것을 나무랄 수는 없을 거야. 하지만 그렇게 살기를 원하는 이들은 마릴린 홀(Marilyn J. Horn)이나 루이스 구렐(Lois M. Gurel)의 말마따나 일탈에 수반되는 비평과 조소를 견뎌낼 수 있는 내성, 곧 고도의 심리적 안정감을 지니고 있어야 하겠지.

"첫인상이 좋은 사람은 경쟁사회에서 성공하기가 한층 수월하다."

가브리엘레 체르빈카(Gabriele Cerwinka)와 가브리엘레 슈란츠(Gabriele Schranz)의 단정적인 주장이다. 아빠는 이런저런 이유로 '결국

인생이란 무엇을 입는가 하는 것'이라는 헐록의 격언을 마음으로 새겨듣고, 패션의 지침으로 삼으면 어떨까 싶구나.

그렇다고 보삼장 스님이나 어린 왕자의 교훈을 무조건 배척하거나 백안시해도 좋다는 얘기는 아니다. 백결선생이나 보삼장 스님의 숭고한 뜻은 마음으로 받아들이되, 옷차림이 한 인간의 평가와 사회생활에 지대한 영향을 미친다는 현실세계의 이치만은 이해해야 한다는 것이지.

아빠가 옷차림의 기본은 그저 남루하거나 유행에 지나치게 뒤떨어지는 옷차림을 피하고, TPO(time, place and occasion)를 고려한, 깨끗하고 반듯한 옷차림이면 족하다고 강조하는 이유도 실은 그 때문이란다.

근사한 옷차림이란 무조건 명품이나 비싼 옷을 사 입어야 한다는 의미가 아니라는 사실에 대해서는 너도 잘 알고 있겠지?

스타일도 전략이다 II

아들아! 아빠는 2009년 5월 스페인을 필두로 7월에는 필리핀, 9월에는 일본을 다녀왔다. 10~11월에는 또 중국과 미국여행이 예정되어 있으니 그야말로 올해는 여행복이 터진 것 같구나.

그런데 말이다. 아빠가 스페인이나 일본에 가보니 이들 국가들은 한결같이 정돈이 잘 되어 있고, 여간 깨끗하지가 않더구나. 거리나 건물들도 전체적으로 차분할 뿐더러, 세련미가 넘치고. 그래서 이들 국가를 아마도 선진국이라 부르는 거겠지?

시내나 전철에서 마주치는 사람들의 패션 감각도 나무랄 데 없이 훌륭했다. 특히 아빠는 신주쿠나 하라주쿠에 갔을 때 일본인의 옷차림을 유심히 살펴보곤 나름대로 상당한 충격을 받았지. 그것은 그들의 패션 감각이 상상외로 뛰어났기 때문이다.

아빠는 사실 일본인의 옷차림이 유럽이나 미주에 비해 너무 들떠 있지는 않은가라는 선입견을 지니고 있었단다. 하지만 이번 기회에 자세히 보니 그들의 패션은 전반적으로 개성이 넘치고, 색상과 디자인이 매우 다양하다는 사실을 확인할 수 있었지. 특히 일본여성들의, 옷을 여러 벌 겹쳐 있는 레이어드룩이나 모자나 액세서리 등 장식소품을 과감하게 이용한 연출은 매우 돋보였다.

그렇다면 우리나라 사람들의 패션 감각은 어떨까? 아빠가 한국에 도착해 지하철을 탔을 때 가장 먼저 느낀 것은 사람들의 옷차림이 세련되었다기보다는 어딘지 모르게 촌스럽고 지나치게 단조롭다는 쪽이었단다. 구체적으로 착용하고 있는 옷의 색상은 전체적으로 어두운 무채색 계열이 지배적이었고, 형태도 천편일률이라는 표현이 지나치지 않을 정도로 획일적이었지.

그리고 네가 자주 말하는 깔맞춤, 즉 코디 감각이 뛰어난 사람을 찾기란 정말 쉽지가 않더구나. 색상과 재질, 디자인의 측면에서 상의와 하의, 하의와 구두, 옷차림과 소품의 조화는 패션연출의 기본인데도 말이다.

지하철에서 마주친 옷차림 중 가장 거슬린 것 중 하나를 꼽으라면 바로 신발을 빼놓을 수 없다. 패션은 신발에서 완성된다는데, 우리나라 사람들은 신발에 대해 의외로 지나치게 무신경한 것 같더구나.

굽이 닳아 균형이 완전히 무너진 구두나 제대로 닦지 않아 오물이 잔뜩

묻은 구두를 신은 샐러리맨이 적지 않았다. 그런가 하면 샌들이나 슬리퍼를 신은 학생들도 심심치 않게 눈에 띄었고, 개중에는 '삼디다스'라는 애칭으로 불리는 실내용 삼선슬리퍼를 질질 끌고 다니는 친구도 있더구나.

물론 슈트차림에 앞뒤로 구르는 마사이족 신발의 착용도 아무리 다양성이 존중되는 사회라곤 하지만, 아빠의 눈에는 어색하기만 했단다. 그리고 슈트에 목양말을 그것도 알록달록한 색상으로 신고 다니는 사람은 도대체 어떻게 해석해야 할지 아무리 생각해도 답이 나오질 않더구나.

아마도 보통사람들이 패션의 준거로 삼는 연예인이나 상류층이라면 그나마 사정은 좀 낫겠지? 그러나 자세히 살펴보면 옥에 티가 영 없는 것은 아니더구나.

얼마 전 서거한 한 대통령은 국무회의 석상에 멜빵바지 차림으로 참석하셨다. 이것은 패션전문가들 사이에서는 양말을 두 켤레 겹쳐 신기에 비견되는 매우 어색한 패션으로 간주되지.

그런가 하면 최근 빨간색에 완전히 절어 있는 정치인이 한 분 있더구나. 양복의 색상과 질감, 디자인을 불문하고 주야장청 빨간 넥타이를 선택하는 데는 필시 말 못할 사연이 있겠지. 그 뚝심이 한편으로는 존경스럽기도 하지만, 이 역시 깔맞춤의 공식이나 정석을 벗어난 것임은 말하나 마나이다.

또 최근에 유행하는 은갈치 양복! 왜 번들거리는 회색, 쥐색의 고광택 슈트 있잖니? 이것도 무대용 복장으로서는 어떨지 몰라도 평상복으로서는 어쩐지 어색하다는 느낌을 지울 수 없구나. 아무리 유행도 좋지만 양복을 입을 때 최소한의 금도는 지켜야 하지 않을까? 남성들의 슈트는 동서고금을 막론하고, 모직이나 실크 류의 은은한 광택을 지닌 것을 으뜸으로 꼽는단다.

노래할 때 양복단추를 시종일관 꽉꽉 여미는, 트로트계의 사대천왕으로 꼽히는 한 중견가수! 이런 옷차림은 당사자는 물론 보는 사람마저 답답하게 여겨지기 십상이란다. 세상에, 가볍고 신나는 트로트를 부르는 무대에서 구태여 불편한 엄숙주의를 고집할 필요가 있을까? 게다가 단추를 모두 채우고 있으면 자신의 히트곡인 '상하이트위스트'를 출 때도 둔부의 움직임이 극도로 제한되지 않을까 살짝 걱정이 되더구나.

'꽃보다 남자'에 등장하는 아이돌 가수나 스타들의 경우도 마찬가지이다. 툭하면 턱시도에 운동화를 신거나 목양말을 착용하는 것은 좀 지나친 게 아닐까? 사실 이것은 패션에 관한 대표적인 꼴불견에 속한다는 사실을 알아둘 필요가 있단다. 턱시도에는 검정색 구두와 목 긴 양말이 정식이지.

그리고 내친 김에 꼭 한 가지 알아두어야 할 것은 턱시도는 야간(일몰 후)에 착용하는 준예복이라는 것이다. 따라서 한낮에 이루어지는 시상식장이나 결혼식장에서 턱시도를 입거나, 이것을 착용하고 벌건 대낮에 TV에 출연하는 것은 난센스라고 해야겠지.

이런 상황을 감안하면 왜 패션전문가들이 "우리나라 남성들은 옷차림으로 보자면 밑에서 1등으로, 경우도 없을 뿐더러 멋도 모른다"고 비아냥거리는지 이해하겠지? 그리고 "세계에서 가장 옷을 잘 입는 남자들은 이탈리아 남자들과 일본 남자들인데, 이들은 우리보다 체형이나 체격조건이 나을 것이 없다" 며 개탄하는지 그 이유에 대해서도.

아빠는 사실 우리나라 사람들의 패션 감각이 세상에서 꼴찌라는 주장에 대해서는 선뜻 동의하기 어렵다. 그것은 우리나라가 중국이나 동남아시아 일원의 국가들에 비해서는 사정이 훨씬 낫다고 확신하기 때문이지. 물론 유럽이나 미주, 일본에 비해서는 다소 부족한 것이 사실이지만.

그렇다면 옷을 잘 입으려면 어떻게 해야 할까? 가장 중요한 것은 복장공학(wardrobe engineering)의 개념을 정확히 이해하는 것이란다. 복장공학은 잠자리에 들기 전이나 아침에 일어나면 일과를 곰곰이 따져 보고 옷차림을 정한다는 생활철학을 말하지.

아들아! 네가 외출할 때 유심히 보면 이것저것 거울에 비춰 보는 등 옷차림에 상당히 공을 많이 들이는 눈치이더구나. 필시 너희들 표현으로 '간지가 좔좔 흐르는' 옷차림을 연출하려는 것이겠지?

그런데 말이다. 아빠가 보기에 너는 옷을 입을 때, 깔맞춤(코디)에는 신경을 쓰지만, TPO(time, place and occasion)에 대해서는 별로 고려하지 않는 것 같더구나. 이를테면 야유회에 가는 자리인지, 친구를 만나는 자리인지 아니면 어른을 만나는 자리인지를 염두에 둔 옷차림 말이다. 이 TPO에 맞는 옷차림이야말로 복장공학의 핵심요소라는 사실은 알고 있겠지?

아울러 네가 늘 신경을 쓰는 깔맞춤도 본래는 단순히 슈트의 재질과 색상, 형태에 대해서만 고려하는 것으로 그쳐서는 안된단다. 즉 구두나 포켓

치프(pocket chief), 양말이나 액세서리 등 디테일한 부분까지 전체적인 조화를 염두에 두고 접근해야 한다는 것이지.

너 혹시 패션 속담 중에 '유행을 따르지 않는 바보보다는 유행을 따르는 바보가 되라!'는 격언을 들어본 일이 있니? 이는 지나치게 유행을 따르면 자칫 천박해 보이기 쉽고, 너무 유행을 따르지 않으면 시대에 뒤떨어진 융통성 없는 사람으로 비칠 수 있음을 경계하기 위한 격언이란다. 아무쪼록 의상을 선택할 때는 그 행간의 의미를 잘 기억해 두기 바란다.

그리고 마지막으로 하나 더! 너는 옷을 살 때 유난히 특정 브랜드의 제품을 고집하는 것 같더구나. 아빠는 그것도 일종의 개성을 표현하는 방식이라는 점에서 크게 반대하지는 않는다. 그러나 복장공학에서 말하는 옷차림이란 무조건 명품이나 고가의 의상을 의미하는 것이 아니라 반듯하고 깨끗한 옷차림을 뜻하는 것이라는 사실에 대해서는 명심해야 한다.

아빠는 부인 자랑은 팔불출이라지만, 네 엄마에 대해 인정하고 평가하는 것이 한 가지 있단다. 그것은 네 엄마가 의상을 선택할 때 우선 명품은 배제한다는 확고한 신념을 가지고 있다는 점이지.

너는 혹 엄마가 시장이나 길거리에서 싸게 구입한 옷을 걸치고 외출할 때 그것을 싸구려라거나 촌스럽다고 생각한 적이 있니? 옷이란 가격이나 브랜드를 떠나 실용성이나 디자인, 혹은 코디와 조화가 중요하다는 엄마의 주장은 일리가 있는 셈이지.

아무튼 엄마의 이러한 철학은 아빠의 수입이 못 미더운 데서 비롯된 것일 수도 있지만, 아빠는 아무튼 한없이 존경스럽다. 게다가 가계절약까지 기대할 수 있으니 아빠의 입장에서는 희열과 감동이 더욱 클 수밖에. 엄마의 패션철학에 대해서는 너도 충분히 이해하고 배웠으면 좋겠구나.

아들아! 옷차림은 단순히 예의와 매너에 관련된 문제이거나 세련미에 국한된 문제가 아니라는 사실을 명심해라. 아울러 그것은 사회에 대한 적응의 문제, 나아가 개인의 성공과도 직결되는 대단히 중요한 사안이라는 점에 대해서도.

DREAMS COME TRUE

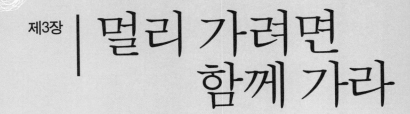

제3장 | 멀리 가려면
함께 가라

DREAMS COME TRUE

린 중학생들이 혹 우산에 가려 간헐천이 분출하는 모습을

람들이 놓칠까 우산을 접는다는 일이 어디 말처럼 쉬운 일일까?

처럼 남들을 배려하는 아름다운 마음씨!

빠는 그것이야말로 세상을 살아가면서 반드시 필요한 것이라고 생각한다.

Letter 28
비 맞는 아이들

언젠가 아빠, 엄마랑 함께 일본여행을 갔던 일 생각나니? 그때 아빠는 도쿄 인근 고속도로를 이용하는 차량들을 유심히 보고는 내심 얼마나 놀랐는지 모른다. 세상에, 관광버스를 타고 두어 시간 남짓 이동하는 동안 제한속도를 어기는 자동차가 단 한 대도 눈에 띄지 않더구나.

뿐만이 아니다. 심지어는 차선을 바꾸는 차량도 드물더구나. 일정한 간격을 두고 달리다 앞차가 서면 서고, 가면 가고. 빈 차선이 있어도 아예 들어갈 생각도 않는 운전자들. 그 모습이 얼마나 답답하고 융통성이 없던지 처음에는 정말 숨이 다 막힐 지경이더구나.

사정이 이런데, 만약 자동차 경적소리를 들었다면 오히려 이상하겠지? 아빠는 고속도로에서는 말할 것도 없고, 일본에 체류하는 동안 단 한 번도 경적을 울리는 운전자를 본 적이 없단다.

일본을 선진국이라고 부르는 것은 어쩌면 이처럼 철저한 질서의식이나 남들을 무조건 배려하는 그들의 문화 때문이 아닐까? 비록 "일본은 없다"며 그들의 문화와 정신세계를 폄하하는 식자가 없는 것은 아니지만 말이다.

남을 배려하는 문화! 배려라는 얘기가 나와서 말이지만, 아빠가 일본에서 직접 경험한 얘기를 하나 들려줄까?

너도 알다시피 일본은 화산지대에 속해 있는 나라로, 유난히 온천이 많지. 특히 벳부는 일본을 대표하는 온천관광지의 하나로, 해마다 천오백만 명 이상의 관광객이 찾아온다는구나. 벳부에 존재하는 온천의 수가 2,848개소라면 믿을 수 있겠니? 숫자로만 따지면 명실상부하게 세계 최고로, 시내 전역에서 온천 수증기를 내뿜는 매우 이색적인 광경을 볼 수 있는 관광지이지.

이런 벳부에서 가장 인기 있는 관광코스를 꼽는다면 아마도 지옥순례를 빼놓으면 서운할 거야. 피의 연못(치노이케)이니, 가마솥(카마도)이니, 도깨비산(오니야마)이니 다소 섬뜩한 이름이 붙여진 지옥은 지하 250~300m에서 섭씨 100도에 가까운 열탕과 온천 증기가 분출되는 곳으로, 정말 장관이라 할 수 있지.

그런데 이들 지옥 중에는 대략 25분 간격으로 물을 뿜어내는 간헐천이 있단다. 바로 다쓰마키 지옥이라 불리는 곳이지. 돌을 쌓아 분출 높이를 제한하고 있는 다쓰마키 지옥은 미국이나 뉴질랜드의 간헐천에 비해서는 다소 규모가 작고 빈약하지만, 그래도 나름으로 자연의 신비를 만끽할 수 있는 곳이지.

다쓰마키 지옥이 온천물을 뿜어 올리는 장면은 너희들 용어로 표현하자면 정말이지 '대박'이어서 간헐천에는 전 세계의 수많은 구경꾼들이 모여들어 인산인해를 이룬단다. 이들 구경꾼들 중에는 당연히 일본인 여행객도 상당히 많지.

아빠가 이 유명하다는 다쓰마키 간헐천을 구경하러 갔을 때의 일이다. 그날은 아침부터 잔뜩 찌푸려 있더니만 목적지에 도착할 때쯤부터는 아니나 다를까 비가 부슬부슬 내리기 시작하더구나. 아빠는 심술을 부리는 하늘을 원망하며 우산을 받쳐 들고 간헐천을 향해 걸음을 재촉했다.

얼추 중간쯤 왔을까, 아빠가 문득 길 한 켠을 보니 중학생쯤 되어 보이는 아이들이 우산을 받쳐 들고 조신하게 걷고 있더구나. 얘기를 나누는 품새나 차림새로 보아 수학여행을 온 일본학생들이란 짐작이 들었다.

마치 군인들마냥 오와 열을 맞춰 걷는 모습에 아빠가 속으로 얼마나 놀라고 감탄을 했을지는 너도 아마 넉넉히 짐작할 수 있을 거다. 그 일사불란하고 질서정연한 모습이란!

마침내 아빠가 사람들 틈새에 끼어 다쓰마키 지옥에 당도했다. 가이드가 마치 우주선의 발사를 앞두고 카운트다운을 하듯이 손나팔로 분출시각을 알려주더구나. 간헐천 주변은 포진한 관광객들이 무질서한 가운데 얘기를 나누느라 분위기가 다소 어수선한 편이었다.

"10분 남았습니다."

"7분 남았습니다."

그런데 가이드가 "3분가량 남았습니다"라며 안내방송을 한 직후의 일이다. 수학여행단의 인솔교사인 듯한 한 일본인이 나지막한 목소리로 뭐라 뭐라 외치는 모습이 우연히 눈에 띄더구나.

그러자 세상에, 학생들이 일제히 우산을 접는 게 아니겠니? 여전히 추적추적 빗방울이 듣는데도 말이다. 잠시 후 간헐천은 무서운 기세로 뿜어져 나왔고, 사람들은 탄성을 질렀다.

그런데 말이다. 아빠는 간헐천의 역동적인 모습도 인상적이었지만, 아이들이 교사의 지시에 따라 일제히 우산을 접는 모습을 영 잊을 수 없구나. 그것은 정말이지 가슴이 저릿한 감동이었단다.

생각해 보아라! 어린 중학생들이 혹 우산에 가려 간헐천이 분출하는 모습을 사람들이 놓칠까 우산을 접는다는 일이 어디 말처럼 쉬운 일일까?

이처럼 남들을 배려하는 아름다운 마음씨! 아빠는 그것이야말로 세상을 살아가면서 반드시 필요한 것이라고 생각한다.

papa's what and mama's how

아들아! 넌 인생을 살아가는 데 있어서 중요한 가치가 뭐라고 생각하니? 아빠는 세상의 아빠들이 대개 그런 것처럼, "무엇을(what) 이룰 것인가?" 에 관심이 많단다. 이 'what'을 다른 말로 바꾼다면 아마도 '성공'이라 할 수 있겠지. 세상 모든 사람의 희망사항이라는 성공. 그런데 네 엄마는 'what'보다는 '어떻게(how)'에 더 관심이 많은 것 같더구나.

네 진로를 두고 우리 가족이 갈등을 겪을 때도 아빠의 관심사는 늘 '무엇을'이었다. 네가 아빠처럼 교수가 되는 것이 나을지, 사업가가 되어야 할지 아니면 타고난 소질과 적성을 고려해 연예인의 길을 가야 할지. 또 혹 교수가 된다면 전공은 무엇이 좋을지, 연예인이 된다면 가수가 되어야 할지 아니면 연기자가 바람직한지, 또 연예인이 된 다음 추구해야 할 목표는 최고가 되어야 하는 것인지 아니면 다른 그 무엇일지에 대한 생각이 지배적이었단다.

그러나 네 엄마는 정작 최고나 성공, 혹은 목표보다는 '어떻게'를 더 중요하게 생각했다. 즉 어떤 과정을 거쳐 어떤 사람이 될 것이며, 또 어떻게 살아갈 것인가가 더 중요하다며, 끝까지 자신의 주장을 굽히지 않더구나.

생각해 보면 아빠와 엄마의 인생관이나 살아온 길도 그렇지 않았나 싶구나. 아빠는 어릴 때부터 늘 목표 지향적인 인생을 살아왔다 해도 지나친 말이 아니란다. 박사나 교수가 정확히 무언지도 모르면서 늘 그것을 꿈꿔 왔고, 열망했지. 지금도 아빠는 'what'에 대한 갈증과 미망을 여전히 버리지 못하고 있는 건 너도 잘 알고 있지? 베스트셀러 작가와 베스트 티처에 대한 꿈!

반면 엄마는 너도 알다시피 'how'에 초점을 맞추며 살며, 너희들도 그러기를 바랐다. 기타를 치며, 재즈댄스를 배우러 다니고 노래를 하지. 그리고 벌써 10여 년째 독거노인이나 장애우들을 위해 밥을 짓고 도시락을 나르는 봉사활동을 하고 있단다.

엄마의 'how' 철학은 어쩌면 수대째 독실한 가톨릭 집안 출신인 점과 무관하지 않을지 모르겠구나. 경위야 어떻든 네 엄마의 'how' 철학에 대해 아빠는 비록 말은 않지만, 내심 살짝 감동을 먹고 있는 것도 사실이란다.

그런데 말이다. 아빠와 엄마의 차이는 좀 거창하게 들릴지는 모르지만, 진화의 과정에서 습득한 특질이 아닐까라는 생각을 할 때도 가끔 있단다.

즉 남자인 아빠는 가족의 안녕과 생존을 위해 고기의 습득(사냥의 성공)에 인생의 목표를 둘 수밖에 없었다는 얘기지. 반면 여자인 엄마는 가정을 어떻게 유지할 것이며, 아이를 어떻게 기를 것인가에 관심을 둘 수밖에 없었다는 것이고. 이처럼 아빠(남자)와 엄마(여자)는 진화과정에서 서로 다른 역할을 수행하며, 다른 길을 걸어오다 보니 정신세계랄지 심리적인 패턴도 현저히 다를 수밖에 없음은 당연한 이치겠지?

오죽하면 이러한 차이를 다룬 책들이 세계적인 베스트셀러가 될 수 있었겠니? 《말을 듣지 않는 남자, 지도를 못 읽는 여자》라든지 《화성에서 온 남자, 금성에서 온 여자》와 같은 책들 말이다. 특히 '화성·금성'과 같은 책은 아예 남자와 여자가 서로 다른 행성에서 온 외계인이나 에일리언과 같은 존재로 간주하고, 얘기를 전개해 나가지. 한 마디로 남자와 여자의 정신적, 심리적 차이는 천양지차라는 얘기란다.

하지만 남자와 여자는 서로 대립하는 존재가 아니다. 아니 오히려 서로 의존하고 협력하며 살아가는 존재라 할 수 있지. 사람 '인(人)' 자가 두 사람이 서로 기대고 서 있는 형상인 것은 그 때문이겠지?

아빠는 이런 관점에서 세상의 남자와 여자는 서로 존중해야 하며, 적극적으로 이해하려는 열린 마음을 가져야 한다고 주장한단다. 상대방을 인정하고, 배려하는 매너가 필요하다는 것이지.

아들아! 요즘 너희들 세대를 두고 방자하다느니, 위아래를 몰라본다느니, 버릇이나 예절이 없다느니, 끌탕을 치는 사람들이 많더구나. 물론 젊은

이들에 대한 기성세대의 걱정은 어쩌면 부질없는 노파심일지도 모른다.

더욱이 지금으로부터 2천여 년 전 지어진 피라미드에도 젊은것들이 버릇이 너무 없다며, 나무라는 글이 새겨져 있다니 말이다. 그러나 그럼에도 불구하고 아빠는 우리나라 젊은이들이 무례하다는 지적에 대해 공감한단다. 그렇다면 그 원인은 도대체 무엇일까(아빠의 관심사는 숙명적으로 무엇일 수밖에 없나 보다)?

너는 혹시 수 년 전 《아버지》라는 멜로소설이 공전의 베스트셀러가 된 걸 알고 있니? 그 배경은 사실 오늘날 가정 내에서 아버지의 위상추락이라는 현상과 무관하지 않단다. 아닌 게 아니라 오늘날 아버지의 위치는 가부장적 권위를 자랑하던 과거와는 달라도 한참 다르다 할 수 있지. 아예 존재감을 느낄 수 없을 정도로 왜소해졌다고나 할까?

일부의 지식인들이 여성시대의 도래나 신 모계사회의 출현까지 예고하는 것도 따지고 보면 무리가 아닌 셈이지. 이러한 현상의 원인에 대해선 많은 학자들이 여성들의 사회진출 및 전통적인 가족개념의 붕괴를 꼽고 있지.

원인이야 어떻든 가정에서 아버지의 역할이 축소되면 어머니의 비중과 역할은 상대적으로 커지게 마련이지. 그런데 모성은 알다시피 무한애정으로 상징되는 존재란다. '진자리 마른자리 갈아 뉘시며 손발이 다 닳도록' 베풀고, 희생하는 존재가 바로 어머니라는 것이지.

그렇다면 아버지가 증발한 가정에서 자라난 아이들은 어떻게 될까? 당연히 응석받이로 자라나지 않을까? 혹 자신의 욕구가 즉각적으로 충족되지 않으면 격렬히 저항하고, 분노를 표출하지 않을까? 사회성이 부족한 아이가 되지는 않을까? 일부의 사회학자들이 청소년의 일탈과 무례를 '모인성 질환'으로 규정하는 이유는 그 때문이지.

이제 아빠가 왜 "세상의 모든 아버지들이 가정으로 돌아가 중심을 잡아야 한다", 그리고 "부모와 자식이 함께 하는 식탁에서, 밥상머리 교육을 시작해야 한다"고 강조하는지 이해하겠니? 밥상머리 교육은 지금처럼 경쟁이 치열한 사회에서 내성을 기르는 데도 큰 도움이 된다고 믿기 때문이지. 밥상머리 교육의 핵심은 한 마디로 자녀들로 하여금 아버지의 'what'의 철학, 권위와 이성, 그리고 어머니의 'how'의 이념과 무한애정을 골고루 경험하도록 하는 과정이라 생각하면 될 거야.

어떠냐? 아빠의 주장에 이해가 가니? 혹 이해한다면 정말 대단한 거다. 왜냐하면 아빠가 지금 무슨 얘기를 하는지 아빠 스스로도 모르기 때문이란다. 아무튼 중요한 것은 아빠와 엄마가 나눠 쥐고 있는 줄 위에서 넌 줄타기를 하고 있고, 떨어지지 않으려면 균형감각을 지녀야 한다는 것이다.

지금까지 아빠의 'what' 스토리였다. 엄마의 'how' 스토리는 네 엄마에게 듣도록 하여라. 물론 아빠도 어떻게 살 것인지 고민해야 한다는 네 엄마의 주장에 대해 살짝 공감한다는 사실을 귀띔해 두마.

실수는 누구나 할 수 있다

아들아! 아침에 집을 나서며 네가 곤히 자는 모습을 보니 왠지 마음이 저리더구나. 아무리 본인이 선택한 길이요, 좋아하는 일이라지만 데뷔를 앞두고 밤을 새워가며 녹음을 하고, 또 한강 고수부지니 홍대 근처니 명동을 돌아다니며 길거리 공연까지 했다니 얼마나 힘들었겠니.

어제 밤 아빠는 엄마와 네 얘기를 두런두런 나누다 코시울이 찡해졌단다. 그것은 대부분의 네 또래 아이들이 적어도 대학을 마칠 때까지는 부모의 그늘에서 따뜻한 밥을 먹으며 지낸다는 데 생각이 미쳤기 때문이지.

어디 대학을 마칠 때까지 뿐이겠니? 요즘은 취업이 어려운 탓인지, 아니면 결혼연령이 늦어진 탓인지 서른 살을 훌쩍 넘기도록 부모의 그늘에서 독립을 하지 못하는 이들이 부지기수이고, 이들을 캥거루 세대라고 부른다는 얘기를 들었다.

아빠는 이런 현상에 대해 지식인 연(知識人 然)하며, 우려의 시선으로 바라보면서도 내심으론 너희들과 오래도록 함께 살았으면 하는, 이루기 힘든 희망을 지니고 있었단다. 참, 이율배반적이지?

아무튼 아빠는 네가 2004년 12월, 즉 중학교 1학년 말 연습을 시작할 즈음부터 네가 언젠가는 우리와 떨어져 일찌감치 독립을 할 것이라 막연히 생각했다. 그런데 막상 합숙생활이 갑자기 현실로 닥치니 마치 가슴 한 귀퉁이가 텅 빈 것 같은 느낌이 드는구나.

게다가 앞으로 너는 거친 폭풍우가 불어 닥치고, 세찬 빗줄기가 쏟아져도 오로지 네 한 몸으로 감당할 수밖에 없다는 것을 생각하니 더욱 가슴이 시리고 안쓰럽구나. 아직도 여리고 어리기만 한데, 아빠와 엄마가 더 이상 널 위한 든든한 바람막이가 될 수 없다니.

아들아! 아빠는 솔직히 연예인이 공인인지 아닌지 잘 모르겠다. 그리고 더 솔직히 말하면 공인이 무언지도 잘 모른단다. 또 만약에 연예인이 공인이라면, 연예인은 법률적 범위를 뛰어넘어 고도의 윤리성과 도덕성을 지닌 성인군자가 되어야 하는 존재인지에 대해서도 솔직히 확신이 서질 않는다.

그런데 세상 사람들은 연예인에 대해서는 100% 완벽한 인간이기를 요구하는 것 같더구나. 거의 신이나 절대자에게서 기대할 수 있는 수준의 그것을 말이다.

아빠는 공직자나 정치인, 교육자나 언론인, 그리고 기업인이 사소한 잘

못을 저지르거나 말실수를 했다고 해서 자신의 모든 것이라 할 수 있는 업으로부터 강제로 배제되었다는 얘기를 들어 보지 못했다. 물론 패가망신한 사례도 드문 것으로 알고 있고. 그저 위법을 하고, 범법 행위를 했으면 그에 상응한 처벌을 받으면 그것으로 마무리 지어지는 것이 상식이지.

그러나 연예인의 경우는 그게 그리 간단치 않더구나. 가수 유승준 군과 2PM의 멤버인 박재범 군이 좋은 사례이다. 도대체 자신들의 과오에 대해선 관대하기 짝이 없는 사람들이 어떻게 실수를 하거나 잘못을 저지른 연예인에 대해서는 이처럼 서슴없이 돌팔매질을 하고, 단죄할 수 있는 건지 아빠는 정말 이해할 수 없구나.

일부 누리꾼들의 행태를 보아도 인간의 어두운 측면이 느껴지긴 마찬가지이다. 물론 대부분의 누리꾼들은 지식과 지혜를 구해 인터넷 서핑을 즐기는 순수하고, 선량한 이웃이다. 그러나 문제는 익명의 그늘에 숨어서 비열한 짓을 일삼는 극소수의 저질 누리꾼들이지. 이들은 자신의 악플(악성 댓글)에 당사자가 얼마나 고통을 받고 슬퍼하는지는 안중에도 없는 것 같더구나. 그저 자신의 비뚤어진 심사와 성정을 일방적으로 표출하며 쾌감을 느끼거나, 정확한 근거나 정보도 없이 뜬소문을 무책임하게 확대 재생산하는 데 골몰하는 기생충과 같은 사람들이지.

이제 와 얘기다만 아빠도 실은 악플의 가벼운 피해자란다. 아빠는 얼마 전 조선일보 · 중앙일보와 인터뷰할 기회가 있었다. 그 자리에서 아빠는 아빠의 인생역정에 대해 얘기하고, 몇몇 정치인의 매너에 대해서도 언급

했지.

이 과정에서 아빠는 북한의 김정일 위원장의 매너에 대해서도 촌평을 하였단다. 김 위원장이 근세사에서 유례를 찾아 보기 어려운 최악의 독재자임에 틀림없다. 하지만 권좌에 오래 앉아 있다 보니 외국의 정치가와 면담하는 경우가 많을 수밖에 없고, 그러다 보니 자연 의전절차나 국제적인 매너가 시대에 아주 뒤떨어지는 것은 아니라는 취지의 얘기를 했지.

그런데 이것이 와전되어 아빠가 세계에서 가장 매너가 뛰어난 지도자로 김정일 위원장을 꼽았다며 악플을 다는 이들이 생겨난 것이지. 처음에는 아빠도 황당하고 억울해 악플에 대해 일일이 해명을 시도했다. 하지만 그게 외려 불난 집에 부채질 하는 꼴이 되었지. 그 뒤로 아빠는 아예 악플과는 상종을 않기로 마음을 굳혔단다.

이러한 논란은 어쩌면 아빠이기에 이 정도로 끝났을지 모른다. 아빠가 혹 유명인이었거나 연예인이기라도 했다면 심각한 사태로 번지지 않았을까?

그런데 우리 사회엔 악플로 인해 심각한 피해를 입은 이들도 적지 않단다. 비운의 배우 최진실 씨가 대표적인 사례이지. 심성이 약하고 여렸던 최진실 씨는 악플로 인해 마음고생이 여간 심한 게 아니었을 것이다. 하루에도 1천여 건 이상 올라오는 댓글을 일일이 읽었다는 보도를 보면 그 상황을 넉넉히 짐작할 수 있다.

따지고 보면 '개똥녀'도 인터넷 여론의 피해자나 희생자라고 할 수 있단다. 너도 그 유명한 사건, 기억나지? 한 젊은 여성이 애완견을 데리고 지하철에 탑승했다가 개가 실례한 것을 치우지 않고 내리는 바람에 한동안 인터넷을 뜨겁게 달구었던 바로 그 사건 말이다.

개가 실례한 것을 치우지 않고 내리는 여성과 그것을 묵묵히 치우는 한 노인의 모습은 마침 한 여학생의 휴대폰에 고스란히 찍혔고, 그것이 아무런 여과 없이 인터넷에 그냥 공개되고 말았지. 그리고 대한민국의 한 극성맞은 네티즌이 그녀의 정체를 집요하게 추적해 밝혀 내고 신상까지 공개한 것이지.

그때부터 익명의 가면을 쓴 네티즌들의 집요하고도 무자비한 공격이 시작되었다. 개중에는 물론 점잖게 타이르고 나무라는 이들도 있었다. 하지만 대개는 저주와 비난이 담긴 악플이 주류를 이루었지. 결국 '개똥녀'는 대한민국 사람이면 모르는 사람이 없을 정도로 유명인사가 되었고, 해외언론에 소개되기까지 했단다.

그렇다면 '개똥녀'의 근황은 어떨까? 들리는 얘기론 대인기피증의 증상을 보이며, 밖으로 나가지도 못하고, 일종의 정신병자 같은 생활을 하고 있다는구나. 정작 악플러들은 그 사실조차 까맣게 잊어 버리고, 새로운 먹잇감을 찾아 헤매고 있을지도 모르는데 말이다.

물론 '개똥녀'의 잘못이 큰 건 사실이다. 애완견을 데리고 지하철을 타려면 당연히 캐리어를 사용해야 했지. 또 개가 실례한 것을 치우지 않은 것은 공중도덕에 반한 행동일 뿐더러 경범죄를 위반한 것이기도 하다. 따라서 '개똥녀'는 당연히 사람들로부터 욕을 먹어야 싸다. 하지만 그 이상은 절대로 아니다.

그러나 이 여성의 사진을 일방적으로 인터넷에 공개한 것은 '개똥녀'가 한 짓에 비하면 몇 십 배나 더 악질적인 행동으로, 심각한 범죄행위라 할 수 있지. 익명의 그늘에서 입에 담지 못할 욕설을 퍼붓고, 무차별 인신공격을 한 사람들 역시 마찬가지란다.

민주주의가 일찌감치 정착한 유럽사회에서는 우리나라와는 달리 CCTV가 없는 나라가 많단다. 그 이유가 무언지 넌 혹 짐작하니? 그것은 범죄의 예방도 중요하지만, 그보다는 선량한 절대 다수 시민들의 인격과 초상권을 보호해야 한다는 암묵적 동의가 바탕에 깔려 있기 때문이지.

아빠는 우리나라가 세계 최고수준의 인터넷강국이라는 사실에 대해 자부심을 느낀다. 하지만 네티즌들이 '네트워크에서 지켜야 할 예절', 즉 '네티켓'을 지키지 않는다면 그것은 사상누각에 지나지 않는다는 생각이 드는구나.

국민들 모두가 1994년, 버지나 셰어(Virgina Shea)교수가 제안한, '사이버 공간에서의 윤리성 회복'을 주요내용으로 하는, 네티켓 운동에 적극 동참하기를 강력히 촉구하고 싶구나. 미국 네티즌들의 자발적인 인터넷 자정운동인, 블루 리본운동(Blue Ribbon Campaign) 같은 캠페인이 활성화되는 것도 바람직하겠지?

아들아! 아무쪼록 늘 겸손하여라. 그리고 지금 너무나도 잘 하고 있긴 하지만, 자신에 대한 얘기는 어느 자리에서건 가급적 피하도록 하여라. 앙리에트가가 '골짜기의 백합'에서 들려준 얘기, 기억하고 있지? 결국 침묵과 겸손, 열심히 노력하는 자세만이 막강하고 무자비한 네티즌(?)들로부터 자신을 지킬 수 있는 유일한 길임을 잊어선 안된단다.

사람은 누구나 실수를 할 수 있다. 그리고 실수가 반사회적이고, 반인륜적인 것이 아니라면 결코 그것을 두려워해서도 안 된다. 그러나 만약에 실수가 문제가 된다면 그것에 대해 정정당당하게 해명하고, 사과가 필요한 사안이면 망설이지 말고 깨끗하게 사과해야 한다. 절대로 얄팍한 거짓말로 그 순간을 모면하려 들거나 미봉책으로 얼버무려서는 안된단다.

물론 네 스스로도 인터넷을 하거나 게임을 할 때는 다른 사람들에게 상처나 고통을 주지는 않는지, 늘 상대방의 입장에서 헤아리며 자기검열을 해야 함은 물론이지.

이상한 나라의 엘리스

아들아! 데뷔를 앞두고 마지막 피치를 올리는 널 두고 도쿄 행 비행기에 오를 때는 공연히 마음이 좀 안 좋더구나. 하지만 아빠와 엄마가 지금 한국에 있어도 막상 해줄 수 있는 건 아무것도 없다는 생각에 그냥 마음을 편하게 가지기로 했다. 괜찮지? 물론 한국에 있었으면 작으나마 마음의 위안을 줄 수 있었을지는 모르지만 말이다.

대신 이곳에 도착한 이후에도 엄마는 너희들을 위한 일념으로 매일 성서를 깨알 같은 글씨로 노트에 옮겨 적고 있고, 기도를 게을리 하지 않고 있단다(물론 아빠는 성서를 옮겨 적는 대신 복사를 하는 편이 빠르다고 열심히 충고하고 있지). 그리고 아빠도 몸은 비록 도쿄에 있지만, 인터넷에 뜨는 너에 관한 기사와 정보, 그리고 M-TV B2ST 다큐멘터리를 꼼꼼하게 모니터링하고 있단다. 그러니 너는 아무 걱정하지 말고 마무리 연습에 전념하도록 하려무나.

아빠와 엄마는 강의가 잠시 비는 주말을 이용해 하코네로 갈지, 닉코로 갈지 고민하다가 결국은 요코하마를 다녀왔다. 아빠와 엄마가 묵고 있던 아사쿠사에서 요코하마까지는 강동구에서 인천 정도의 거리에 불과하지만, 전철을 네 번이야 갈아타야 하는 만만치 않은 여정이었지. 전철 요금은 엄마와 아빠가 듀엣으로 악 소리를 낼 정도로 비싸더구나. 편도에 1인당 2만 원은 너끈히 되었지, 아마?

아무튼 우여곡절 끝에 요코하마, 미나토미라이 역에 도착해 지상으로 나가 보니 가는 날이 마침 장날이라더니, 개항 150주년 기념 박람회와 연주회가 곳곳에서 열리고 있더구나. 아빠와 엄마는 우선 미나토미라이 역 맞은편에 있는 놀이공원, 코스모 월드부터 구경하기로 했다. 관광안내 책자에 소개되어 있는 롤러코스터를 타볼까 하는 생각도 했지만, 열없어 그냥 해발 100m까지 올라가는 전망 곤돌라를 선택했지. 결과는 스릴은 없었지만 요코하마의 정갈한 시내 전경을 한눈에 내려다 볼 수 있어서 점수로 따진다면 10점 만점에 8점은 되었단다.

그리고 아빠와 엄마는 점심도 먹을 겸 요코하마의 명물이라는 츄카가이(中華街, China street)까지 걸어서 가기로 했다. 츄카가이에 도착하니 중국건국60주년이 임박한 탓인지 발걸음을 옮기기 어려울 정도로 인파가 넘치더구나. 아빠와 엄마는 뒷골목에 쭈그리고 앉아, 주린 배를 길에서 산 전복 만두로 채우곤 거리 구경에 나섰다.

츄카가이는 음식점으로 뒤덮여 있어서 아쉽긴 했지만, 규모도 크고 볼거리도 넉넉해 관광자원으로서의 가치가 적지 않았다. 아빠는 이곳을 보면서 자연 우리나라의 초라한 중국인거리에 대해 이모저모 생각해 보았다. 우리나라는 세계에서 유일하게 차이나타운이 형성되어 있지 않은 나라라지?

이러한 현상의 이면엔 당연히 정치, 경제, 사회적으로 복잡한 배경이 있겠지만, 혹 한국인의 고질적 배타성이 그 원인의 일부가 된 것은 아닌가하는 생각을 떨치기 어렵더구나. 따지고 보면 너와 동고동락했던 2PM의 재범 군이 미국으로 쫓겨 간 것도 배타성이라는 못된 괴물이 심술을 부린 탓이겠지?

아무튼 맹목적 국수주의가 똬리를 틀고 있는 한 우리나라의 미래는 결코 밝다고 할 수 없을 것이다. 왜냐하면 현대사회의 키워드는 글로벌리즘(globalism)과 글로벌리제이션(globalization)이기 때문이다. 아빠는 이러한 전근대적인 심리적 쇄국주의가 하루속히 타파돼야 한다고 생각한단다. 그리고 그 과정에서 상대방에 대한 배려와 존중을 이념으로 하는 매너가 일정한 역할을 수행할 것이라고 굳게 믿고 있지.

츄카가이를 구경한 뒤에는 국제선 부두를 관광자원화한 오삼바시를 둘러보았다. 부두 전체를 삼나무 바닥으로 장식한 오삼바시는 산책로로도 훌륭했고, 바다를 바라다보는 전망대로서도 환상적이었다.

부두를 세련된 관광지로 개발한 일본인의 안목과 노력에 감탄을 금치 못하며, 아빠와 엄마는 아카렝가소우코로 이동했다. 이곳은 요코하마 항이 개항되던 즈음 건립된 창고를 쇼핑몰로 개조한 곳이란다.

아카렝가에 도착해서는 바로 일본의 명물인 돈가스와 오므라이스로 저녁식사를 했다. 그런데 음식이 어찌나 맛이 있던지 그야말로 마파람에 게 눈 감추듯 해치우고, 잠시 이루 말할 수 없는 행복감에 젖었지. 그리곤 아기자기한 쇼핑가를 휭 하니 둘러보고 호텔로 돌아왔다.

관광안내 책자의 설명이 신통치 않아서 주말을 이용한 요코하마 나들이는 사실 크게 기대하지 않았는데, 뜻밖에 만족스러웠다. 특히 물어물어 전철을 네 번씩이나 갈아타며 다녀온 여정은 패키지투어 때와는 또 다른 감흥을 주었지.

일본인의 일상을 지근거리에서 살펴볼 수 있었던 것도 성과라면 성과라 할 수 있다. 요코하마 나들이에서 가장 기억에 남는 것을 꼽는다면 일본인의 타인에 대한 배려와 질서의식을 느낀 사실을 아마도 빼놓을 수 없을 거야.

아빠가 무려 왕복 여덟 번이나 전철을 바꿔 타는 동안 단 한 번도 전철 내에서 휴대폰 통화를 하는 사람을 보지 못했다면 믿을 수 있겠니? 심지어는 문자를 사용하는 사람을 본 일조차 없단다. 그렇다면 일본인들은 혹 휴대폰이 없는 걸까? 아마도 아닐 것이다. 그것은 어떤 일이 있어도 다른 사람에게 폐를 끼치지 않는다는 무언의 약속이나 묵계 때문이라고 봐야겠지.

그리고 전철의 노약자석에 부착된 안내문도 우리와는 차원이 다르다는 사실에 대해서도 놀랐다. 그것은 휴대폰을 무음이나 진동도 아니고 아예 꺼두라는 사인이었다. 설명은 없었지만 필시 전자파가 노약자나 임산부의 건강에 해로울 수도 있다는 얘기겠지?

오늘 경험한 일들 중 또 한 가지 기억에 남는 것은 아사쿠사 역에 도착해 호텔로 돌아가는 길에 생긴 사소한 일이다. 아빠와 엄마가 횡단보도가 없는 길을 건너가기 위해 도로로 막 접어들려고 하던 참이다. 그런데 멀찌감치 달려오던 배달 오토바이 한 대가 횡단보도 정지선에 정확히 정지한 후 우리가 지나가기를 기다리는 게 아니겠니? 이 오토바이는 우리가 완전히 길을 건넌 다음 좌우를 살핀 뒤 유유히 제 갈 길로 갔단다.

이게 뭐 그리 대단한 일이냐고? 아빠는 말이다. 지금껏 살아오면서 단 한 번도 우리나라에서 이 정도로 교통법규를 칼같이 정확히 지키는 오토바이를 본 적이 없단다. 특히 우리나라의 음식 배달 오토바이들은 폭주와 상습적인 교통법규 위반으로 악명이 높지 않니?

들리는 소문으로는 그 바닥에서는 N치킨과 M피자가 꽉 잡고 있다지? 심지어 3·1절이나 8·15 광복절에는 본인들이 경찰에 자진신고를 해두고 단속 나온 순찰차와 스릴 넘치는 경주를 즐긴다는 얘기까지 있더구나. 하기야 어디 오토바이뿐이겠니? 정지선을 정확히 지키는 승용차를 발견하면 양심냉장고까지 선물하는 TV프로그램까지 있었다면 말 다 한 거겠지.

내친 김에 얘기지만, 일본에서는 불법으로 주정차한 차량을 발견하는 것도 하늘에 별 따기이더구나. 일본에 체류하는 동안 아빠는 주차위반 차량을 딱 한 번 봤을 뿐이란다. 그것도 단속반원들이 신이 난 표정으로 불법주차 차량의 사진을 이리저리 찍으며 부산을 떠는 바람에 단속중이라는 사실을 알게 됐지.

그런데 한 가지 놀라운 것은 불법주차 차량이 단속된 이유가 차량 후미가 주차구획선 밖으로 단지 50cm 정도 살짝 삐져나왔기 때문이라는 사실. 단속반원이 신이 난 이유는 오랜만에 일거리가 생겼기 때문인 듯 했고.

아무튼 일본인들의 남들에 대한 배려와 질서의식은 정말로 경외할 만한 수준이었다. 도대체 우리나라는 얼마만큼 지나야 이 정도에 도달할 수 있을까? 한국에 도착해 전철에 타는 그 순간부터 내릴 때까지 거슬리는 목소리로 통화하는 한 여대생을 보면서 아빠는 암담한 생각이 들었다.

하지만 희망은 있겠지? 아빠와 엄마부터, 그리고 너부터 각성을 하기로 하자꾸나. 우리나라가 세계 제일의 우등국가로 우뚝 서는 그날까지.

도대체 사랑이란 무엇일까?

아들아! 네 엄마는 《죄와 벌》이라는 불후의 명작으로 유명한 러시아 작가 도스토예프스키를 매우 좋아한단다. 이 도스토예프스키는 《카라마조프의 형제들》이라는 작품에서 '지옥'에 대해 매우 독창적인 정의를 제시해 주목을 끌었지. 지옥이란 '더 이상 사랑할 수 없는 고통'이라나? 지옥에 대한 도스토예프스키의 설명은 삶에 있어서 사랑이란 무엇인지 극적으로 보여준다. 그것은 삶에 있어서 모든 것이라는 의미겠지.

사랑이나 인생에 대해 지극히 염세적인 입장을 취했던 철학자 쇼펜하우어조차 '사랑은 인생 최대의 이슈'라고 인정했으니 말이다. 이 대목에서 우리는 "사랑은 없다"며 극단적인 인생론까지 설파한 이가 바로 쇼펜하우어임을 상기할 필요가 있지.

그는 "사랑은 아무리 낡아빠진 통속적인 테마라고 해도 결코 버릴 수 없는 문학적 테마이자 인류 공통의 자산이자 유산이다"라고 말했다.

쇼펜하우어가 제시한 사랑의 공식도 매우 흥미롭다. 그는 "남자들이 예쁜 여자를 원하듯 여자들은 강건한 남자를 원한다"고 했다. 이는 자신에게 결핍된 부분을 이성에게 채우려는 본능이라고 한다.

쇼펜하우어의 사랑의 공식에는 사랑의 본질을 이해할 수 있는 중요한 단서가 들어있다. 그는 사람들이 추구하는 행복에 대해서도 독창적인 견해를 제시했지.

"청년기를 인생에서 가장 행복한 시기로 여기고, 노년기를 비애의 시기로 보는 경향이 많다. 인생에서 행복을 격동과 감동으로만 본다면 그 말이 맞을지도 모른다."

하지만 "청년기에는 바로 그 격동과 감동에 의해 기쁨보다는 고통에 더 많이 시달린다"고 결론을 내린다. 쇼펜하우어의 행복관은 기본적으로 청춘기가 사랑의 문제로 열병을 앓는 시기라는 사실을 염두에 둔 것임은 말하나 마나다.

사랑이 인생의 절대 주제라는 사실은 드라마나 대중가요만 보아도 금방 알 수 있다. 사람들은 흔히 대중예술이라면 순수예술에 비해 한 수 아래로 보거나 천박하다며 폄하하기 일쑤다. 그것은 필시 순수예술이나 철학적 사유가 대개 현학적인 메타포를 사용하는 것과는 달리 사랑이라는 주제를 지나치게 원색적이고 직설적으로 표현하기 때문일 것이다. 하지만 아빠는 대중예술이 비록 원초적이긴 하지만, 적어도 위선적이지는 않다고 생각한단다.

아들아! 넌 아빠의 18번, 즉 애창곡이 무언지 아니?

바로 조영남의 '사랑 없이 난 못 살아요' 란다. '밤 깊으면 너무 조용해~'로 시작해 '다른 사람 몰라도 사랑 없인 난 못 살아요' 로 끝나는 지극히 통속적인 노래지. 하지만 아빠는 지금껏 이 노래보다 더 절절히 사랑을 갈구하고, 사랑의 의미를 묻는 노래를 들어 본 적이 없단다.

이 노래는 너희들이 좋아하는 기계음을 섞은 음악이나 후크송들과는 달리 일체의 기교나 장식도 없다. 가사나 멜로디도 지극히 단순하지. 하지만 이 노래는 가사 한 소절 한 소절의 내용이 의미심장할 뿐만 아니라 특히 마지막 구절은 평범하게 살아온 이들조차 감상에 젖게 만드는 묘한 울림이 있다.

아빠는 이 노래를 부르거나 들을 때마다 가수 조영남의 보헤미안적인 이미지를 떠올리며 나도 모르게 연민과 감상에 젖어 사랑이란 무엇인가에 대한 상념에 빠져들곤 한단다.

사랑! 도대체 사랑이란 무엇일까?

사실 이 질문에 근사한 답을 내놓기 위해 무수히 많은 사람들이 도전했다. 하지만 그들이 제안한 정의들은 한결같이 현학적이거나 관념적이었단다.

그런데 이 사랑에 대해 과학의 메스를 들고 접근해 상당한 성과를 얻어 낸 이들이 있다. 이를테면 마이클 리보비츠 과학자가 대표적인 인물이지.

이들은 사랑을 뇌 속에서 분비되는 화학물질의 작용, 그 이상도 그 이하도 아니라고 주장한다. 사랑에 대한 이 주장과 접근은 어쩌면 감상적인 낭만주의자들의 입장에서는 매우 실망스럽고, 기가 막힌 일일지 모른다. 하지만 사랑과 관련된 현상을 이것보다 더 효과적으로 설명하는 이론은 눈을 씻고 찾아봐도 드물다.

여기서 잠시 리보비츠의 견해를 살펴보기로 하자꾸나. 그는 《사랑의 화학》이라는 저서에서 사람들이 상대방을 보고 첫눈에 반하고 얼을 빼앗기는, 사랑의 첫 단계에서는 PEA(페닐에틸아민)이라는 물질이 뇌의 변연계를 가득 채운다고 말한다. PEA는 사람들로 하여금 열정에 빠지게 하고, 행복감을 느끼도록 유도하는 물질로 알려져 있지.

그런데 일정한 시간이 흐르고 나면 뇌에서는 PEA의 분비가 중지되고, 대신 강력한 진통제의 일종인 엔도르핀(endorphin)이 분비되기 시작한다는구나. 엔도르핀이 생산되면 상대방에 대한 열정은 서서히 식고, 대신 상대방에 대한 지속적인 감정, 즉 안정감과 애착이 생겨난다는 것이 그들의 주장이다. 이처럼 뇌 속에서 PEA를 대신해 엔도르핀이 분비될 때까지 소요되는 기간은 사람에 따라 차이는 있지만, 대략 1년 6개월에서 3년 정도라는 것이 정설이다. 사람들은 흔히 이 기간을 '사랑의 유효기간'이라고 부르지.

그렇다면 엔도르핀이 분비된 이후에는 어떤 현상이 벌어질까?

당연히 연인의 관계는 근본적인 변화를 겪는다. 즉 아무리 사랑하는 커플이라 할지라고 두 사람 사이에는 의견충돌이 생기고, 때에 따라서는 갈등과 대립이 생긴다는 것이지. 최악의 경우엔 균열이 생기거나 관계 자체가 깨져버리기도 하고. 물론 일평생 우정과 같은 관계를 유지하며 '검은 머리가 파뿌리가 될 때까지' 해로하는 경우도 적지 않지만 말이다.

그렇다면 왜 인간의 뇌는 일정한 시간이 지나면 PEA 대신 엔도르핀이 분비되도록 프로그래밍 되어 있는 것일까? 그렇지 않다면 모든 커플이 'endless love', 즉 죽을 때까지 서로 사랑하며 알콩달콩 살아갈 수 있을 텐데 말이다.

이러한 의문에 대해 학자들은 PEA가 계속적으로 분비되면 그것에 노출된 말초신경은 면역성을 띠거나 소멸되어 그 기능을 더 이상 발휘할 수 없는 지경에 이르기 때문이라고 주장하지. 또 PEA에 계속적으로 노출되면 과부하가 걸려 사람이 미쳐버릴 수도 있다고 극단적인 주장을 펼치는 이들도 있다. 엔도르핀은 이러한 불상사를 미연에 방지하기 위해 생산되는 것이라고 생각하면 이해가 쉽겠지? 이처럼 우리 몸속에서 균형과 평형을 잡아주는 기제를 학자들은 호메오스타시스(homeostasis)라고 부르기도 하지.

꼬리에 꼬리를 무는 의문!

그렇다면 도대체 어떤 커플은 헤어지고, 어떤 커플은 죽을 때까지 해로하는 것일까? 우리는 왜 특정한 사람에게 반하고, 사랑에 빠지는 것일까? 이상형이나 천생연분은 무엇이며, 그것은 과연 존재하는가?

이러한 의문을 풀 수 있는 키는 의외로 그리스 신화 속에 숨겨져 있다.

고대 그리스에는 플라톤(Platon)이라는 철학자가 있었다. 그의 저서 《향연(The symposium)》에는 사랑의 비밀을 엿볼 수 있는 극작가 아리스토파네스(Aristophanes)의 유명한 우화가 등장한다. 아리스토파네스는 태초에 인간은 둥근 공 형태의 몸에 네 개의 팔다리를 지닌 기묘한 존재였다고 설명한다. 그리고 원형의 머리엔 각기 반대방향으로 향한 두 개의 얼굴이 있고, 성별은 자웅이 한 쌍을 이루는 경우도 있었지만, 동성의 조합 즉 남자와 남자, 여자와 여자가 쌍을 이루는 경우도 있었다는구나. 그런데 이 엽기적인 생명체는 힘이 센 데다 머리도 좋아 신들은 혹 이들이 자신들의 권위에 도전하지 않을까 늘 노심초사했다고 한다.

하지만 이들을 제거하는 것은 아깝기 그지없는 일이었지. 그것은 이들이 바치는 제물이 짭짤했기 때문이다. 신들의 왕인 제우스는 고심에 고심을 거듭하다 마침내 기가 막힌 해결책을 마련한다. 이 동물을 둘로 나누어 버리기로 한 것이지. 이후 이 동물의 삶은 완전히 바뀌고 말았다. 즉 유일한 관심과 목표는 오직 자신의 잃어버린 반쪽을 찾는 일로 변질되고 만 것이지.

아리스토파네스의 우화에 등장하는 세 가지의 성, 즉 자웅동체, 자자동체, 웅웅동체는 남녀 간의 사랑이나 동성애의 본질을 설명하는 틀로 이용된다는 사실은 너도 짐작하겠지?

사랑이란 결국 자신의 잃어버린 반쪽을 찾아 하나가 되기 위한 욕망과 노력이라는 것!

아리스토파네스가 제시한 이 우화는 이후 사랑의 비밀과 본질을 파헤치려는 학자들에게 번득이는 영감을 주어 무수히 많은 이론과 가설이 탄생한다.

이를테면 "사람들은 자신의 심리적 욕구를 보완해 주는 이성에게 끌리고, 결국 그 사람과 결혼하게 된다"는 로버트 윈치(Robert Winch)의 보완욕구 이론도 그 중 하나라 할 수 있지.

따지고 보면 프로이트의 제자인, 심리학자 칼 구스타프 융(Carl Gustav Jung)이 제안한 독창적인 이론 역시 마찬가지다. 융은 프로이트와 달리 인간의 행동이나 성격은 개인수준의 문제와 더불어 이른바 집단무의식의 영향을 받는다는 주장으로 유명한 인물이다. 융의 견해 중 특히 흥미로운 부분은 '인간의 정신세계 속에는 남성적인 요소(남성성, animus)와 여성적인 요소(여성성, anima)가 공존하며, 남녀가 서로 대화하고 사랑할 수 있는 것은 그것 때문'이라는 설명이다.

아니마가 강한 남자는 아니무스가 강한 여성에게 이끌리고, 아니무스가 약한 여성은 아니마가 약한 남성에게 이끌린다는 가설도 주목된다. 그것은 이 가설 속에 사람들이 흔히 말하는 이상형과 이성에게 반하는 조건을 밝힐 수 있는 단서가 포함되어 있기 때문이다.

아무튼 남자의 아니마는 어머니의 모습을 기초로 형성되며, 여성의 아니무스는 반대로 아버지의 모습이 투영된 것이라는 융의 견해는 이후 사랑을 연구하는 심리학자나 정신분석학자에게 지대한 영향을 미치지.

존 머니의 그 유명한 '사랑의 지도(love map)'라는 개념도 융의 이론에서 상당부분 아이디어를 차용한 것이라 해도 지나친 말이 아니다. 사랑의 지도란 뇌 속에 프로그래밍 되어 있는 일종의 회로도로, 특정한 사람에게 반하는 과정을 설명하는 탁월한 개념의 하나라고 생각하면 될 거야. 이상형을 탐지하는 일종의 안테나 혹은 나침반이라고나 할까?

존 머니에 따르면 사랑의 지도는 5~8세 때 형성되며, 그 과정에서 부모와의 관계나 경험이 결정적인 역할을 수행한다는구나. 다시 말하면 사랑의 지도 밑그림은 남자의 경우 어머니의 영상이고, 여자의 경우 아버지의 이미지라는 것이지.

존 머니는 사랑의 지도는 10대 이후가 되면 매우 구체적인 형태를 띤다고 설명한다. 이를테면 '쌍꺼풀 진 눈, 거무스름한 피부, 오뚝한 코, 각진 얼굴'과 같은 식으로 이상형이 특정된다는 것이지.

하지만 현실세계에서 이처럼 완벽한 조건을 갖춘 사람을 찾는다는 것은 불가능한 일이다. 따라서 사람들은 극히 일부분이라도 이상형과 일치하는 사람을 만나면 호감을 느끼고, 조건이 맞으면 사랑에 빠진다는 것이지.

이 사랑의 지도는 사람들이 사랑하는 연인과 헤어진 뒤 왜 또 비슷한 이미지를 지닌 사람에게 빠져드는지 그 이유를 설명하는 틀로도 매우 유용하단다.

아들아! 아빠는 네가 방송에 출연해 이상형에 관해 몇 차례 언급하는 것을 보았다. 아빠는 그 얘기를 들으며 불현듯 이상형이란 무엇인지, 그것은 어떻게 형성되는지, 또 사랑이란 도대체 무엇인지 궁금해졌단다. 그리고 네 이상형이나 또 네가 앞으로 살아가며 겪을 사랑의 모습이 아빠와 엄마의 존재와 행위양식, 그리고 사랑의 역학과 떼려야 뗄 수 없는 관계가 있다는 사실을 깨닫곤 살짝 긴장했지. 하지만 그것이 운명임에랴!

러시아의 소설가 레오 톨스토이(Leo Tolstoy)는 "가장 낭만적인 사랑은 도덕적 품성이 아니라 헤어스타일, 얼굴, 옷맵시가 어떠한가에 달려 있다"고 했다. 이 말은 필시 이상형이라든지 현실적인 사랑은 시각적인 요소, 즉 외모에 의해 결정된다는 사실을 강조한 것이겠지?

하지만 아빠는 사람들이 사랑의 유효기간이 경과한 다음에도 그것이 우정적인 관계이든 아니면 사랑이든 일평생 해로하며 살아가기를 원한다면 그것만으론 터무니없이 부족하다는 생각이 드는구나. 다시 말하면 진정한 짝, 완전한 사랑이란 겉모습도 중요하지만, 그것과 더불어 정서적으로나 정신적으로도 조화를 이루어야 한다는 것이지.

생텍쥐페리가 《어린 왕자》에서 사랑을 서로 '길들이는 관계'라고 설명한 것도 어쩌면 이것을 강조하려던 의도가 아니었을까? 사랑은 마주 보는 것이 아니라 서로 같은 방향을 바라보는 것이라는 근사한 설명 역시 마찬가지이고.

정신학자 토머스 루이스가 말했다.

"우리가 어떤 사람이며 어떤 사람이 될 것인가는 우리가 누구를 사랑하는가에 달려 있는 문제이기도 하다."

　기본적으로 네 미래는 네게 달려 있고, 네가 만들어 나가는 것이다. 또 네 스스로 진로를 결정한 것처럼 사랑의 여정도 궁극적으로 네가 선택해야 하고, 삶의 무게도 결국은 네가 온전히 짊어져야 한다. 이 과정에서 아빠가 할 수 있는 일은 아무것도 없다. 하지만 아빠가 사랑에 관해 네게 무언가 얘기를 하고 싶어 했다는 사실에 대해서 만큼은 기억하면 좋겠구나.

　아빠는 진심으로 가까운 장래에 네 잃어버린 반쪽을 꼭 찾아내길 바란다. 그리고 그 짝과 같은 방향을 바라보며 따뜻한 미소를 지으며 대화하고, 서로 오래도록 사랑을 나누며 해로하길 바란다.

Letter 33

절대 혼자 밥 먹지 마라

아들아! 지난 아빠의 생일은 수지가 톡톡히 맞았다. 네가 뜻하지 않게 용돈을 털어 근사한 파커 볼펜을 선물한 데다, 네 엄마가 《혼자 밥 먹지 마라》는 책을 선물했기 때문이다.

네가 준 볼펜은 두고두고 요긴하게 쓸 요량으로 잘 갈무리해 두었다. 오늘은 네 엄마가 선물한, 다소 묘한 제목의 책에 대해 잠시 얘기를 해보기로 하자꾸나.

《혼자 밥 먹지 마라》는 구태여 장르를 따지자면 성공학이나 처세술로 분류할 만한 책이더구나. 사실 아빠는 이런 유형의 책들은 은근히 기피해 오던 터여서 한동안 구석에서 꿰다 놓은 보릿자루 신세를 면치 못했다. 게다가 인간관계를 전략이나 전술의 차원에서 접근한다는 발상이 100% 순수

토종인 아빠의 입장에서 볼 때는 공연히 마땅치가 않고, 부자연스러워 더더욱 손이 가질 않았던 것이지.

그러다 우연한 기회에 책갈피를 이리저리 뒤적이다 아빠는 무릎을 쳤단다. 그것은 평소 너희들에게 들려주고 싶었던 얘기가 가득 담겨 있었기 때문이다.

이를테면 목표와 성공의 함수관계에 관한 얘기도 그 중 하나다. 저자가 인용해 소개한 내용에 따르면, 예일대 재학생을 대상으로 조사를 했더니 별다른 인생의 목표를 지니지 않고 사는 사람은 84%쯤 되는 것으로 나타났다는구나. 그리고 목표는 있지만 그것을 기록해 두지 않은 사람은 13%, 목표를 적어 두고 그것을 늘 새기며 사는 사람이 3%가량 되었고.

그런데 흥미로운 것은 20년이 지난 다음 이들 3개 그룹의 모습이다. 결과는 경이로움, 그 자체였다. 목표를 지니고 있지만 그것을 기록해 두지 않은 13%의 사람들의 소득은 목표를 지니고 있지 않은 이들의 그것에 비해 2배나 많은 것으로 나타난 것이지. 그렇다면 목표를 정하고, 그것을 기록해 둔 3%의 그것은? 놀랍게도 나머지 97%에 비해 무려 10배나 많은 것으로 나타났다.

사실 성공의 여부를 소득으로만 따지는 것은 무리라 할 수 있다. 게다가 지나치게 속물적이기도 하고. 하지만 아빠는 이 세상의 모든 젊은이들이 명확한 목표(꿈)를 지니고 살아가기를 바란단다. 그것은 자기 자신의 발전과 행복한 사회의 구현을 위해서는 목표지향적인 삶이 훨씬 유익하고 보람이 있다고 믿기 때문이지.

《혼자 밥 먹지 마라》에는 인간관계의 의미에 대해 되짚어볼 수 있는 유용한 실마리들도 많다. 저자는 그다지 유복한 환경에서 성장하지 못했다고 고백한다. 그는 우여곡절 끝에 하버드 경영대학원에서 공부하는 기회를 얻지만, 열등감과 좌절감 속에서 학창시절을 보냈지.

하지만 저자는 그러한 경험이야말로 하늘이 내려준 축복이었다고 설명한다. 가난과 결핍이 성공에 대한 집념과 열망을 싹트게 한 원동력이 되었다는 것이지.

저자의 얘기 중 인상적인 것으로는 어린 시절 동네 골프장에서 아르바이트를 하면서 성공의 속성, 그리고 성공한 사람과 그렇지 못한 사람의 차이에 대해 깨달았다고 설명하는 대목이다. 그는 성공이란 뜬금없이 하늘에서 떨어지거나 땅에서 불쑥 솟아나는 것이 아니라고 말한다. 즉 성공은 대물림되는 것이며, 성공이 성공을 부른다는 것이지. 그렇다면 성공을 가능케하는 배경이나 비밀은 무얼까? 바로 친구와 인맥으로 형성된 촘촘한 그물망, 곧 인간관계라고 단언한다.

즉 경쟁사회에서 성공을 구가하는 이들은 한결같이 얽히고설킨 인관관계의 그물망 속에서 일자리를 구하며, 사업의 기회를 발견하고, 자녀를 일류대학에 진학시킬 수 있는 기회를 얻는다는 것이지.

사실 성공이 대물림된다는 저자의 말은 자칫 훌륭한 가문에서 태어나지 못한 사람은 성공하기가 어렵다는 의미로 해석될 소지가 있다. 하지만 저자의 의도와 주장이 그것이 아니라는 사실은 저자가 골프장 캐디로 일하던 시절 인연을 맺은 한 부인과의 에피소드를 소개하는 장면에서 드러난다.

한 유복한 – 친구의 어머니이기도 한 – 부인의 전담 캐디로 일을 하게 된 그는 다른 캐디들과는 차별화된 면모를 보인다. 즉 여느 캐디들이 끼리끼리 어울려 시시덕거리거나 노닥거릴 때, 그는 골프 코스와 잔디의 상태에 대해 꼼꼼하게 분석하고 점검한다. 그리고 부인이 골프를 칠 때 적절하게 조언을 한다. 저자는 심지어 부인과 가까워진 뒤엔 부인의 건강을 염려해 담배를 감추기까지 했다고 회상한다.

이 대목에서 우리는 저자가 인간관계를 허투루 생각하지 않았다는 사실과 자신이 맡은 일에 대해서는 열과 성을 다하는 인물이었음을 짐작할 수 있다. 부인은 저자의 열성적인 도움으로 골프시합에서 좋은 성적을 거두었고, 후일 저자의 인생에서 큰 조력자가 되었음은 물론이다.

대가를 바라지 않고 오직 자신의 일에 최선을 다함으로써 진실한 인간관계를 맺을 수 있었다는 것, 그것이 결과적으로 성공으로 가는 발판이 되었다는 저자의 경험담이 가슴에 와 닿지 않니?

아빠는 《혼자 밥 먹지 마라》가 전하는 메시지가 이제 막 사회생활을 시작하는 너희들에게도 근사한 나침반이 될 수 있으리라 확신한다. 그것은 저자의 말마따나 이 세상은 결코 혼자서는 멀리 갈 수도, 또 높이 날 수도 없기 때문이지.

아빠는 누군가에게 도움을 주고, 또 도움을 받아야 비로소 더 멀리 더 높이 날 수 있으며, 도움을 주고받으려면 무엇보다 사심(탐욕)을 버리고, 상대방에게 관용을 베풀어야 한다는 저자의 주장에 전적으로 공감한다. 그것은 또한 '인간의 삶은 관계 속에서 존재하며, 관계의 핵심은 예의와 매너, 사랑과 배려'라는 아빠의 철학과 일맥상통하는 것이기도 하지.

아들아! 너희들은 얼마 전 한 코미디 프로그램에 관객의 자격으로 출연했지? 그날 아빠는 국민요정의 친구라는 한 개그맨이 너희들을 면전에 앉혀 두고 재활용그룹이라고 비아냥거리는 모습을 보았다. 재활용 플라스틱(비닐) 백에 든 상처 난 사과를 흔들며 말이다. 그 방송을 보면서 무언가 개운치 않은 느낌을 받거나 앙금이 남은 사람은 비단 아빠뿐만이 아닐 것이다. 아무리 비정석이 유행이요, 이지러진 파형이 대세라지만 남들의 약점과 상처를 집적이는 개그나 코미디가 시청자에게 심장을 두드리는 감동과 여운을 줄 수 있을까?

아무튼 그 코미디 프로그램에 출연한 직후 너희들이 한 잡지사와 인터뷰를 했다는 소식이 잇따라 들렸다. 그때 잡지사 기자가 너희들에게 과거사가 자주 언급되는 것에 대해 불만이 없는지 물었다지? 그때 너희들은 당찬 모습으로, 의연하게 대답했다고 전해 들었다.

"오히려 한 번도 실패를 경험해 보지 않은 사람이 이 세계에 들어오면 상처를 많이 받을 것 같다. 우리는 남들보다 강하다는 자부심이 있다"라고. 그리고 "우리나라의 아이돌 그룹 중 멤버들 간의 우애가 가장 돈독하다고 자부한다"고.

아빠는 이 기사를 접하곤 얼마나 가슴이 찡하고, 흐뭇했는지 모른다. 그것은 현대사회란 정신적으로 강해야 살아남을 수 있는 시대인 데다, 아이돌 그룹은 경험에 비추어 멤버 간의 우정과 신뢰가 성패를 가름 짓는다는 사실을 너무나도 잘 알고 있었기 때문이지.

너희들을 보면 실패와 시련은 확실히 사람들을 강하게 만드는 묘약이라는 생각이 드는구나. 따지고 보면 너희들의 우정이랄지 동지애가 남다른 것도 어쩌면 함께 의지하며 고난과 역경을 이겨냈기 때문이겠지?

아이돌 그룹의 멤버들은 여느 인간관계와는 그 성격과 차원이 사뭇 다르다. 혈연, 지연, 학연으로 연결된 친구와는 달리 오직 가수라는 꿈이나 음악을 공통분모로 해 운명적으로 얽인 사이라는 것이지. 정서나 취향, 성격이나 나이, 출신배경이 서로 다른 친구들이 모였다면 아무래도 멤버들 간에 이해가 상충하는 경우가 적지 않겠지? 또 의견이 첨예하게 대립하는 경우도 있을 것이고.

아빠는 그럴 리는 없다고 믿지만, 만에 하나 너희 멤버들 간에 갈등과 반목이 생기면 너희들이 오랫동안 꿈꿔 왔던 것이 무엇인지 생각해 보기를 진심으로 권한다. 그리고 《혼자 밥 먹지 마라》가 들려주는 메시지에 가만히 귀를 기울이고 곱씹어 보길 바란다.

아들아! 마거릿 휘틀리가 말했다.

"관계보다 중요한 것은 없다. 우주의 모든 것은 오로지 서로간의 관계로 인하여 존재한다. 어떠한 것도 고립 속에서 존재할 수 없다. 우리도 '혼자

해낼 수 있다' 는 착각에서 벗어나야 한다."

또 헬렌 켈러는 말했지.

"혼자서 할 수 있는 일은 작습니다. 함께 할 때 우리는 큰일을 할 수 있습니다."

정말 근사하지 않니?

네 엄마가 널 가졌을 때, 네가 수많은 동녀, 동남과 함께 큰 연을 타고 하늘을 날아오르는 태몽을 꾸었다는구나. 이제 네가 꿈을 이룰 기회가 왔다. 마당에 너른 멍석이 깔린 것이지.

아무쪼록 더 멀리, 더 높이 날아올라라! 그러기 위해선 "절대로 혼자 밥 먹지 마라!"

Letter 34
한 행위예술가의 문상

언젠가 한 행위예술가가 화사한 주황색 의상을 걸치고 조문식장에 나타나 매스컴의 입방아에 오른 일이 있다. 워낙에 유명한 사건이긴 하다만, 시간이 꽤 흘러 혹 기억이 나지 않을지도 모르겠다.

아무튼 이 예술가는 이전에도 헐벗은 란제리룩 차림으로 전위적인 퍼포먼스를 하는가 하면, 또 파격적인 옷차림이나 돌출행동으로 유명세를 타는 인물이더구나. 그렇다곤 하지만 세상에 아무리 그래도 그렇지 장례식장에 화사한 주황색 옷차림이라니!

아빠는 그 소식을 접하곤 이 전위예술가가 정말이지 개념이 있기나 한 건지 살짝 의심이 들더구나. 아무리 파형을 추구하고 세상의 상궤를 깨부수는 행위예술가라지만, 또 아무리 나이가 어리고 경험이 부족하다지만 세

228

상엔 그래도 지켜야 할 금도가 있는 것은 아닐까?

물론 이 예술가의 경우는 외국에서 태어나 국내 실정을 모르기 때문이라고 혹 옹호하는 이들이 있을지 모르겠다. 하지만 조문방식은 세계 어느 나라라고 하더라도 크게 다르지 않단다. 이러한 사실은 할리우드 영화에 곧잘 등장하는 엄숙하고 차분한 장례식 풍경만 보아도 알 수 있지.

아들아! 살다 보면 예상치 못한 순간에 부음을 접하고 문상을 해야 하는 일이 생길지 모른다. 그럴 때 만약에 화려한 나들이 차림이라면 집에 가서 우선 옷부터 갈아입어야 한다.

문상은 기본적으로 검은 색 슈트에 검은 색 타이가 원칙이다. 만약 검은 색 슈트가 없다면 무채색의 점잖은 슈트라도 무방하다. 하지만 이것은 어디까지나 차선책일 뿐이다. 사회생활을 온전히 하려면 검은 색 슈트를 한 벌쯤 준비해 두는 센스가 필요한 것은 두 말할 나위 없다.

혹 시간이 촉박해 집에 들를 시간이 없고, 또 문상복을 빌려 입을 형편조차 안되는 경우라면 차라리 문상을 포기해야 한다. 그리고 후일 따로 날을 잡아 상주를 방문, 조의를 표시하는 게 좋겠지.

노파심에서 하는 얘기지만, 상가에 도착하면 혹 지인이나 상주와 마주치더라도 정식으로 인사를 나누지 말고, 간단히 목례로 대신하여라. 문상을 가면 고인부터 먼저 보는 것이 예의이기 때문이다.

장례절차나 방식은 집집마다 다르지만, 문상을 할 때는 우선 준비된 국화꽃을 영전에 올려야 한다. 이때 꽃송이를 놓는 위치에 대해서는 설왕설

래 말들이 많더구나. 하지만 아빠 생각에는 고인이 꽃을 바라볼 수 있도록 꽃송이가 영정을 향하도록 놓는 것이 맞는 것 같구나.

혹 영전에 향이 준비되어 있다면 향을 홀수로 집은 뒤 불을 붙여야 한다. 향에 불이 붙으면 입으로 불지 말고, 손바람으로 조신하게 불을 끈 뒤 향로에 꽂고, 두어 걸음 물러서 영정을 바라보며 공수의 자세를 취하도록 하여라. 그리고 두 번 큰절을 올린 뒤 다시 공수의 자세로 잠시 묵념을 올리는 것이 좋다.

공수나 큰 절을 올릴 때 손을 잡는 방법은 평소의 자세인 남좌여우(男左女右)와는 반대인 남우여좌(男右女左), 즉 남자는 오른손, 여자는 왼손이 위쪽으로 오도록 쥐어야 한다는 사실을 명심해야 한다.

이 과정이 끝나면 상주 쪽을 향해 큰 절을 한 뒤 일어났다 다시 무릎을 꿇고 앉아 위로의 말을 전하면 된다. 이때 어른들 중에는 간혹 "호상입니다"라는 표현으로 상주를 위로하는 이들이 적지 않더구나. 그러나 이는 적절한 인사가 아니다. 그것은 사람의 죽음에 호상이란 없을 뿐더러, 어떤 죽음이나 슬픈 것은 매한가지이기 때문이다. "상심이 크시겠습니다" 정도면 무난하고, 정 할 말이 생각나지 않으면 "무어라 드릴 말씀이 없습니다"라고 얘기하면 된단다. 어떠냐? 참, 쉽지?

부의봉투의 전달이나 방명록에 이름을 기재하는 시점에 대해서도 얘기가 많다. 하지만 원칙은 상주와 맞절을 하고 물러나올 때라고 생각하면 틀림없다.

장례식장에서는 대개 간단한 음식과 주류를 준비해 문상객들을 접대하기 마련이다. 그런데 문상객 중에는 더러 술잔을 기울이며 건배를 하는 이들이 있더구나. 더러는 상주가 부화뇌동해 마주 건배를 하기도 하고. 장례식장에서 쨍그랑 잔을 부딪치며 건배를 한다? 이는 건배가 습관화되어서 나타나는 실수라고 보아야 하지만, 그 모양새가 지극히 아름답지 않으므로 삼가야 한다.

그리고 상가에서 밤을 새우는 것은 물론 나무랄 일이 아니다. 하지만 그 경우라도 큰 소리로 떠들거나 대취하는 일은 볼썽사나우므로 주의해야 한다는 사실은 말하나 마나다.

우리는 살면서 기쁜 일을 겪기도 하고, 또 때로는 슬픈 일을 겪기도 한다. 결혼, 백일, 첫돌 등 경사는 말할 것도 없고, 혹 주변의 누군가가 초상을 치르거나 와병중일 때는 정말이지 열일을 제치고 찾아가 위로해 주어야 한다. 가까운 벗이 어려움에 처하거나 슬픔을 느낄 때, 흐르는 눈물을 닦아 주고 상처를 위로해 주는 것보다 따뜻한 일은 없으니까 말이다.

윗물이 맑아야 아랫물이 맑다

외국에 나가보면 대화를 나누거나 친구가 되는 데 나이가 장애가 되는 경우는 매우 드물단다. 노소간에 격의 없이 대화를 나누며, 때로는 공감하고, 때로는 자신의 생각을 서슴없이 밝히는 모습을 쉽게 볼 수 있지.

그렇다면 우리나라는 어떨까? 연령이 대화나 교제의 전제조건이나 제약조건으로 작용하는 경우가 정말로 많지 않던? 대화나 토론 중에 언성이 높아지거나 수가 틀린다 싶으면 댓바람에 "너, 도대체 나이가 몇 살이야?"라며 나이를 따지는 경우가 허다하지.

그렇다면 우리나라 사람들이 이처럼 나이에 민감한 이유는 무얼까? 그것은 우리나라가 역사적·지정학적으로 정착성 농경생활을 영위해 온 나라라는 사실과 관계가 있지 않을까?

실제로 문화를 연구하는 학자들은 농경생활을 영위해 온 나라는 서열과 권위를 중시하는 문화가 발달한다고 그러더구나. 수렵이나 목축생활권의 경우 평등과 결속이 발달하는 것과는 달리 말이다.

우리나라가 인간의 도리를 삼강오륜으로 수렴하는, 유교를 유달리 숭상한 이유도 실은 그 영향이라고 보아야 하겠지. 그런 이유에서일까? 우리나라 사람들은 연령대(세대)에 따라 의식구조나 가치관에 큰 차이가 있더구나. 아니, 엄밀히 말하면 그것은 차이라기보다는 좀 과장한다면 위화감을 느낄 수 있을 정도의 단절이라고 보아도 지나친 표현이 아니다.

실제로 영국의 한 사회학자의 연구에 따르면 미국이나 유럽, 일본의 경우 세대 간의 가치관 차이는 그다지 심각한 수준이 아닌 것으로 나타났단다. 즉 70대 노인과 신세대의 가치관 차이는 100점을 기준으로 삼는다면 20점 정도에 불과했지. 20점 정도라면 노인이나 청소년이나 거의 비슷한 사고방식과 라이프스타일을 지니고 있다고 보아도 될 거야.

그렇다면 우리나라는 어떨까? 결론부터 말하면 놀랍게도 70점의 차이가 나는 것으로 밝혀졌단다. 이 정도의 차이라면 우리나라의 기성세대와 청소년들은 정말이지 '화성에서 온 노인, 금성에서 온 청소년'이나 진배없는 셈이지.

그런데 말이다. 아빠는 우리나라의 기성세대와 청소년들은 가치관이 다름은 물론이고, 심지어 서로에 대해 적대감을 지니고 있는 것은 아닌지 의심할 때도 많단다. 그것은 기성세대들이 청소년들을 지칭할 때 걸핏하면

'요즘 젊은 것들'이라는 표현을 쓰고, 청소년들은 청소년들대로 기성세대를 '꼰대'라고 부르는 점에서 쉽게 확인되지.

세대 간의 단절 문제는 비단 이러한 표현에서만 확인되는 것은 아니다. 기성세대 중에서 도대체 요즘 활약하는 2PM이니, f(x)니, 브아걸(브라운 아이드 걸스)이니 하는 아이돌 가수들의 이름과 그들의 노래에 대해 아는 이들이 얼마나 될까? 또 리니지나 스타크래프트에 등장하는 인트기사니 저그니 테란이 무언지 설명할 수 있는 사람도 아마 손가락을 꼽을 정도가 아닐까? 그리고 청소년들의 경우도 '가요무대'나 NGC 다큐멘터리를 시청하는 친구가 과연 얼마나 있을지 모르겠구나. 또 부모와 자식 간에 마음을 열고 가슴으로 대화하는 가정은 얼마나 될 것이며?

가깝고도 먼 나라, 일본의 노인들은 바쁜 출퇴근 시간에는 웬만하면 외출을 삼간다는 얘기를 들었다. 그리고 부득이 외출을 하는 경우에도 대중교통수단을 이용하는 일은 좀처럼 드물다고 하더구나.

너는 혹 그 이유를 짐작하겠니? 그것은 청소년들이 혹 노인을 보면 자리를 양보하거나, 아니면 설령 양보는 하지 않더라도 마음속으로 혹 불편하게 여기거나 심리적으로 갈등을 느끼지 않을까 라는 기우 때문이라는 것이다.

그래서일까, 실제로 일본의 전철을 타보면 출퇴근 시간에 노인들을 보기란 여간 어려운 게 아니더구나. 그리고 노인들에게 자리를 양보하는 경우도 드물지만, 혹 양보라도 할양이면 노인 편에서 오히려 언짢게 여기고 사양하기 마련이지.

그렇다면 우리나라의 지하철은 사정이 어떨까? 우리나라 어르신들은 지하철에 오르면 즉시 빈자리를 찾아 두리번거리기 일쑤이지. 그리고 경로석을 휘 둘러본 다음, 혹 다 차 있기라도 할양이면 바로 어린 학생들 앞으로 다가간다. 이러한 행동이 무엇을 의미하는지는 삼척동자도 다 알지.

그러다 젊은이들이 혹 자리를 양보하지 않거나 계속 졸고 있으면 어떻게 될까? 댓바람에 "요즘 젊은 것들은 버르장머리가 없다"며 불호령을 내리기 일쑤이다. 아빠는 심지어 잠자는 아이들의 신발을 지팡이로 툭툭 치면서 자리 양보를 강요하는 경우도 심심치 않게 보았단다.

'윗물이 맑아야 아랫물이 맑다'는 옛말이 있다. 노인들이나 어른들이 이런 모습을 보일 때 도대체 어떻게 아이들이 그들을 존경하고 따를 수 있을까? 아빠는 어른의 한 사람으로 한국의 기성세대의 이러한 자화상에 대해 참으로 부끄럽게 여긴단다. 정말이지 한국의 어른들은 일본 노인들의 배려 정신을 온전히 본받아야 한다고 강조하고 싶구나.

아빠는 우리가 그렇게 미워하고 얄밉게 생각하는 일본의 저력이 바로 이런 것이 아닐까 생각한단다. 즉 세계인들이 일본인을 인정하고, 존경하는 것은 일본인들의 이처럼 몸에 밴 '남을 배려하는 자세' 때문이라는 것이지. 사람들에 대한 배려가 일본으로 하여금 세계1위의 경제대국이 되게 한 원동력이라면 논리의 비약이요, 지나친 생각일까?

아들아! 그럼에도 불구하고 너는 지하철에서 서 있는 어르신이나 임산부를 발견하면 앞뒤 재지 말고 제꺽 일어나야 하겠지? 윗물이 바뀌지 않는다면 아랫물이라도 맑아져야 윗물도 달라질 수 있다는 것이 아빠의 신념이란다. 아주 '더디게나마' 라도 말이다.

그리고 내친 김에 기성세대들에게도 꼭 당부하고자 한다. 예의란 절대로 강요나 심리적인 압박에 의해 형성되지 않는다는 것, 다시 말하면 그것은 자발적인 배려에서 비롯된다는 사실을 말이다. 도대체 어른들은 왜 아이들도 공부나 시험에 찌들려 늘 고단하고 피곤할 수 있다는 사실을 마음으로 읽고, 헤아리지 못하는 걸까?

야호 삼창에 대한 단상

아들아! 요즘 아빠에게 있어 초미의 관심사는 '자연(自然)'이란다. '스스로 그러하다' 라는 뜻의 자연은 어쩌면 전지전능한 신(神)과 동일한 존재가 아닐까 라는 생각이 들 때가 한두 번이 아니다.

세상에 존재하는 삼라만상을 유심히 살펴보아라. 자연의 위대함을 금방 느끼고, 깨달을 수 있지 않니? 수목들이 그러하고, 짐승들이 그러하며, 바위와 돌, 물들이 그러하지.

사람의 몸만 하더라도 그렇다. 우리의 신체기관 하나하나를 유심히 들여다보면 자연의 그 오묘한 조화와 법칙, 그리고 안배가 면면히 빛나고 숨 쉬고 있음을 쉽게 발견할 수 있단다. 철학자들이 대우주에 비견해 인간을 소우주로 부르는 까닭도 실은 그 때문인지도 모르지.

최근 지구가족들은 이상기후와 자연재해, 환경호르몬의 문제, 바이러스의 창궐이니 하는 문제들로 심각한 피해와 고통을 겪고 있다. 그런데 이러한 문제들도 실은 우리가 자연으로부터 너무 멀리 벗어나 살거나 자연을 지나치게 착취하기 때문은 아닐까?

　너도 알다시피 아빠는 RV(recreational vehicle)라고 불리는 디젤차를 갖고 있지. 그런데 아빠는 이 차를 볼때 마다 "도대체 나 한 사람 편하게 지내기 위해, 자연에 얼마나 신세를 지는지 모르겠다"는 생각을 할 때가 많단다.

　생각해 보아라! 자동차 한 대를 생산하기 위해 철광석은 과연 얼마나 캐냈으며, 타이어를 제조하기 위해 몇 그루의 고무나무가 상했겠니? 뿐만이 아니다. 자동차를 운행하려면 또 적잖은 기름이 들지 않니. 그런데 기름이란 존재는 그것을 생산하는 과정도 자연에 일방적으로 기대고 손을 벌릴 수밖에 없지만, 그것이 뿜어내는 이산화탄소 또한 심각한 공해물질이라는 사실을 누가 부인할 수 있겠니?

　아빠는 인간이 건강하게 살려면, 또 좀 거창한 얘기지만 인간이 이 지구상에서 온전히 살아남으려면 '자연에 순응하는 삶', 곧 하루빨리 자연으로 돌아가지 않으면 안 된다고 생각한단다. 아빠가 패스트푸드와 육류를 상대적으로 더 즐기는 네 식생활에 대해 늘 잔소리를 하고, 걱정하는 것도 실은 '자연에 순응하는 삶'과 관계가 있음은 말하나 마나이지.

　너는 혹시 인간의 치아에 대해 생각해 본 적이 있니? 인간의 이는 말이다. 일본의 한 창의성이 돋보이는 학자의 연구에 따르면 어금니의 비중이 대략 65%에 이른다고 하는구나. 그리고 송곳니가 15%, 앞니가 15% 정도 된다는 것이지.

사람의 치아 중 어금니는 한 마디로 맷돌이라 할 수 있다. 맷돌은 곡식을 바수는 역할을 한다는 것쯤은 너도 잘 알고 있을 게다. 그리고 송곳니는 고기를 찢어발기는 데 쓰이고, 앞니는 푸새와 남새를 썩둑 자르는 작두라 할 수 있지.

자연이 인간에게 이러한 치아를 선물한 까닭은 무엇일까? 그것은 말이다. 사람은 곡식과 채소를 주로 먹어야 하며, 동물성 단백질 섭취량은 15% 내외로 제한해야 한다는 것이지.

다시 말하면 인간이 수명이 비록 늘었다고는 하지만, 비만이니 성인병이니 하는 것들이 증가하는 이유는 어쩌면 자연의 복수일지 모른다는 얘기다.

아빠는 요즘 가끔 짬이 나면 아빠학교 뒷산에 오르곤 한단다. 왕복 1시간 가량 소요되는 산책길은 글을 쓰다 문맥이 꽉 막힐 때, 또 더러 걱정거리가 있을 때 훌훌 떨쳐 버릴 수 있어서 아빠가 특별히 애착을 느끼는 곳이지. 그런데 산에 오르다 보면 가끔은 체력단련을 한답시고 애꿎은 나무에 헉헉거리며 등치기를 하는 사람을 만나곤 한다. 또 도토리가 익을 철이면 도토리를 따려고 참나무 둥치를 큰 돌로 내려찍기까지 하는 사람을 만나는 경우가 있지. 나무야 죽건 말건, 산새나 다람쥐가 먹을 것이 없어 사라지건 말건 말이다.

어디, 그뿐이니? 어떤 사람들은 초대형 규격에, 주먹만 한 링을 장착한 엽기적인 홀라후프를 돌려대는 사람들이 있는가 하면, 돼지 멱따는 소리로 야호 삼창을 부르는 이들과 마주치는 경우도 적지 않지.

그런데 말이다. 자연주의자들의 증언에 따르면 사람들이 이처럼 무심코 지르는 야호 소리로 말미암아 많은 동물들이 심각한 고통을 겪는다고 하더구나. 심지어 산짐승들이 불임에 걸리는 이유가 그 때문이라는 주장도 있고. 뿐만이 아니다. 지리산에 어렵게 어렵게 방생한 반달곰들이 죽어 버린 이유도 등산객들이 호연지기를 기른답시고 내지른 만세 삼창 때문이라는 얘기까지 돌더구나.

아들아! 아빠와 엄마는 예전에는 느끼지 못했다만, 요즘 들어 부쩍 자연이 눈에 들어오는구나. 어떤 사람은 이 얘기를 듣고, 그게 바로 나이를 먹어가는 증거라며 피식 웃으며 놀리더구나. 하지만 어떠냐? 아빠와 엄마는 철 따라 번갈아 피는 꽃들이 그렇게 아름답고 근사할 수 없다. 또 밤낚시를 하면서 조우하는 별똥별이나 반딧불이가 사무치게 반갑기만 하단다.

아무쪼록 등산로에서 만세 삼창을 하는 이들과 조우하면 극구 말리고, 스스로도 사양하기 바란다. 그리고 더 넓은 의미와 범위에서 자연친화적인 삶이 무엇인지 탐구하고, 그러한 삶을 살아가도록 노력하기 바란다.

아들아! 요즘 너희들은 한식보다는 오히려 패스트푸드를 훨씬 더 즐기는 것 같더구나. 실제로 신세대가 좋아하는 간식은 '햄버거–피자–치킨'의 순이라는 기사를 본 일도 있단다. 아빠 세대가 기억하는 간식이 '오리 떼기(달고나)–강냉이–눈깔사탕'인 것과 비교하면 정말로 천지차이이지.

그런데 아빠는 너희들이 햄버거나 피자, 도넛을 우적우적 씹는 둥 마는 둥 하다가 게걸스레 삼키는 모습을 볼 때마다 음식을 공부한 사람으로서 슬며시 걱정될 때가 많단다.

넌 혹시 얼마 전 세계적으로 화제가 되었던 다큐멘터리, '슈퍼사이즈 미 (Super size me)'에 대해 들어본 일이 있니? 모건 스펄록(Morgan Spurlock)이라는 의식 있는 영화감독이 제작, 연출, 시나리오, 출연 등 1인

4역을 소화하며, 제작했다는 바로 그 실험적인 영화 말이다.

이 영화는 너희들이 정말이지 밥보다 좋아하는, 맥도날드를 하루 세끼, 30일간 계속 먹었을 때, 주인공의 몸과 마음이 어떻게 변해 가는지를 관찰하는, 리얼 다큐 형식으로 진행되었단다.

결과는 끔찍했지. 스펄록의 체중은 한 달 만에 무려 11.1kg이 늘었고, 신체나이는 4년 가까이나 늙은 것으로 확인되었단다. 그리고 덤으로 우울증과 성기능 장애, 간 질환이 발생하기까지 했지.

너희들 신세대는 구세대에 비해 두 가지가 좋아지고, 두 가지가 나빠졌다는 얘기를 들었다. 좋아진 두 가지는 체중이 늘고, 키가 커졌다는 것이다. 정말로 좋아진 건지 아닌지는 모르겠지만 말이다. 나빠진 두 가지는 치아가 부실해지고, 시력이 떨어졌다는 것이고.

신장이 커지고 체중이 불어난 것은 아마도 식생활이 동물성단백질 중심으로 옮겨가는 현상과 관계가 있을 것 같구나. 그렇다면 치아와 시력은? 아빠는 그것 역시 너희들의 식습관과 밀접한 관계가 있다고 의심한단다. 즉 갈아 만든 음식, 무른 음식, 저절로 녹는 음식, 그리고 설탕을 다량 함유한 음식 등도 문제다. 너희들이 좋아하는 햄버거, 핫도그, 햄, 아이스크림, 초콜릿, 청량음료 등이 거의 대부분 이 계보에 속하는 음식임은 말 안 해도 잘 알겠지?

이렇게 얘기하면 이들 음식과 치아의 관계는 알겠는데, 시력은 도대체 무슨 상관이냐며 되물을지 모르겠다. 그것은 이들 계보의 음식이 대개는 꼭꼭 씹어 먹을 필요가 없다는 점과 연결이 된단다.

씹어 먹을 필요가 없는 음식이라면 저작근(음식을 씹는 데 동원되는 근육)이 약화된다는 것은 누구나 짐작할 수 있는 일이지. 그런데 말이다. 덜 씹거나 적게 씹으면 저작근뿐만 아니라 심지어는 안와근(눈 둘레 근육)과 같은 시력에 영향을 주는 근육도 퇴화할 가능성이 있다는구나.

이러한 추론이 근거가 있다는 사실은 너희들 세대의 얼굴이나 체형만 보아도 짐작할 수 있지. 혹 기회가 있으면 B2ST 멤버와 TV에 출연하는 다른 연예인들을 유심히 살펴보아라. 대개는 턱이 갸름하고, 얼굴은 터무니없이 작지 않던? 사람들은 이런 모습을 보고 "엣지 있다"느니, "화면발이 잘 받는다"느니, '8등신을 넘어 9등신'이라느니 마냥들 부러워한다. 하지만 속사정을 들여다보면 문제가 적지 않지.

그렇다면 신세대들은 한 끼 식사를 할 때 몇 번 정도 씹는 걸까? 아빠의 기억이 정확하다면 630회를 넘지 않는 걸로 알고 있다. 그렇다면 옛날 어른들의 평균 저작회수는? 놀랍게도 1,500회 이상이었다는구나.

아들아! 아빠가 "패스트푸드를 삼가고, 음식을 천천히 먹어야 한다!"고 강조하는 데는 또 다른 이유도 있단다. 그것은 음식을 먹을 때 지나치게 서두르면 자신도 모르게 예의에서 벗어나는 행동을 하기 십상이기 때문이란다.

우리나라 사람들이 다른 사람과 식사할 때 곧잘 지적되는, 무(無) 매너 사례도 대개는 음식을 급하게 먹는 습관과 밀접한 관계가 있지. 음식을 먹을 때 쩝쩝거리며 게걸스레 먹는다든지 커피나 차를 마실 때 후루룩 소리를 내는 것 등등.

여기서 잠깐 이규태 선생의 추론을 들어 보기로 할까? 선생께서는 우리나라 사람들이 음식을 먹을 때 요란한 소리를 내는 이유에 대해 뜨거운 국물음식을 짧은 시간에 빨리 먹으려다 보니 열기의 유입을 최소화해야 한다고 설명한다. 그러자면 자연 입을 촉새처럼 오므려야 하고 이 과정에서 소리가 난다는 거지.

그런데 문제는 말이다. 이러한 무 매너와 몰염치를 TV드라마와 광고가 더욱 부추기고 있지 않나 하는 생각이 든다는 것이란. 왜 TV를 보면 음식을 먹을 때 맛있다는 느낌을 과장하기 위해서인지 일부러 굉음을 내며 음식을 먹는 모습을 상투적으로 보여주지 않던?

광고는 아예 한 술 더 뜨지. 일례로 '후루룩 국수' 라는 제품의 광고를 보아라. 우선 상품명 자체가 소리를 내면서 먹어야만 할 것 같은 느낌이 든다. 게다가 광고에 등장하는 주인공들은 한결같이 국수를 후루룩거리며, 진공청소기의 원리로 국수 가락을 힘차게 빨아 당기지. 외국 사람들은 이처럼 음식을 허겁지겁 먹거나 소리를 내면서 먹으면 동물의 왕국을 연상하고 기겁을 한단다. 비록 내색은 않지만 말이다.

너도 알다시피 지금은 국제화 시대란다. 국제화시대엔 남들이 싫어하는 짓을 굳이 할 필요가 없지. 비단 외국인들이 싫어한다고 해서 삼가자는 얘기가 아니다. 지금은 무한경쟁의 시대가 아니니? 심지어 "음식을 어떻게 먹느냐?" 라는, 식사력(食事力)이 경쟁력의 하나라고 공공연히 운위되는 세상임을 잊어서는 안 된다는 것이지. 게다가 《열린 감각》의 저자 다이안 애커만이 얘기하지 않니? '대부분의 사람들에게 있어 음식은 생리적, 정서적 만족이 복잡하게 얽힌 기쁨'이라고.

아무쪼록 건강을 위해, 또 자신의 경쟁력을 위해, 그리고 사랑하는 이들과 행복과 기쁨을 누리기 위해서라도 식사를 천천히 즐기도록 하자꾸나.

끝으로 한 가지만 더! 가족이나 친지들과 식사를 할 때는 어른들이 수저를 놓기 전, 식사를 후다닥 마치고 식탁에서 벌떡 일어나는 것도 예의에 어긋나는 행동임을 잊어서는 안 된다.

이 시간만큼은 유쾌, 상쾌, 통쾌하게!

아들아! 너희들은 친구들과 식사할 때 주로 어떤 대화를 나누는지 궁금하구나. 설마 지나치게 생산적이거나 건설적인 얘기를 나누는 건 아니겠지? 이를테면 주식이나 부동산, 혹은 인류의 미래와 같은, 신선하고 중량감이 넘치는 주제들 말이다. 어쩌면 닌텐도 게임이나 연예인에 대한 얘기가 주류를 이룰 수도 있겠구나. 아니면 여자 친구에 관한 얘기이거나.

실제로 아빠는 어디선가 여자들의 화제나 관심사, 핫이슈는 근사한 카페나 레스토랑에 관한 것이 첫째이고, 남자 친구에 관한 얘기가 둘째라는 통계를 본 일이 있단다. 남자들에 관한 정보가 찾을 수 없었지만, 아마도 스포츠나 여자 친구에 관한 것들이 대세라고 보아야 하겠지?

얘기가 샌다만 패밀리 레스토랑의 고객은 여성이 60~70%로, 대부분을 차지한단다. 그리고 드물게 발견되는 남자들의 경우도 대개는 여성들의 강권에 못 이겨 억지로 끌려온 케이스가 대부분이고.

이러한 현상은 '여성들의 주요관심사나 화제에 대한 연구조사'에서 레스토랑이나 카페에 대한 정보 교환이 1위로 나타난 사실에 비추어 어느 정도 예상되는 일이긴 하지. 하지만 그 근원적인 이유에 대해서는 그야말로 미스터리, 여전히 베일에 싸여 있는 듯하구나. 아빠는 언제 기회가 생기면 그 비밀을 철저히 파헤칠 생각이란다. 물론 연구는 네 엄마부터 시작해야 하겠지.

그건 그렇고 아빠는 말이다. 얼마 전 친구들과 식사를 하는 자리에서 누군가가 장례식장에서 염을 한 얘기, 시신의 상태, 화장하는 장면을 마치 HD 방송처럼 선명하게 중계하는 바람에 속으로 얼마나 놀랐는지 모른단다. 뿐만이 아니다. 한 번은 또 어떤 친구가 식사하는 내내 자신이 수술을 받은 얘기를 장황하게 털어놓아 분위기를 완전히 초토화시킨 일도 있단다. 질병의 원인 규명에서부터 발병과정, 수술과정, 적출된 장기의 색상과 상태 등등.

물론 이 친구들이 무슨 억하심정이나 악의가 있었던 것은 아니었을 것이다. 즉 그저 무심결에 얘기가 나왔을 뿐이라는 것이지. 그러나 그럼에도 불구하고 그날 분위기는 졸지에 까마귀가 날고, 진눈깨비가 내리는 음울한 날씨로 바뀌고 말았지.

아빠는 이들과 격의나 흉허물이 없이 지내는 사이이다. 하지만 그날만큼은 친구의 얘기를 흘려들으며 필사적으로 아름다운 영상을 떠올리려 노력했다는 사실을 작은 목소리로 밝히지 않을 수 없구나. 호수에서 낚시를 하고, 네 엄마와 카페에서 모차르트의 음악을 감상하는 그림 등등.

물론 다른 한편으로는 자괴감도 살짝 들더구나. 원효대사는 한밤중에 해골 속에 든 물을 맛있게 마시고는 다음날 무언가를 깨달았다는데, 아빠는 왜 이 지경인가? 일체 유심조라, 만사는 모두 마음먹기 나름이라는데, 아빠가 혹 수양이 너무 부족한 것은 아닌가?

미국의 케네디 가는 미국에서도 법도와 예절이 밝기로 평판이 자자한 명문가라는 사실을 혹 알고 있니? 비록 얼마 전 JFK의 손녀(로즈 슐로스버그)가 에드워드 케네디 전 상원의원의 장례식장에서 기자를 향해 중지를 쑥 내미는 뜬금없는 제스처를 취하는 바람에 망신살이 전 세계에 뻗치긴 했지만 말이다.

그런데 이 케네디 가에서 온 가족이 모여 식사를 할 때는 주로 어떤 얘기를 나누는지 아니? 상식에 관한 얘기나 신문에 난 기사를 주제로 화기애애하게 대화를 한단다.

어떠냐? 정말 탁월한 선택이지? 식사를 하면서 상식도 배우고, 세상에 대한 이해의 지평도 넓힐 수 있다는 사실! 이것이야말로 '꿩 먹고 알 먹고, 도랑 치고 가재 잡고'라는 속담의 전형이 아닐까?

서양인들은 자고로 식사를 할 때 우리와는 달리 대화를 즐기는 편이란다. 화제는 주로 날씨, 스포츠, 취미에 관한 얘기가 주류를 이루지. 암묵적으로 정치나 종교, 한 여성에 대한 칭찬은 피한다는 묵계가 있고.

그 이유는 너도 짐작하겠지? 그래. 그것은 이런 유의 얘기가 자칫 분쟁을 불러일으키거나 경우에 따라서는 난투와 구타를 유발하는 주제이기 때문이지. 아니면 날밤을 새워도 명쾌한 결론이 나오지 않는 주제이거나. 게다가 그들이 사용하는 식기인 나이프와 포크는 여차하면 치명적인 결과를 가져올 수도 있는 흉기로 돌변할 수 있다는 사실을 간과하면 안되겠지.

그렇다면 우리나라의 경우는 어떨까? 조선시대 초기만 해도 '식탁 대화'에 대한 언급이나 금기는 거의 없었단다. 그것은 조선시대 초기만 해도 외상문화가 지배적이었기 때문이지. 그러다 조선시대 후기, 교자상 문화가 정착되면서 이 문제에 대한 관심이 비로소 생겨나게 된단다.

즉 18세기, 조선시대를 대표하는 실학자인 이덕무 선생은 《청장관전서》, '사소절'에서 식탁 대화에 대한 지침을 비로소 제시하시지. 그것은 동석한 이들의 식욕을 해칠 수 있는 얘기는 삼가야 된다는 대원칙이었단다. 구체적으로 "남과 함께 식사할 때는 종기, 설사 등 더러운 얘기를 하지 말고, 남이 식사를 끝내기 전에는 아무리 급하더라도 변소에 가지 않는다"라는 구절 등이 그것이지.

아빠는 조선시대에 서양의 테이블 매너를 능가하는 식사예법이 존재했다는 사실이 그저 놀랍기만 하구나.

그렇다면 동서양의 이러한 가르침을 염두에 두고, 오늘날 가정이나 식당의 식탁에서 지켜야 할 원칙에는 어떠한 것들이 있을지, 잠시 생각해 보기로 하자꾸나.

첫째, 식사 중에는 어른들이 묻는 말에 조신하게 대답하되, 허튼 잡담이나 공연한 잡담을 하지 않는 것이 어떨까 싶구나. 물론 그렇다고 시종일관 꿀 먹은 벙어리처럼 침묵하라는 얘기는 아니다. 날씨와 취미, 스포츠 등 편하고 가벼운 주제로 얘기를 꺼내는 정도는 무방하단다.

둘째, 이 부분에 대해서는 아빠도 반성할 것이 적지 않다만, 식사 전후에 기지개를 켜고 트림을 하거나 음식에 대해 타박하는 일은 삼가야 한단다. 특히 아빠가 무심결에 음식 타박을 하다가 가끔 구박을 받거나, 궁지에 몰리는 장면은 너도 가끔 목격한 일이 있을 게다. 물론 칭찬과 덕담은 언제나 환영이다. 칭찬은 밥상 위의 자반고등어나 멸치까지도 춤추게 한다는 얘기도 있지 않니?

셋째, 식사할 때는 돈에 관한 얘기, 사건·사고에 대한 얘기는 금물이란다. 그리고 다른 집의 남편이나 아이들, 부인과 부정적인 측면에서 비교하는 일도 삼가야 마땅하지. 이 얘기가 뜨면 화기애애한 분위기는 졸지에 가축적인 분위기로 급전직하한다는 사실을 명심하여라.

마지막으로 아빠가 식탁 대화와 관련해 너희들에게 사과할 것이 하나 있단다. 그것은 너희들과 식사를 할 때 가끔 잔소리를 하거나 꾸중을 했다는 사실이다. 비록 너희들과 얘기를 나눌 수 있는 시간이 그때밖에 없었다고는 하지만, 잘못된 것은 잘못된 것이지.

메닝거라는 사람은 '식사는 사랑을 나누는 원초적 행위'라고 말했단다. 적어도 가족이 함께 식사하는 시간만큼은 삼쾌(유쾌 · 상쾌 · 통쾌)한 얘기를 나누도록 노력하자꾸나.

아들아! 요즘 너희들 청소년을 두고 '모니터 세대'라고 부르는 이들이 있더구나. 아닌 게 아니라 신세대의 라이프스타일이랄지 행위양식을 유심히 살펴보면 모니터를 중심으로 돌아가는 것이 아닐까 의심될 정도로 그것에 집착하는 이들이 많다는 사실이 금방 눈에 들어온다.

사실 너만 해도 그렇잖니? 네가 소유하고 있는 것들, 그리고 네 시간을 무단으로 점유하고 탈취하는 것들이 대부분 모니터와 상관이 있는 것들이라 할 수 있지. 휴대폰이 그렇고, 아이팟, 컴퓨터, 닌텐도 게임기, TV가 그렇지.

이러한 모니터 중심의 문화는 어쩌면 시대적인 흐름으로, 그 자체를 잘못이라고 말하기는 어려울 것 같구나. 그러나 문제는 그것에 대한 과도한 집착이나 중독이 빚어내는 심각한 부작용과 인쇄매체의 소멸 · 퇴락을 가

속화시킨다는 점이지.

사실 구닥다리 아빠 세대는 아직도 인쇄매체 속에 진리와 미래가 있다고 굳게 믿고 있는 사람이란다. 생각해 보렴. 한 권의 책 속에는 작자가 일평생 천착하고, 연마해 온 주제가 고스란히 녹아 있지 않던?

아빠는, 자랑 같아 쑥스럽긴 하다만, 대학교수로서 나름으로 자부심을 느끼는 게 두엇 있단다. '외식사업' 관련학과를 선구적으로 개설했고, '현대인과 국제매너'라는 교양과목을 개발, 수강신청자의 숫자 면에서 비공인 세계신기록을 세웠다는 점이 그것이지.

그렇다면 능력도 부족하고, 깜냥도 안되는 아빠가 어떻게 이런 일들을 할 수 있었을까? 그것은 실은 전적으로 인쇄매체 덕분이라 해도 지나친 말이 아니란다. 아빠는 이제 와 얘기다만 음식에 관한 책들을 꾸준히 수집하고, 20여 년 이상 신문 스크랩을 해 왔단다. 이 과정에서 미래사회의 키워드는 음식 비즈니스와 국제예절이 되리라는 확신을 지니게 된 것이지.

너는 그래도 다행히 책을 가끔 읽는 눈치이긴 하더구나. 얼마 전까지 베르베르의 《신(神)》의 속편을 목 빠지게 기다리다 마침내 구해서 읽고 있던 것 같던데, 맞지? 얘기가 샌다만 베르나르 베르베르라면 120번의 개작과 12년에 걸친 집필기간을 거쳐 완성했다는, '개미'란 작품으로 유명한 작가라지? 삼성그룹에 14만 4천 명이 탈 수 있는 우주범선을 만들어 달라며 엉뚱한 요청을 하기도 한. 그 치열한 작가정신과 상상의 나래는 뭇사람의 귀감이 되지 않을까 싶구나. 물론 아빠가 좋아하는 취향의 작가는 아니지만 말이다.

아들아! 넌 아날로그 분위기의 고전적인 명작은 그다지 좋아하지 않는 것 같더구나. 하기야 고전은 줄거리가 진부하고, 스토리의 전개가 지나치게 느리긴 하지.

아무튼 아빠가 오늘은 고전 명작에 관한 얘기를 좀 들려줄까 한다. 바로 오노레 드 발자크의 《골짜기의 백합》이라는 책이다. 이 책은 우울증이라든지 모성과 섹슈얼리티의 혼재 등, 드러내놓고 얘기하기엔 좀 껄끄러운 요소가 내재되어 있어서 너희는 물론 성인들도 쉽게 공감하기는 좀 버거운 작품이긴 하다.

하지만 《골짜기의 백합》은 매너전문가의 입장에서 볼 때 매우 귀중한 책이란다. 게다가 너희들이 세상을 살아갈 때 지침이나 교훈으로 삼을 수 있는 훌륭한 내용들도 매우 많지.

"남자의 첫사랑을 만족시켜주는 것은 여자의 마지막 사랑뿐이다."

어떠냐? 참 근사한 말이지? 바로 발자크의 유명한 어록 중 하나란다. 이 표현 속에는 발자크라는 대문호의 인생, 그리고 동시에 《골짜기의 백합》의 주제가 함축되어 있다고 하여도 지나친 말이 아니지.

발자크는 스물두 살 때 자신보다 무려 두 배나 나이가 많은 마흔네 살의 유부녀인 베르니 부인을 사랑한단다. 《골짜기의 백합》은 바로 이 사건을 모티브로 삼은 자전적인 소설이라 할 수 있지.

소설의 흐름을 간략히 훑어 보면 , 어머니의 사랑을 모르고 자란 우울한 분위기의 내성적인 청년, 펠릭스는 무도회장에서 우연히 모성본능을 자극하는 모르소프(앙리에트) 백작부인과 만나게 된다. 이 뜻하지 않은 만남 이후, 소설은 갑자기 숨 가쁘게 전개되기 시작하지. 적극적으로 애정 공세를 퍼붓는 펠릭스. 처음에는 황당하게 여기지만 결국은 연민과 연정을 느끼는 앙리에트. 그러나 비참하게 살지만, 기품을 잃지 않는 앙리에트는 현실적인 장벽을 느끼고 애틋한 마음을 가슴에 묻는다. 그리고 아름다운 청년, 펠릭스로 하여금 세상에서 성공을 거둘 수 있도록 지성으로 돕는다. 즉 세상을 살아가는 데 있어서 요긴한 처세술과 상류층의 노블레스 오블리주를 가르치고, 삶의 용기를 북돋워 주는 것이지.

펠릭스는 자신이 '골짜기의 백합'이라 부르는 앙리에트의 말을 따른다. 사랑과 욕망의 사이에서 갈등을 겪으며 파리로 떠난 펠릭스는 출세가도를 달린다. 그리고 후지가 부인과 사랑에 빠지기도 하지. 그러다가 앙리에트가 위독하다는 전갈을 받고 골짜기로 돌아간다. 생명의 불꽃이 지려는 순간 앙리에트는 비로소 자신의 사랑을 고백한다. 그리고 마지막 부탁을 하지.

"나는 곧 골짜기의 품에 안기게 될 겁니다. 당신은 그곳에 자주 들러 주시겠지요?"

《골짜기의 백합》은 진실한 사랑과 세상의 이목 내지는 관습이라는 로맨스소설의 상투적인 줄거리를 그대로 따른다. 그러나 소재의 파격으로 미루어 당시로서는 매우 진보적인 소설에 속하지 않았을까 싶구나.

아무튼 이 소설은 매너를 연구하는 사람의 입장에서는 또 다른 각도에서 매우 흥미로운 소설이다. 그것은 사람이라면 누구나 꿈꾸는 출세와 예의의 상관관계, 처세술, 노블레스 오블리주(유한계층의 도덕적 책무) 등 매너에서 주로 다루는 주제가 등장하기 때문이다.

앙리에트(모르소프 백작부인)가 펠릭스 드 방드네스 자작에게 보내는 장문의 편지를 읽어 보면 그것을 명확하게 알 수 있지. 애틋한 마음이 절절이 배어 있는 편지는 매너와 관련된 내용이 주를 이룬다.

앙리에트는 세상에 나가면 "말씨나 행동, 외부로 나타난 생활이나 사회에 나가 행운에 접근하는 방법들을 규정한 법규를 지켜야 한다"고 말한다. 그리고 "이것을 위반하면 사회의 밑바닥에 처져 버린다"고 충고하지.

그리고 '훌륭한 태도, 고상한 예의란 마음에서부터 또는 인격적 위풍의 고귀한 감정에서 솟아나오는 것'이라고 설명한다. 아울러 예법에서 가장 중대한 규칙은 "자신에 관해서 거의 절대적인 침묵을 지키는 것이 중요하다"며 못 박고, '다른 사람들로 하여금 자신들의 얘기를 하도록 방법을 강구하라"고 가르친다.

앙리에트가 성공의 조건이나 훌륭한 처세술로 결론 삼아 제시한 내용을 요약하면 그것은 바로 귀족이면 귀족다운 행동을 해야 한다는 것, 즉 노블레스 오블리주라 할 수 있다.

그리고 여성 문제와 관련해서는 기사도의 관점에서, "모든 여자에게 봉사하고 한 여자만을 사랑하라"고 주문한 점은 특히 이채롭다(앙리에트의 마지막 주문은 네가 연예인이라는 사실을 감안할 때 특히 새겨들을 만한 가치가 충분히 있다고 생각한다).

아들아! 사람은 성공을 꿈꾸는 존재다. 그런데 성공을 하려면 과연 무엇이 필요할까? 물론 공부가 중요하겠지. 또 노력이나 운이라는 요소도 결코 빼놓을 수 없을 게다. 하지만 아빠는 그것만으로는 2% 부족하다고 생각한단다. 넌 혹시 그 부족한 2%가 무언지 알겠니? 그렇다. 그것은 바로 예의(매너)란다.

아빠는《억새바람》의 작가 김유미 선생이 문화적 소양과 매너가 빵점이면 서울대나 하버드대학을 나와도 꽝이라며, 직설적으로 얘기한 글을 읽고 크게 공감한 일이 있단다. 선생의 지적이 틀리지 않다는 것은 콜롬비아대학 최고경영자 과정에 등록한 CEO들을 대상으로 실시한 설문조사 결과에서도 확인할 수 있지. 성공의 비결을 묻자 오직 7%의 CEO만이 경영에 대한 지식이라고 답했다는구나? 그렇다면 나머지 93%가 꼽은 것은? 짐작대로 대인관계, 곧 매너란다.

앙리에트가 제시한 참된 예절의 본질과 규칙은 오늘날에도 그대로 적용할 수 있는 훌륭한 지혜라는 생각이 들지 않니? 매너란 단순히 '밥을 이렇게 먹자' '옷을 저렇게 입자'는 식의 단순한 개념이 아니란다. 그것은 인간 됨됨이에 관한 문제이자, 성공의 필요충분조건임을 잊어선 안 된다는 것이지.

너는 아무쪼록 매너를 갖춘 큰 사람, 넉넉한 사람이 되어야 한다. 큰 사람, 넉넉한 사람은 불행한 이들을 보면 절대로 그냥 지나치지 않는 법이란다. 또 말을 하거나 옷을 입을 때, 또 전화를 걸거나 밥을 먹을 때는 늘 삼가는 자세로 조심한단다.

Letter 40
세상을 여는 젓가락

아들아! 우리나라 사람들은 손재주가 매우 뛰어난단다. 제 40회 국제기능올림픽에서 종합우승을 한 사실이 그것을 훌륭하게 증명하지. 게다가 우리나라는 25회 출전에 무려 16번이나 우승을 했다니, 정말 기능과 기술에 관한 한 명실상부한 베스트가 아닐까 싶구나?

우리나라 사람들이 손재주가 이처럼 뛰어난 이유는 무얼까? 혹 우리가 사용하는 젓가락에 그 비밀이 숨겨져 있는 건 아닐까? 생각해 보렴. 젓가락으로 콩자반은 말할 것도 없고, 심지어 통깨까지 집어 올리는 섬세한 기술을 지닌 사람들이 한국 사람이 아니냐?

그런데 말이다. 손재주가 뛰어난 사람들은 머리도 좋다는 주장도 있더구나. 젓가락을 사용하면 장경근이 발달하고, 이것이 두뇌개발을 촉진한다는 추론이 그것이지.

　그래서일까? 얼마 전 한 주간지의 'PROUD KOREA' 라는 특집기사를 읽어 보니 정말이지 우리나라는 세계에 내세울 만한 자랑거리가 한둘이 아니더구나. IT기술, 문화·체육 분야의 혁혁한 성과, 세상에서 유례를 찾아보기 어려운 초고속 경제성장 등등.

　문화인류학자들에 따르면 지구가족의 30% 가량은 나이프와 포크를 사용하고, 인도의 힌두교도, 서아시아의 이슬람교도를 포함, 전 세계 인구의 40% 정도가 맨손으로 식사를 한다는구나.

　그렇다면 나머지 30%는? 그렇다. 젓가락을 사용하지. 그런데 대표적인 젓가락 문화권이라 할 수 있는, 한중일 3국이 다른 나라들을 제치고 경제적으로나 문화적으로 약진하는 것을 과연 우연의 일치라고 보아야 할까?

　아들아! 네가 식사할 때 젓가락을 놀리는 모습을 유심히 보니 참 서투르고 어설프더구나. 네 엄마가 유치원 때부터 젓가락 교육을 시켰는데도, 잘 안 고쳐진다며 늘 볼멘 소리를 하던 기억이 난다.

　하기야 너만 그런 것도 아니지. 요즘은 청소년들은 말할 것도 없고, 심지어는 어른들도 젓가락을 어눌하게 사용하는 경우가 많더구나. 심지어 아빠는 나이프와 포크를 양손에 하나씩 나눠 드는 '쌍칼파', 한손에 숟가락과 젓가락을 동시에 쥐는 '맥가이버 나이프파' 를 레스토랑에서 본 일도 있단다.

　젓가락 문화의 날개 없는 추락! 이는 정말 '김치나 장을 못 담그는 일을 자랑스레 여기는 이들'과 더불어 우리나라 식문화의 참혹한 타락이라는 생각이 드는구나. 아무리 그래도 그렇지, 교정용 젓가락까지 등장하는 세상이라니.

여기서 잠깐 아빠가 젓가락에 관한 얘기를 들려주마. 젓가락의 탄생은 사실 유교적인 사상과 관계가 깊단다. 손님이나 웃어른과 식사할 때 음식을 흩뜨리거나 음식을 탐하는 모습을 피하기 위해 젓가락을 사용했다는 '예기(禮記)'의 설명이 그것을 증명하지.

그런데 한중일 3국은 다 같은 유교문화권임에도 불구하고 젓가락 사용법은 서로 미세한 차이를 보인단다.

우선 우리나라는 숟가락이 주가 되고, 젓가락은 보조적으로 사용하는, 시주저종(匙主箸從)의 형태를 취한다. 반면 중국인은 렝게라는, 국자 꼴의 도기 숟가락을 사용하긴 하지만, 주로 탕을 먹을 때만 제한적으로 이용하지.

물론 일본인들은 젓가락만 쓴다. 심지어 밥이나 국도 젓가락으로 먹지. 간혹 볶음밥이나 카레라이스를 숟가락으로 먹는 친구들도 있지만, 이는 예외적인 경우로, 최근에 생겨난 풍조일 뿐이지.

그렇다면 우리나라 사람들이 숟가락에 집착하는 이유는 무얼까? 그것은 우리 음식의 대부분(90% 내외)이 국물이 자작한 습성음식이라는 사실과 관계가 있단다. 일부 덜 떨어진 일본인들이 한국인이 숟가락을 사용하는 모습을 보고, 내심 유치하다며 비웃는다는 얘기를 들은 일이 있다만, 이는 문화의 상대주의를 이해하지 못한 데서 비롯된 무지의 소치라 할 수 있지.

그리고 우리나라와 중국의 젓가락은 길이가 비교적 길고, 끄트머리는 뭉툭하며 둥글다는 것은 알고 있지? 반면 일본의 젓가락은 끄트머리가 유난히 뾰족하지. 아빠는 일본인들이 젓가락을 식탁에 가로로 세팅하는 이유가 혹 이 때문이 아닐까 짐작하고 있단다. 날카로운 젓가락이 상대방이나 자신을 향한다면 아무래도 가슴이 섬뜩할 것임은 불을 보듯 뻔한 일이기 때문이지. 물론 우리나라나 중국은 수저를 세로로 놓는 것이 일반적이다.

젓가락의 재질은 우리나라의 경우 삼국시대 이래로 금속제가 일반적이다. 하지만 중국은 상아와 대나무가 많고, 일본에서는 주로 나무가 쓰이지.

그렇다면 올바른 수저 사용법은 무얼까? 식탁에서 가장 중요한 것은 무엇보다 어른들이 수저를 든 후에 식사를 시작해야 한다는 것이다. 그리고 손님인 경우에도 연장자가 먼저 수저를 들고 권할 때까지 수저를 들지 않는 게 예의라 할 수 있지.

숟가락과 젓가락을 한손에 동시에 쥐거나 양손에 나누어 드는 것도 예의에서 벗어난 행동이다. 잔망스러워 보이기도 하고, 자칫 식탐이 있는 사람처럼 보이기 십상이기 때문이지.

식사를 할 때는 숟가락으로 먼저 국이나 김치, 국 등 국물을 떠먹은 다음에 다른 음식을 먹는 것이 좋다. 서두르지 않는 느낌을 줄뿐더러 깔깔한 입안과 위장을 적시면 소화도 잘되기 때문이다. 조선시대에는 이를 '술(숟가락) 적심'의 풍습이라고 불렀단다.

메밀국수, 콩나물, 청각무침 등 넝쿨진 음식은 젓가락으로 집어 먹어야 스마트하다. 젓가락을 쓸 때는 숟가락을 먹던 밥그릇이나 국그릇에 걸쳐 두어야 한다. 수저는 식사를 마친 뒤에는 밥상에 내려놓는다.

젓가락으로 마치 보물찾기라도 하는 양 반찬을 뒤적이는 것은 최악의 예절에 속한단다. 그리고 반찬을 들었다 놓았다 하거나 "미아리로 갈까요? 청량리로 갈까요?", 설운도 선생의 노래처럼 이 반찬 저 반찬 헤매고 다니는 모습도 천박하긴 매한가지이지.

웬만하면 미리 마음속으로 무엇을 먹을지 결단을 내린 뒤, 한 번에 집어야 한다. 반찬은 여러 번 베어 먹지 않고 한 입에 먹는 것이 좋다. 혹 감자나 닭고기의 상태를 확인하려는 일념으로 젓가락으로 찔러 보는 것은 유비무환의 자세이긴 하지만, 매우 지저분한 매너이므로 삼가야 마땅하다.

또 음식을 씹거나 마시는 소리는 물론, 수저나 그릇이 부딪치는 소리가 나지 않도록 조심해야 한다. 그러기 위해선 음식그릇을 이리저리 움직이거나 밥그릇이나 국그릇을 들고 먹지 않아야 한다.

젓가락의 높낮이를 맞추기 위해 식탁 위에서 젓가락을 톡톡 두들기는 행동은 예로부터 귀신을 부르는 행동이라 여겨 금기시해 왔으므로 피해야 한다. 물론 멀리 떨어져 있는 그릇을 젓가락으로 끌어당기는 행동도 바람직하지 않다는 것쯤은 너도 알고 있겠지?

그리고 아무리 연인 사이라고 하더라도 젓가락 대 젓가락으로 음식물을 주고받는 행동은 '중중 닭살증후군'으로 불리는 짓으로 남들이 싫어한다는 사실을 알아두어야 한다. 꼭 해야 한다면 귀가를 서두르거나 남들이 보지 않는 조용한 곳을 찾아야겠지.

간혹 찌개류나 동치미류를 먹을 때 꼭 숟가락으로 휘휘 휘저은 뒤 떠먹는 이들이 있더구나. 이는 설령 외국인이 아니라 할지라도 식욕을 떨어뜨리는 행동이므로 절대로 삼가야겠지. 찌개를 먹을 때 숟가락을 앞 다투어 찌개그릇에 담그는 모습 역시 우아한 세계와 거리가 멀기는 마찬가지이다.

국제화 시대이니만큼 웬만하면 덜어먹는 접시나 젓가락, 국자의 이용을 적극 권장하고 싶구나. 그리고 한식도 이제는 뷔페 형 상차림이나 개인반 상기의 도입을 고려해야 하지 않을까?

그리고 수저를 이용할 때는 가급적 음식이 묻지 않도록 조신하게 깨끗이 빨아먹는 게 좋다. 그러나 일본인의 경우는 젓가락의 음식을 빨아먹는 행동을 천박하게 여기고 금기시한다는 사실도 알아두면 요긴할 거야.

혹 식사가 먼저 끝난 경우라면 숟가락을 바로 상 위에 놓지 말고 밥그릇이나 국그릇에 올려두어 상대를 재촉하거나 갑치는 느낌을 주지 않도록 주의해야 한다.

동물학자 데즈먼드 모리스는 미국과 러시아의 정상이 만찬장에서 음식이 나오자 하던 얘기를 중단하고, 음식의 향방을 시선으로 쫓는 그림을 자신의 저서에 실은 일이 있단다. 세상을 좌지우지하는 초강대국의 정상이 음식을 노리는 늑대나 매처럼 무의식중에 음식을 쫓는 모습이라니? 정말 재미있지 않니?

그런가 하면 이런 통계도 있지. 손님들이 음식점을 이용할 때 가장 불만스럽게 생각하는 이유의 첫째가 바로 자신에게 나올 음식이 다른 사람에게 제공되는 경우라는. 아무리 점잖은 사람도 순서가 어긋날 경우 분노를 표출하기 십상이라는 사실이 아빠에게는 참 흥미롭기만 하구나.

사람이라는 존재는 결국 신이 되기를 열망하지만, 근본적으로는 동물의 세계에 깊숙이 뿌리를 내리고 있다는 얘기겠지. 그렇다면 문화와 매너는 한 마디로 동물의 세계의 흔적을 지우려는, 부단한 노력의 결과라고 생각해도 무방하지 않을까?

사람들이 식탁에서 수저를 놀리는 모습을 보면 그 사람의 출신성분이나 됨됨이를 너끈히 짐작할 수 있단다. 이처럼 특정한 행동으로 그 사람의 모든 것을 짐작하는 경향이나 심리를 심리학에서는 맥락효과(context effect)라고 부르지.

아들아! 아무쪼록 식탁에서는 격조와 품위를 잃지 않도록 노력하려무나.